Blue circle

蓝指环

艾米

作品

江苏凤凰文艺出版社
JIANGSU PHOENIX LITERATURE AND ART PUBLISHING, LTD

只 为 优 质 阅 读

1

虽然是第一天上班，但凌云一点喜庆感都没有。

抬头看看那栋说高不高说低不低的办公楼，凌云竟然生出一种“侯门深深深似海，一朝踏进出不来”的感觉，仿佛一个奉父母之命媒妁之言远嫁番邦的童养媳，心中是说不尽的恐惧和悲哀。

更糟的是，婆家还不待见她这个“童养媳”呢！

凌云来得太早了，人事部门的人还没到。她不知道自己的办公室在哪里，就算知道也不能直挺挺地闯进去，只能暂时站在大门外等待。

陆陆续续有人来上班了，有的人匆匆忙忙直奔自己的办公室，有的人慢慢悠悠地走进大楼。凌云心里七上八下的，不知道是不是自己夜里做梦找到了这份工作，大白天的跑来丢人现眼。

还真不能怪凌云疑神疑鬼，因为她手里什么凭证都没有，没有入职通知，没有人事表格，就凭她老妈的一句话，叫她今天来这里上班，她怎么知道她妈不是在做梦呢？

凌云正忐忑着，她妈发短信来了：“工作怎么样？还喜欢吗？”

“还没开始呢。”

“你迟到了？”

凌云有点不耐烦，都怪她妈，那么早就把她轰起来上班，害她傻等在这里。说好听点像个叫花子，说得不好听，简直就像站街女郎，路过的人都以异样的眼光看着她。

凌云没好气地说："谁说我迟到了？"

"那是怎么回事？"

"早到了呗。"

"裴伯伯还没去公司？"

"他这么早来干吗？"

妈妈抱怨说："他知道你今天开始上班，也不早点去安排。唉，这个人，真是——"

听她妈妈的口气，就像一个受宠的小娇妻在抱怨自己粗枝大叶的丈夫似的。

凌云听得起了一身鸡皮疙瘩。

要知道，她妈不过是裴伯伯初中时代的同学，但从进高中那天起，她妈就再也没见过所谓的裴伯伯，可能连人家的名字都不记得了。

只是大半年前的一次初中同学聚会，两人才重又聚首。

不过，那个当年不学无术，每次考试独占鳌尾，被老师鉴定为"长大了肯定没出息，只能扫大街"的学渣裴跃进，现在已经成了个土豪，是那次同学聚会的发起人和独家赞助商。而学生时代德智体全面发展，每每被老师挂在嘴边表扬的学霸陈超英，现在不过是一位默默无闻的中学老师。

学渣和学霸，两人之间的身价差了不是一星半点啊！

但那次聚会最尴尬的应该不是她的学霸老妈，而是当年一口咬定"裴学渣"今后只能扫大街的冯老师。在当年的学渣、今日的土豪的搀扶下，冯老师颤颤巍巍地步入聚会场地，红着脸替自己辩解道："跃进啊，当年我说你只能扫大街，那是我使的激将法呀！如果不是我那样刺激你，你能发愤图强，能有今天吗？”

学渣一点也不给老师留面子，微笑着说：“老师，您当年不是说‘裴跃进的脸，城墙厚，机关枪都扫不透’吗？各位老师每天都变着法儿地损我，我早就习惯了。像您说的那什么扫大街，已经是最客气最平和的了，怎么可能刺激到我呢？实话告诉您，我能有今天，是因为我卖——身——求——荣！”

“卖身”二字，就像一只魔爪，打开了与会者心中的潘多拉盒子。

各种善意猜测、恶意揣摩倾巢而出。

早有人在私下抱怨，说这社会，让学霸潦倒，让学渣发财，这不是让大家都不读书吗？原来学渣并不是凭着“渣”才发家致富的，而是靠的“身”！

消息灵通者讲起他老婆来，说人家家里儿子女儿媳妇女婿侄儿侄女堂姐表姑大舅小姨，个个都是做什么发什么，富得一塌糊涂。

有人鄙夷地说：“哼，如果是我，肯定不会卖这种身，他老婆肯定丑得不能再丑了。”

有人反驳说，“你想卖这种身还卖不到吧？”

说得大家都暗自嫉妒有卖身机会的裴土豪似的。

问题是，卖身这玩意儿，也不是你想卖就能卖的呀！

她这么漂亮，怎么会看上学渣裴跃进呢？

有人说是看上了裴学渣的颜，人家学习是渣，但颜值高啊！

有人反驳说，高个屁啊！再说那时候也不是看脸的时代。

有人透露说，是裴学渣使了个诡计，先找几个混混劫持她，说要拉到树林里去轮，然后自己跳出来英雄救美，打跑那几个混混，自此赢得了美人心。

你不信？看看他的脸！他太阳穴旁边的那道伤疤，就是那次混战留下的。不知道是因为打得兴起，双方真动起手来，还是为了做到效果逼真，真动了刀子。

反正那一刀挨得很值，她真的跟了他。

不过，大家那次并没有见到学渣的老婆，因为那次聚会的章程写明了不能带家属。

不知道章程是谁制定的，总之是深得民心！

啥家属啊，不就是“（自）家（很）熟”嘛。整天抬头不见低头见，几十年了，身上有几根汗毛都知道了，还带去干吗呀？

碍手碍脚！

所以说，那次同学聚会，搞得像是老情人约会似的，一对一对的，借着酒劲倾诉衷肠。

“想当年，我暗恋过你啊！”

“我也暗恋过你啊！”

“你是我心目中的女神啊！”

“你是我心目中的男神啊！”

“怎么不表达呢？”

“不敢啊！”

“唉，晚了！”

“晚了晚了！”

“我现在这个老婆——唉，不说了，说多了都是泪！”

“如果不是看在孩子的分上，我早就跟老公离婚了。”

如果说那些家伙都是有贼心没贼胆，只敢在私底下叽叽咕咕过嘴瘾，那么土豪裴跃进就不一样了。他直接端起酒杯站起来，清了清嗓子，提议道：“为当年我们泡过追过口水过的女生干杯！”

然后，他接着提议：“为所有想过吃天鹅肉、家鸡肉、恐龙肉的癞蛤蟆干杯！”

最后，裴土豪笑吟吟地说：“下面，我敬我初中时代的梦中情人一杯！”

大家那个紧张啊！

特别是女生，都眼巴巴地盼望着裴土豪能走到自己身边来。

凌云的妈妈事后对她讲起的时候，那份紧张感都还没完全消失：“我倒不是对他有什么特别的意思，我也从来没喜欢过他，但是在那种场合，谁不希望自己就是他的梦中情人？竞争心嘛，人皆有之。你可别告诉你爸，夫妻之间，还是应该有些秘密的。有些事，不说就啥事都没有，说了就一堆麻烦。”

凌云开玩笑说：“那你可得哄着我点儿，什么时候你得罪了我，我就去告诉我爸。”

她妈嗔道：“切，你还要挟起我来了？我想跟他搞好关系，还不是都为了你！”

“为了我？难道他家有个剩男等着我去脱单？”

妈妈不无遗憾地说：“那倒不是，我问过了，他生的也是女儿，比你大一点。”

“那你怎么说是为了我呢？”

“为你找工作啊！”

那时凌云还挺心高气傲的，一心想在A市找工作，再不济也能跟着男朋友戈亮去B省，怎么也不至于落到回C市的地步，更不至于还得老妈出面，利用和裴土豪当年的那点暧昧，为自己找工作。

不过，凌云没把这话说出来扫老妈的兴，而是催着老妈快讲。

话说裴土豪那天端着酒杯，在会场里绕来绕去，几乎临幸了每个桌位，把每位与会女性的心都揪了起来。有好几个都以为自己就是那位梦中情人，差点儿站起身与裴土豪碰杯了。但裴土豪只是蜻蜓点水似的颔首一笑，走了过去，搞得人家像坐过山车一样，脸色煞白。

最后，裴土豪来到当年的学霸陈超英面前，一手轻按住她的肩，示意她不用站起来，另一手端着酒杯，面向与会广大群众，朗声道：“超英就是我当年的梦中情人！虽然现在的她，已经珠圆玉润，但当年的她，却是又瘦又轻，扯根线就能当风筝放上天的那种，很能牵动我那颗怜香惜玉的心。”

大家都开始回忆起当年的自己是多么像风筝。

没啥吃的呀，当然长不胖了。哪像现在的孩子，从小就得开始减肥。

裴土豪轻咳一声，压下群众的议论，接着说：“那时，我经常撕她的书，偷她的笔，抢她的橡皮，往她的新衣服上洒墨水，借此引起她的注意，期盼她能和我说几句话。哪怕是骂我，对一个情窦初开的少年来说，都是天籁之音啊！只可惜，那时的她，完全不解风情，逮住一次就向老师汇报一次，老师就向我家长告一次状，而我的屁股就被我爹打肿一次。”

“哈哈哈哈——”

全场大笑。

只有学霸没笑，因为她还没从震惊中恢复过来，还在苦苦思索，如果当初没错过土豪的求爱信号，如今会是什么样。

事后老妈感慨地说：“瞧瞧，这人一有钱吧，什么都跟着上档次了，连口才都杠杠的呀！当年那个要么不开口、开口必成脏的学渣，现在说起话来，真是干净卫生，诙谐风趣啊！哪像你爸——”

凌云的妈妈也真叫胆子大，或曰脸皮厚，就这么一个玩笑性质的表白，就认定自己对裴土豪魅力犹存，当女儿大学毕业找不到工作的时候，她就跑去找裴土豪想办法。

为这事，她爸妈差点闹到离婚。

2

凌云还是很信守诺言的，没把老妈和裴土豪的事告诉老爸，怕老爸真以为老妈有了外遇，吵吵闹闹要离婚。

虽说现在离婚也不是什么稀奇事，她同学当中就有好几个爹妈离婚的，但如果自己的爹妈也离婚，还是很让人心烦的。好好的家庭，突然劈成了两半，让人无所适从。那两个当事人倒没什么，可以自由自在地建立新的家庭，但她就要遭殃了，赶上逢年过节的，到底该去哪家啊？

不管去哪家，都得跟一群陌生人搞在一起，管一个不认识的人叫“爸”，或者管一个比自己大不了几岁的人叫“妈”，想想就尴尬。

结果她在这里守口如瓶，她妈在那里却瓶口大开，扬扬自得地对老爸说：“哼，你不把我当回事，还有人把我当回事呢！”

老爸见惯不惊地问：“是不是又有人以为你才四十出头？”

“那算个什么？不知道我年龄的人都这么以为。”

“那就是你升任教务主任了。”

这可是老妈心头的痛，干了这么多年，同时参加工作的人早就被提拔为教务主任、副校长、校长什么的了，只有老妈，混来混去却只混到教研组长的位置。但老妈照例做出一副不在乎的样子：“提什么教务主任啊！那个苦差事，给我都不要！”

老爸不往下猜了，专注地在网上“斗地主”。

老妈忍不住了：“告诉你吧，是有人暗恋我！”

“是吗？”

“当然是！”

“暗恋暗恋，那就是在暗中迷恋嘛，你怎么会知道呢？”

“因为人家表白了嘛！”

“既然表白了，又怎么能叫暗恋呢？呵呵，用词不准吧？”

“你用词这么准，怎么不去教语文呢？”

“我才不教语文呢！教语文的，都是当年各科都不行的人，才会去学中文专业。”

“为什么？”

“因为中文谁不会？大家都是中国人，说的都是中国话，写的都是中国字，还用得着花四年工夫跑大学里去学？你看他们学中文的，有几个人的字比我们理科生写得好的？”

这个倒是不假，凌云可以做证，因为她的那些老师当中，字写得好的都是理科老师，而语文老师的字总是写得乱七八糟。

老爸的一手字写得跟行书字帖一样漂亮，连数学公式里的外国字母都是用花体，圆润流畅，绝对不用印刷体，他说印刷体太幼稚太简单，左手都写得出来。

老妈也是理科生，但字却写得不咋的，比她语文老师的字是要强一些，但完全没有章法，顶多称得上个“娟秀”。

要在平时，老妈又要为书法的事跟老爸斗嘴去了。但今天老妈头脑清醒，没有被老爸的自夸自赞转移斗争大方向，而是始终围绕“暗恋”的主题来展开：“我在跟你说暗恋的事，你扯哪里去了？哼，既然你一点都不介意，我不跟你说了，我找他去了！”

老妈一转身往外走，老爸顺手把她拉住：“快别去丢人现眼了！就算有人说了暗恋你，也是开玩笑的，你还真跑去找人家？”

“才不是开玩笑呢，人家是在大会上说的！”老妈把初中同学会上发生的事绘声绘色地讲给老爸听了。

老爸不以为然地说：“人家那是活跃会场气氛呢，你还当真了？现在的同学会，谁不想制造几个轰动新闻来引人注意？没情人的都要说有情人，没暗恋的更要编几个暗恋出来了，不然显得多落伍啊！”

“那你去同学会的时候也说过暗恋谁了？”

“应个景呗。”

“啊？你还真说了？谁？你暗恋谁了？”

“我说了是应个景。”

“应景也不行！嘴里说是应景，其实心里还是有那个想法的，不然的话，那么多同学，为什么你偏偏用这个应景，不用那个应景？快说，你暗恋的究竟是谁？”

“你等我斗完这个地主——”

“不行，你现在就给我交代清楚！不然的话，我断了你的网线，让你斗不成地主！”

老爸也不示弱：“你让我斗不成地主，我就不听你讲你的暗恋了。”

唯一的听众要罢工，老妈还能去对谁炫耀呢？她只好让步：“那你斗完这场必须交代清楚！”

老爸也还算给面子，斗完一场地主，就下了线。但他并不交代自己的问题，却反过来拷问起老妈：“你说的那个暗恋你的初中学霸，他现在在干什么？”

“我哪里说过他是学霸呀？如果他是学霸，还有你的份？”

“那他是什么？”

“学渣！”

“嘿嘿，陈超英啊陈超英，一个学渣暗恋过你，还好意思拿出来讲？你没听说过物以类聚、人以群分？”

老妈有点语塞，但很快就反驳说：“但是人家现在是富豪了！”

“富且富，豪肯定称不上，暴发户而已。”

“你还瞧不起人家？”

“当然瞧不起！文明社会都是‘学而优则仕’的，欧美先进国家都是如此，咱们中国在历史上也一向如此，只是到了现在这个社会，才会让学渣泛起，成为富豪。不过你放心，这种状况不会持久的，他们终将成为历史的垃圾，重新沉到社会底层去——”

学霸老妈自然很憧憬“学而优则仕”的社会，但感觉自己这辈子是彻底错过了。过去的中国的确是学而优则仕，考试成绩好，就能当大官，但可惜自己没能赶上那个年代。也许以后的中国还会变成学而优则仕的社会，学霸赚大钱，学渣干瞪眼。但按照目前这个状况，断乎不是一天两天的事，自己是不可能活到那天了。

老爸见老妈被打哑了，乘胜追击：“我看你讲得眉飞色舞的，还以为是什么了不起的人呢，原来是一个学渣！呵呵，你要喜欢，就跟他去吧，我不阻拦。”

老妈自然没有跟学渣去，学渣也没叫老妈跟过去，只是聚会上提了一下旧事而已，不管是不是应景，反正是没了下文。

学渣的名片老妈是拿了一张的，但既然学渣没联系她，老妈自然也不好意思主动去联系学渣。

老妈经常私下对凌云抱怨：“我最恨你爸的就是这点，从来不紧张我，好像吃定了我一样。哼，像他这种要钱没钱，要地位没地位，就两手粉笔灰，再加一个臭脾气的男人，一抓一大把！我干吗非得跟着他？如果不是为了你，我早就和他离婚，跟别人去了！”

刚开始听这话的时候，凌云年龄还小，怕爸妈离婚还怕得跟什么似的，那可不只是个逢年过节去哪家吃饭的问题，简直就是世界末日！

她悄悄地去求老爸：“爸爸，你紧张妈妈吧！不然她要跟别人去的，我就没妈妈了！”

老爸问明了事由，安慰说：“你别听她瞎吵吵了，我借给她一个胆子，她也不敢跟别人去。”

“她会的，真的会的！”

“她跟谁去呀？都人老珠黄了，还有谁要？”

凌云那时人虽小，但直觉地感到不能把老爸的话传给老妈，不然老妈会不高兴的。如果赌起气来，真的跟别人去了，那她就没妈妈了。

但她从来没听见过老爸抱怨老妈不紧张他，反而是抱怨老妈太紧张他了：“就是打个牌，你还怕我跟人跑了？”

“你要真跟人跑了，我就脱祸求财了。但即便你要跟人跑，人家也不会要你。我是不希望你们在一起搞些小动作，做些见不得人的事，让我也跟着丢脸！”

老爸被老妈管着不能出去打牌，就在家采取无声抗议的办法，几天几夜不跟老妈说话。

老妈也赌气不跟老爸说话。

这样两人有什么事都拿凌云做传声筒，或者拿她当桑树，去骂那个槐。

明明她就坐在饭桌前，妈妈仍然大喊一声：“小云，饭做好了，吃饭！”

其实妈妈是喊给卧室里的爸爸听的。

但爸爸像没听见一样，就是不出来吃饭。

妈妈就指着她，更大声地呵斥：“你不吃就真不吃啊，有本事别等我走了再自己跑出来偷吃！”

凌云被妈妈指着骂烦了，跑到卧室去叫爸爸：“爸爸，出来吃饭吧，不然妈妈老骂我。”

爸爸借势出来吃饭，但嘴里还在申诉：“是我女儿叫我吃饭。”

然后是爸爸，明明跟妈妈都坐在客厅看电视，就隔着一个沙发，出门的时候却对着凌云的卧室大喊一声：“小云，快七点了，我到学校给学生补课去了，别又以为我是去打牌。”

小时候，每逢这种冷战，凌云就觉得难受，特别是吃饭的时候，三个人坐在桌边，都不说话，别提有多尴尬了，每次都让她吃一肚子气，胃里很难受。

那时，凌云总是暗下决心：等我长大了，绝对不找爸爸这样的男朋友，必须找个紧张我、不气我的人；我也绝对不做妈妈这样的人，明知爸爸不紧张她，还要嫁给他，然后隔三岔五找碴闹一番，越闹越没人紧张。

那时凌云唯一的安慰，就是爹妈还是很紧张她的，她的一颦一笑，一举一动，都能引起爹妈的注意。而且两人不管怎么吵闹赌气，都有一句口头禅："如果不是为了小云，我早就跟你离婚了！"

后来誓言升级了："等小云上大学了，我就跟你离婚。"

凌云那时真怕上大学，只希望时间过得慢一点，最好停顿下来，永远不上大学，那样父母就永远不会离婚。

等她真的上了大学，才发现那两人早把誓言忘得一干二净。

而凌云自己，防了又防，最终还是落入了成天希望男友紧张但男友就是不紧张自己的怪圈。

3

从小学到高中，凌云都是个"好好学习，天天向上"的好学生，主要是从小就被爸妈洗脑了，爸妈成天在她耳边叨叨："像我们这样一无权，二无势，三无钱的家庭，你唯一的出路就是好好读书，考上名校，今后才能找到工作，谋条生路。"

她那时真是心无二用，全心全意扑在学习上，眼睛永远盯着各门功课排行榜，心里永远想着“考第一，上名校”。

功夫不负有心人，她真的考上了名校，远离父母，来到A市读大学。

父母不在身边了，父母定下的目标也达到了，父母也没说进大学之后要达到一个什么目标，大概在父母的眼里，只要上了名校，就肯定能找到工作。

没了高考的压力，又没了父母的唠叨，凌云感觉既轻松又茫然，像一只脱离了樊笼的小鸟，能自由自在地在浩瀚的天空里飞翔，就是不知道该往哪儿飞。

只是凭借着从小就养成的习惯，她仍然在好好学习，天天向上。

一个偶然的机会，凌云从同寝室的人那里看到一本艾米写的爱情小说，名叫《山楂树之恋》，寝室里每个人都看了，每个人都看得如痴如狂，泪流满面。

同寝室的朱艳竭力向她推荐《山楂树之恋》，说它是史上最干净的爱情，看完这本书，每个女人都想嫁给书中的男主，每个男人都想娶书中的女主，活了快二十年，还从来没看过这么催泪的小说。

她接过书来，翻了几页，发现虽然是校图书馆的书，但已经被人用笔画了很多道道，加了眉批尾批，写了学习心得，很多书页还被人撕掉了。

凌云带着难以置信的心情看了几页，结果像同寝室的其他女生一样，一跟斗跌了进去，不能自拔，如饥似渴地看了起来，看着看着，也未能免俗，哭得跟个泪人似的。

看完那本书，她都不想活了，只想时空静止，她和故事的主人公全都停留在故事里。最好是时空倒转，从头再来，一定一定不能让男主老三死掉。

那段时间，她恶补了一阵艾米写的爱情小说，从《山楂树之恋》开始，一本接一本地看，看得无比投入，化身为一个又一个女主，走入故事，邂逅一个又一个多情忠贞的男主，谈了一场又一场酣畅淋漓的恋爱。

每读完一本书，都像告别一个恋人一样，生离死别似的难受，即便合上了书本，还在一遍又一遍地回味书中的情节，感觉今生再也不会爱上另一本书了，一直到打开下一本书，才能慢慢从上一本书的情节里跳脱出来。

但刚跳脱出来，又跌入了第二本书的情节中，深陷其中，无法自拔。

如此循环往复，凌云就像坐过山车一样，经历了各种大起大落、大喜大悲，脑子里装满了各种动人的情节和金句：

> “飞蛾扑火，在外人眼里是愚蠢可笑的，但对飞蛾来说，也许是它最本能的追求。向往明亮的火焰是它与生俱来的憧憬，有火不扑，会成为它终生的遗憾。”
>
> “从来就没有结束，为什么要重新开始？”
>
> “我不能等你一年零一个月了，我也不能等你到二十五岁了，但我会等你一辈子！”
>
> “我不懂说将来，但我静待你归来。”
>
> “认识你，是命运对我的恩赐。”
>
> ……

不知为什么，在众多缠绵悱恻、荡气回肠的爱情词语当中，她最喜欢“邂逅”这个词，感觉所有的爱情故事，都是从“邂逅”开始的。

无邂逅不成其为爱情！

她对“邂逅”的注解是：

她去了一个遥远的小山村，那里静谧、祥和，碧绿的菜地，金黄的稻田，傍晚时分，暮色降临，炊烟缭绕，她赤足走在田埂上，远远的一片工棚里，传出手风琴声。然后，她与那个身穿蓝色工装大衣的男生相遇，四目相对，像被闪电击中一样。

或者，她刚爬上自家那栋楼，就在四楼（刚好也是四楼）的楼梯口看见一个手握书卷、风度翩翩的男生，风趣而温柔地问她："你就是凌云吧？"

又或者，新学期开始，她去校园里某教室上课，从门外走进一个身材高大的男教师，长得像拉丁裔歌星，上唇比下唇薄很多，手里习惯性地端着一罐可乐，讲一会儿课，就喝一口饮料，趁她不注意，就默默地凝视她。

再或者，她考上了国外的研究生，在美国某机场，她焦急地等待那个许诺来接机的男生，还认错了几次人。最后，那个人出现了，他留着小胡子，像个西班牙帅哥，画面顿时变得像无声电影里的慢镜头，他张开双臂，她也张开双臂，轻轻向他飞去……

走在校园里，凌云也没有停止想象，特别是上马哲课的时候，非常希望授课的会是一个长得像高仓健的男人，下课时叫住她，以充满磁性的嗓音说："我是卫国啊，你认不出来了？"

可惜的是，教马哲的是一个中年女人，声音高亢，吵得人连觉都睡不好，也无法冥想"邂逅"的故事，搞得她这么爱学习的人都不得不逃课。

大学三年级的那个寒假，凌云回 C 市跟父母团聚过春节。她妈突然问她有没有男朋友，说如果没有的话，就让她跟一个同事的儿子认识认识。

她惊呆了，这是几个意思？

在她心目中，如果她妈过问她的感情生活，那一定是叮嘱她"不要分心，要专心学习"，怎么会突然想起给她介绍男朋友来了？

这还是我的妈吗？是不是在设套考验我呢？

她妈见她愣在那里，便解释说："是我那个同事提起来的，她说她儿子从国外留学回来，还没女朋友，刚好你也回来过春节，可以认识认识。"

"认识认识"？

什么意思？是相亲的意思吗？

这跟"邂逅"有半毛钱的关系吗？

妈妈继续说："你要是不愿意见她儿子，我就去对她说你有男朋友了。那孩子——唉，别的都好，就是太矮了。"

她妈见她没有反对，以为她真的有了男朋友，挺开心的，转身就去把相亲的事推掉了，回头来问她："你有男朋友吧？"

"没有啊。"

妈妈以为她在隐瞒，便宽慰说："对妈妈还保密？以前我不让你谈恋爱，是怕你分心，考不上大学。现在你都大三了，可以谈恋爱了。"

"我真的没有男朋友。"

妈妈一愣，告诫说："那你得抓紧时间考虑这事了，我听说现在的大学生，一进校门就把男女朋友搞定了，不然的话，人都被找光了，你就没得找了。"

她仔细一想，还真是呢，班里的女生貌似都有男朋友，有的已经有了 ex（前任），甚至 ex–ex（前前任）。

最夸张的一个，竟然已经有了三个 ex！讲起故事来，都得注明是"第一个 ex"，还是"第二个 ex"，或者是"第三个 ex"。

而凌云，还只在想象中邂逅啊邂逅，现实生活中什么都没有过。

她妈着急地说："你不能老是埋头读书啊！有合适的就要抓住，不然，等出了大学，就更难找了，只能当剩女！"

"合适"？又是几个意思啊？

爱情，不是一种让人痴狂让人飞的感情吗？

怎么一下变成"合适"了？

从那之后，她妈就以逼她高考的劲头逼着她找对象，搞得她压力山大，不得不从“邂逅”的美梦中跳出来，闭着眼睛、捂着鼻子跳进“合适”的泥潭。

但班里甚至年级里的男生都被人找光了，老师更是儿孙满堂，想都不用想，貌似近期也没机会去到某个小山村，而出国更是遥遥无望。

凌云急了，成天担心自己在大学里就会成为全班唯一的剩女，一直剩到社会上去，剩一辈子。

戈亮就是在这个“万分危急”的关头出现的。

4

如果凌云她爸——那个数学老师听到“出现”这个词，肯定要说她用词不当了。因为戈亮一直就在她眼前，又不是突然从天而降，也不是刚从地下冒出来的，怎么能叫“出现”呢？

戈亮是凌云的同班同学，两人抬头不见低头见已经两年多了。

不过她以前从来没有注意过戈亮，或者说她根本没注意过班上任何一个男生，因为她憧憬的是“邂逅”，而他们都是和她一个班的，怎么个“邂逅”法？

戈亮到了大三才想到她头上，因为他大一到大三上学期都有女朋友，不是一个班的，但在同一年级，两人经常相伴着招摇过市，大家都知道那两个人是恋人。

所以，即便在她从“邂逅”的高峰降落到“合适”的平台之后，她也没把戈亮纳入候选人名单，人家的男朋友，怎么能纳入呢？

咱可不能当小三！

现在，凌云体会到老妈的用词是多么得当了！

合适，就是在合适的时间合适的地点通过合适的中间人提出那个合适的问题。

合适的中间人就是朱艳，戈亮的“大老乡”。

所谓“大老乡”，就是同一个省份，但不在一个县市。

凌云知道朱艳和戈亮是“大老乡”，因为他们B省人有一种特殊的地域优越感，除了A市他们还瞧得起之外，其他任何非B省的地方，在他们眼里都是“城乡接合部”，一律嗤之以鼻，不屑一顾。

她第一次注意到这一点，是她第一次知道戈亮有女朋友的时候。在念大一的时候，她和朱艳一起去自习室，路上遇见戈亮和一个女生从对面走来，两个“大老乡”就站在那里，开始对话，叽里咕噜的，旁若无人。

她一句都听不懂，有点自惭形秽。而戈亮那个女朋友，显然也听不懂，脸上却是愤懑的神情，虎视眈眈地瞪着两个“大老乡”。

戈亮看了一眼女朋友的脸色，就结束了叽里咕噜，跟女朋友走了。

公道地说，朱艳除了有点地域傲娇症之外，别的方面倒也无可厚非，跟她还算谈得来。

戈亮大概也知道这一点，所以特地挑选了朱艳这个“合适”的中间人来撮合。

那天，朱艳突然对凌云说：“戈亮叫我问你有没有男朋友。”

凌云一惊，首先想的是：什么？连男生也开始关心我是不是剩女了？

她结结巴巴地问：“他、他问这个干什么？”

“想追你啰。”

“追、追我？他、他不是有女朋友吗？”

“吹了。”

“是吗？什、什么时候吹的？我、我好像上个星期还看到他们在一起。”

“前天吹的。”

凌云脑子里跳出一个成语：尸骨未寒，但马上责备自己用词不当，在心里对戈亮的女友——应该是前女友——道歉，然后问：“怎么会吹呢？”

“因为他女朋友想留在A市。”

这个真是比脑筋急转弯还急转弯啊！她拿出冲奥数的劲头，使劲琢磨了一阵，才琢磨出想留在A市和吹台之间可能存在的逻辑关系：“而他不想留在A市？”

“他当然想留在A市，谁不想留在A市啊？除了我之外。”

“为什么你不想留在A市呢？”

“A市有什么好的？热起来那么热，冷起来那么冷，哪像我们B省——”

“但是A市大呀，发展机会多呀！”

“发展机会多，也不是给你这种人的。你一个外地人，又没后台，还想留在A市？别做梦了！”朱艳有点不耐烦地说，“我在跟你说戈亮的事呢。你是没男朋友吧？那我就这么告诉他了。”

凌云的脑子还在“你一个外地人”上打转呢，朱艳已经出发报信去了。

当天晚上，戈亮就来要求她加他QQ，她加了，两人就在QQ上聊了起来。

戈亮没提“追”的事，她也不好问，两人就这么有一句没一句地聊天。

聊了几天，戈亮约她出去吃烤串。

凌云想起《十年忽悠》里也有吃烤串的情节，不知道戈亮是不是也看过《十年忽悠》，要在生活中模仿艺术，反正她感觉有点“邂逅”的味道了，于是她便欣然前往。

但戈亮没有像《十年忽悠》里的男主那样，让她坐在桌边，自己去买烤串、端饮料、拿纸巾，而是让她也站在那里排队，两人边排队边聊，轮到他俩的时候，戈亮掏出钱包说：“今天我买，下次你买。”

她有点失望地说：“好的。”

她倒不是在乎这几个钱，主要是觉得这样轮流坐庄，太生分了，不像男女朋友。但戈亮也没说她是他的女朋友，甚至都还没追，那么轮流坐庄也算是很好的安排了，至少好过 AA 制。

到了下一次，她主动上前付了账。

再到下下次，戈亮上前付了账。

完全没有男女朋友的意思！

凌云感觉这事一定是朱艳在中间传错了话，或者添了油加了醋，可能戈亮只是问了句“凌云有没有男朋友”，而朱艳就会错了意思，以为人家是要来追她。

也可能戈亮说的是“全班就凌云一个人没男朋友了”，本来是嘲笑的意思，而朱艳却听反了，以为戈亮对她有意思，就跑来搭桥引线。

甚至有可能是朱艳看见自己的“大老乡”刚失恋，挺难过的，就想用她来安慰一下戈亮，或者气一气他的前女友，于是跑来撮合他们。

最后一种可能：戈亮跟《十年忽悠》里那个日本人 Yoshi（哟西）一样，一如既往地含糊着他的含糊，模棱着他的模棱，既没说出那句话，也没做出什么亲热的举动，但也没断绝跟她的来往。一直要到最后关头，才会表白，不是言语上的表白，而是拿出一枚戒指来……

也许戈亮就是凌云生命中的 Yoshi，是来陪她走过这段“空档期”的，而她的真命天子，要等到戈亮毕业走了之后才会出现。

她就怀着这样的心情继续跟戈亮聊天吃烤串，貌似也过得挺开心。

但事实证明戈亮不是 Yoshi：突然有一天，他给她发来一条短信："老婆，今天是我生日，晚上请我吃海底捞吧！"

她起了一身的鸡皮疙瘩，第一个想法就是拉黑他！

但她决定先去问问朱艳，看他们 B 省人是不是有什么别具一格的风俗。在一个连话都说得别具一格的省份，肯定有很多别具一格的风俗习惯。

但朱艳根本没觉得这声"老婆"叫得有什么别具一格："既然你自己答应了他的追求，那不就是他女朋友了吗？他叫你'老婆'不是天经地义的吗？现在谁不是把女朋友叫'老婆'？"

"他、他追我了吗？"

"他怎么没追你呢？他不是让我来问你有没有男朋友吗？"

"那就是追？"

"他不是还跑来要你加他 QQ 了吗？"

"好多人都要我加他们 QQ 了呢。"

"但他是问了你没有男朋友之后才要你加的呀！"

"那你的意思是——既然我加了他 QQ，就是答应他的追求了？"

"难道不是这样吗？"

"但是我也不只加了他一个人的 QQ。"

"你这段时间不是老跟他在一起吗？"

"我们只是一起吃个烤串而已。"

"那他现在叫你'老婆'，还不能说明问题？难道还有很多人叫你'老婆'？"

"倒是没有。"

"那不就搞定了？"

她不知道"搞定"在这里是什么意思，只知道一旦她今天跟他一起出去吃海底捞，就等于她回应了他那一声称呼，也就是承认自己是他“老婆”了。

她恨死了那个发明“老婆”这个词的人，也恨死了那些把女朋友叫“老婆”的人，还没邂逅呢，还没谈恋爱呢，就变成了“老婆”！

又“老”，又“婆”，还有什么诗情画意？

凌云不知道该怎么办才好，便打电话向老妈请教，说现在有一个人在追我，和我是一个班的，B省人，如何如何。

连她自己都没察觉到的是，她在讲述的过程中添加了很多枝叶，还编造了不少花絮，用以说明戈亮还是很爱她的。

她倒不怕老妈不喜欢戈亮，但她潜意识里不希望自己的初恋就这么味同嚼蜡，所以不知不觉地就把想象和现实糅合在一起，变成了一个还算动人的故事。

她妈很高兴：“太好了！我和你爸正在担心你埋头读书，错过了大学里的机会呢。”

“那你的意思是我应该接受他的追求？”

“那还用说？这么好的孩子，上哪儿找去呀？”

“他是B省人哦，很瞧不起我们C市这种小地方的。”

“那有什么？他瞧不起的是C市这个城市，又不是瞧不起你。”

她爸爸听说了，也帮未来女婿辩护：“你放心，他会喜欢我们C市的，爱屋及乌嘛。等他来我们家了，我好好招待他，带他去C市水库钓鱼，保证他玩得舍不得走！”

“但是如果我现在答应了他，不就等于定了终身？万一我今后遇到更好的呢？”

她妈说：“那没什么嘛，你先跟他谈着，骑驴找马，如果遇到更好的了，就跟他吹了，如果没遇到更好的，你也有他做后盾，不会做剩女。”

凌云第一次发现自己的老妈竟然是这么老奸巨猾！

她很严肃地说：“妈，你可真是！连这么不厚道的点子也能想出来？”

“什么不厚道的办法？”

“骑驴找马呀！”

“那有什么，现在的人，谁不是骑驴找马？你在这里讲厚道，你能担保他对你不是在骑驴找马？”

“那你那时候呢？爸爸他是你的驴还是你的马？”

妈妈黯然地说：“我们那时候有什么驴呀马呀？驴也好，马也好，都是他！”

“为什么？”

“那时候的人思想封闭嘛，谈多两个就认为你作风不好，谁还敢骑驴找马？其实我跟你爸爸好上之后，还有人追我呢，不知比你爸强多少倍。”

5

如果只听老妈的一面之词，凌云会以为老妈当年是个万人迷，身后跟着一个加强排还不止的追求者，每个人都是各方面比老爸强十倍百倍，只是因为老妈有着奇特的三观，才万里挑一，选中了老爸这个德智体各方面平平且家境贫寒的男人做丈夫。

她曾经不解地问：“妈，你对爸爸这么不满意，干吗要跟他结婚呢？”

妈妈没好气地说：“蠢呗！”

“怎么个蠢法？”

“唉，我那时特别讨厌那些有钱有势的人，总觉得嫁入豪门就是拜金，就是趋炎附势，就会变得一身铜臭，就会被婆家瞧不起，所以凡是别人给介绍的干部子弟、富豪子弟，我一律不见面。”

“这么傲娇啊？”

“你不相信？”

“那你怎么说自己蠢呢？明明是清高嘛。”

“切，那个时候就可以叫清高，到了现在，就叫有病！蠢！”

凌云安慰说：“那我得感谢你的蠢，不然就没我这个人了。”

她很希望老妈能说一句：“虽然我没嫁入豪门，但我有了你，这辈子也值了。”

可惜她妈从来没这样说过。

老妈炫耀自己年轻的光辉历史，一般都是背着爸爸进行的。但爸爸不一样，每次都是当着妈妈的面进行：“嘿嘿，小云啊，如果不是我当年娶你妈，你妈就当剩女了！”

老妈最烦老爸这样说，哪怕是开玩笑也不行：“胡说！”

“怎么是胡说呢？你那时都二十六了，还没男朋友呢。”

“你以为你自己那时挺年轻？你不也是二十六吗？要按月份算，你还比我大！”

“我是比你大，大五个月。但我是男的啊！男人二十六算什么？男人四十都还是一枝花，你们女人三十就豆腐渣了。别说我那时是二十六，就算是六十二了，照样娶年方二八的黄花闺女。”

“那你当年怎么不去娶个年方二八的黄花闺女呢？”

“我对你动了恻隐之心啊！你想想看，如果我娶了年方二八的黄花闺女，你怎么办？不是老死闺中了吗？”

“我老死闺中，关你什么事？”

“所以说我这人心软啰，见不得别人受苦受难。”

每当爸妈这样斗嘴时，她心里就很难过，他们两人这么不待见对方，都是因为同情对方才结合的，结合了又都这么后悔，那她成什么了？还算是爱情的结晶吗？

凌云那时就暗下决心：我今后绝对不会因为同情就跟谁结婚，更不能跟一个不爱我仅仅是同情我的人结婚！

而这个戈亮，种种迹象都表明他很可能是个像老爸这样的人，不管他们心里想的是什么，反正嘴上都是不会给你一个满意的答复的。

如果不是因为有老妈的“骑驴找马”理论垫背，她绝对不会请戈亮吃那顿海底捞，那不是违背了自己多年前以及多年来暗下的决心吗？

暗下的决心也是决心！

而且是更重要的决心！

但既然是骑驴找马，那就不一样了，我又没说我会跟戈亮结婚，我只是骑个驴而已，嫁还是要嫁给马的。

凌云没想到的是，一旦骑上了驴背，形势就不那么受她控制了。

只怪她骑术不高明！

那天，两人一起去吃海底捞，她因为“骑驴找马”的事，有点愧对戈亮，好像做了什么对不起他的事一样，所以点菜付账特别殷勤，对他照顾得特别好。

吃完海底捞，两人酒足饭饱地离开饭店，回到校园，戈亮把她送到寝室楼下，她正想说“再见”，戈亮突然把她搂在怀里，吻了她。

她终于明白“大脑一片空白”是什么意思了，因为她那时就是大脑一片空白，什么都没想，什么都不会想，脑子好像锈掉了，不能思维，不能感知，没有惊喜，没有厌恶，什么都没有。

等凌云回到寝室，洗漱一番躺在床上，才有能力回味刚才那一吻。

那可是她的初吻啊！

就那么轻而易举地被人偷走了！

一点前戏都没有，一点暗示都没有，太霸道了！

捅破窗户纸的第一个晚上，就被他吻了，这是不是太快了点儿？

她闭着眼睛，反刍了一下《十年忽悠》的情节，感觉也不算太快，因为《十年忽悠》里的男主和女主也是捅破窗户纸的第一天晚上就接吻的。

能跟《十年忽悠》同步，应该不算离谱。

但是，《十年忽悠》里是女主先吻的哦，男主是在被女主像小鸡啄米一样乱吻了一通之后，才反守为攻，吻住女主到处乱啄嘴的。而且，那是一个又深又长的吻，女主感觉自己全身的骨头都化成了水。

那她这个吻呢？不记得深不深长不长了，就记得满嘴都是海底捞的味。

“化成了水”，“海底捞的味”。

还挺押韵的哈？

估计这就是唯一一个能与《十年忽悠》挂上钩的地方了。

凌云这趟“骑驴找马”的行程，没有预期的那么顺利，完全忘了“驴”也是活物，是有自己的头脑和意志的，不是你想骑就骑，你让它往哪儿走就往哪儿走的。

她一开头就被“驴”占了主动，接下去就从理想中的“骑驴找马”变成了现实中的“跟驴远行”，“驴”往哪儿跑，她就跟着往哪儿跑，跑着跑着，就忘了自己“骑驴”的初衷，把那个该找的“马”忘在脑后，径直拿驴当起马来。

等到戈亮再叫她“老婆”的时候，她就觉得非常亲切，嗯，他还在叫我“老婆”，说明感情没变，没有因为偷吻成功就变得大喇喇的。

如果哪天他不叫她“老婆”，而叫她“喂，姓凌的”，她就会满心难过，以为他变了心。

不过他大多数时间都是叫她“老婆”的，还提出要去开房，她死也不答应，不是因为她想把自己的第一次留给今后那个“马”——她可以对天发誓，她真的没再想过找马的事了——她只是心里有个坎，暂时还跨不过去。

那个“坎”，就是戈亮的前女友赵小昭。

自那次两人一起吃了海底捞之后，戈亮就把两人的关系公开了，不仅对自己寝室的哥们儿说了，还对她寝室的姐们儿也说了。

寝室的哥们儿姐们儿又对他们在别的寝室的哥们儿姐们儿说了。

然后，全班同学都知道了。

再然后，全班同学在其他年级的哥们姐们也都知道了。

她在男生嘴里已不再是“凌云”，而是“戈亮老婆”了。

戈亮在女生嘴里也不再是“戈亮”，而是“凌云老公”了。

他们两人的名字，从名词变成了形容词，不再是用来标志他们自己，而是用来标志对方。

但戈亮还有一个别名，叫“小昭的 ex”，而她就没有对等的别名了。

凌云心里很不舒服。

戈亮和赵小昭在一起两年多，按照他跟她现在这种速度，肯定早就开过房了。

也就是说，他把他的第一次给了赵小昭。

还有第二次，第三次……

就算他们一星期开一次房，那也得有上百次了。

她用自己的第一次，换他的第一百零一次，不管怎么算，都觉得很亏。

最重要的是，他可能还在爱着赵小昭，跟她开房只是解决生理需求，到时候肯定会把她跟赵小昭相比较。她一个初次上阵的新手，怎么会比得过那个身经百战的赵小昭呢?

当替身就已经挺没脸的了，还当个比不上真身的替身，那就不光是没脸，连后脑勺都没了!

凌云又去跟她那老奸巨猾的老妈商量，没提赵小昭的事，因为她不想让老妈知道自己骑的是头二手驴。

老妈果然老奸巨猾："坚决不能开房！现在的男人，都很看重第一次，千方百计要找处女。你要是跟他开了房，就大跌价了，万一哪天你们吹了，就不好找下家了。这事一定要等到结婚那天。"

"但是如果我不愿意开房，他可能根本就不会和我结婚。"

"那就算了，说明他不是真心爱你，早吹早好！"

有老妈的这个态度就好，就算戈亮真的为这事跟她吹了，老妈也不会怪她。

于是，她坚决不答应跟他去开房，等着他来跟她吹。

但他没跟她吹。只是很失望，很郁闷。

凌云很高兴，说明他跟她在一起，不是为了解决生理需求，而是因为感情。

她感觉自己在他心目中的位置还是挺高的，也有了胆量拷问他的历史。

"你和那个小昭是怎么爱上的？也是聊 QQ？"

别看戈亮平时话不多，说起前女友来，还是挺带劲的，一下就把两人的恋爱史抖落了出来。

如果每段恋爱史用"四字真言"总结起来，就是：校门相遇，一见钟情，送花求爱，一拍即合，金童玉女，欢爱无比。

听得凌云心里酸溜溜的，厚着脸皮问："那你什么时候才想到我头上来的？"

她知道"一见钟情"之类的答案是不可能的了，只希望能听到个"那时觉得你高不可攀"之类的答案，再不济也要有个"那时年轻，太糊涂了，不知道什么样的女生值得爱"之类的答案。

但戈亮的答案总是特别接地气："跟她吹了之后。"

"为什么跟她吹了，就想到我头上了呢？"

“你那时不是还没男朋友吗？”戈亮完全没注意到她失望至极的表情，继续说，“呵呵，她以为我离了她就不能活，其实，现在这个时代，谁离了谁地球都是一样转！”

“那如果我跟你吹了呢？你会不会马上就去找个新的女朋友？”

“你不会跟我吹的。”

她很反感他这么有把握，真像吃定了她一样。她很想跟他吹一次，让他的预言泡汤，让他的自信破产。但她有种感觉，即便她跟他吹了，他的自信也不会破产，他会去找另外的女生。这些对他来说，太简单了，无非就是加 QQ，聊天，吃烤串，叫“老婆”，吃海底捞。

凌云扪心自问，如果他跟我吹了，我会一辈子不恋爱吗？

肯定不会。

算了，终生相爱的事只存在于小说之中，咱们凡世浊物，就别强求了。

6

进入大四之后，凌云突然发现班上每个人都在谈论找工作的事，有几个人已经找到了，成天志得意满，一副人生赢家的派头，课也不好好上了，开口闭口都是：“怕什么？工作都找好了！”

朱艳也是人生赢家之一，已经在 B 省老家找了个与自己的专业风马牛不相及的工作。

凌云好奇地问：“你这么早就把工作找好了？”

朱艳谦逊地说：“我这哪算早啊？人家很多人都在大三就把工作找好了。”

“是吗？谁这么早？”

“你老公的那个 ex（前任），不就在大三就把工作找好了吗？”

凌云顿时像吞了个刺猬一样，心里心外都扎得慌。

她最恨人家在她面前提到戈亮的前女友，更恨人家用一个“你老公的 ex”把她跟那个女人扯在一起。那是戈亮情史上的一个污点，玷污了她对纯洁爱情的向往。

她是靠着艾米的小说才勉强打开这个心结的。

不管怎么说，连小说里的大情圣都有过污点呢。《十年忽悠》里的男主艾伦有过好几次一夜情，《山楂树之恋》里的男主老三有过未婚妻，而《三人行》里的男主老康，更加污——结过婚又离过婚！

污点情圣！

人家那些女主不也没计较吗？

嗯，不对，人家女主计较还是计较了的，但最后都释然了。

而我只是凡人一个，连小说女主都算不上，干吗还要耿耿于怀呢？

于是凌云也释然了。

但一有风吹草动，她心里某个潜藏的反叛地区就会冒出一个不屈不挠的声音，向她发难：你说人家是污点情圣，但人家那些污点情事都是在与女主相遇之前发生的，是历史，当然可以不计较。而戈亮和赵小昭的两年多恋爱，是发生在你眼皮子底下的事，怎么能与小说里的情圣相提并论呢？

每逢这种时刻，她就拿出独裁者的气势，把内心那个反叛的声音狠狠压制下去：我说是一样就是一样！你们全都要服从我！

此刻她恨透了朱艳，但朱艳一点都没觉察，继续呆萌地评论说：“我不是对你讲过吗，小昭就是为了在 A 市找工作才跟你老公吹的，不然怎么会轮到你？”

一个“轮到”，真的把凌云伤害了，她的内心是崩溃的，整个人都不好了。

好你个朱艳！简直是拿刀往我心上插，再抓把盐往我伤口上撒啊！按你的意思，我根本配不上戈亮，要等到他那个前任甩了他，才能“轮到”我？

凌云差点发作，但凭着这些年对朱艳的了解，她可以保证，朱艳绝对不知道自己手里拿的是刀和盐。她要是为朱艳说的每一句话受伤，早就血流殆尽，坟墓都不知道进了多少回了。

而不管你有多受伤，朱艳知道了也顶多就是委屈地说：“我又不是故意伤你的，只不过把心里想的说出来了而已。难道你要我撒谎？”

她可背不起要人撒谎的骂名，只好压抑住心中的愤懑，竭力装作事不关己地问：“那——小昭在A市找到工作了？”

“你不知道吗？”朱艳又嫉又恨地说，“她干爹很有权，在A市给她找了个工作呢。哼，年纪轻轻的，就为了一份A市的工作把自己卖给那么一个老头子，划算吗？如果是我的话，肯定不会答应的。只怪她出生在D市那种城乡接合部。如果她是从我们B省来的，肯定不会走这条路。”

“她可真厉害，大三就在考虑找工作的事，而且还真找好了。”

“那算什么呀？有的人还没进大学就把工作找好了呢！”

“还没进大学就能找到工作？”

“人家老爸自己开的公司，那还不是想什么时候去就什么时候去？”

“那干吗还要来上大学？”

“年龄小，想多玩几年呗，再说有个学历也好听一些嘛。”朱艳感慨地说，“现在是个拼爹的时代，要么生来有个好爹，要么给自己找个好爹，不然你的一生真的会很悲剧。你怎么样？还没开始找工作？”

凌云还真没开始找工作，连想都没想过，主要是因为她心不在此。看了艾米的一系列爱情小说，让她对出国充满了美好的憧憬和幻想，感觉外国就是“骑士”的故乡。那里不只是土生土长的男人高大英俊，对自己所爱的女人鞠躬尽瘁、死忠到底，就连从国内出去的男生，到了那里也受到熏陶，变成了风度翩翩的骑士。

凌云一直都在想着出国的事，学英语学得特别上心，但她知道自己的父母都是普通教师，收入有限，没钱供她自费留学，她得靠自己。所以，她计划先在国内读硕士，然后去国外读博士，听说读博士比较容易拿到助教或者助研的职位，那样不仅不用自己花钱读书，还能挣到一份工资。

她把自己的计划说了，朱艳问：“戈亮知道你想出国留学吗？”

“他从来没问过。”

“你也从来没对他提过？”

“我觉得还早呢。”

朱艳教训她说：“这些事，越早说清越好，说清了人家好决定跟不跟你谈下去。别搞得跟那个小昭一样，跟人家谈了几年了，才想起跳槽，突然就提出分手，太不厚道了，对人家打击多大呀！”

这也是凌云不愿意听到的话，打击越大，说明戈亮对那个小昭爱得越深，那她就不仅是个填坑的，简直就是陪葬的了。

朱艳是个从来不会看脸色的人，继续教训说：“我是你们的介绍人，戈亮又是我的大老乡，我可不想看到他第二次受伤害。”

说完这话，正义勇敢的朱艳就去找戈亮了。

而戈亮马上就来找凌云了：“听说你想出国留学？”

“是啊，你不想出国？”

“我肯定不想出国。”

“为什么？”

“我在国外一点人脉都没有，跑那里去干什么？”

“国外要什么人脉？不就是凭本事吗？”

“谁说国外就不要人脉了？只要是有人的地方，都需要人脉。”戈亮看她一副要辩驳的样子，接着说：“好吧，就算国外不看人脉，那同样糟糕，因为我在国内的一点人脉就完全用不上了，不是浪费了吗？”

“反正我在国内也没人脉。”

“没人脉也不能出去！海外学历早就不值钱了，国内工作市场又这么紧俏，等你在海外浪费四五年的青春再跑回来，国内早就没你的位置了。你没听说吗，现在很多留学人员，花了几十万在国外拿个学位，能在国内找个月薪三千的工作就算走大运了！”

凌云当然听说过，但她也没想过留完学再跑回来找工作：“那就在国外找工作啰。”

“国外工作就那么好找？如果好找的话，人家干吗还跑回来做那种月薪三千的工作？”

“但是——我觉得很多留学生都在国外找到工作了——”

“谁？”

“比如艾米他们。”

“艾米是谁？”

“是写《山楂树之恋》的那个。你没看过《山楂树之恋》？”

“我看那玩意干啥？骗你们老娘们眼泪的。”戈亮分析说，“艾米哪年出国的？早八百辈子了吧？他们那时候出国是好找工作，但现在不行了。那时出国的百分之九十九都留在了海外，但你看看现在，百分之九十九都回国了！”

她不知道究竟百分之几的人回了国，但她的确看过很多报道，都是留学生回国找工作的故事，中心思想就是海外工作不好找，海外学历不值钱，如果不是家里钱多得堆成山，烧都烧不完，就别凑热闹跑去海外留学了。

戈亮见她不吭声，乘胜追击道：“反正我现在是不会出国的，要出也要等国内位置坐稳了再出，那时去国外旅个游，出个差，谈个判，做几单生意什么的，多好！”

她觉得这计划也不无道理，有点骑驴找马的味道，不是不出国，而是先把国内的茅坑占好，然后再时不时地跑国外去拉一泡屎，拉完就回来，继续过国内的好生活。她想了想，说：“那我也先在国内找工作吧。”

“太好了！在哪儿找？可别在你们C市找，那么小的地方，你趁早拉倒，我是不会到你们C市去的！”

“我不是说在C市找，我先在A市找找看。”

“A市你就别想了吧，除非有人愿意收你做干女儿。”

凌云很生气：“你这么说是什么意思？为什么不是‘除非你愿意做谁的干女儿’，而是‘除非有人愿意收你做干女儿’？听你这个口气，我就找不到干爹，只有你那个小昭才能找到干爹？”

7

戈亮一愣，随即反问道：“难道你愿意做谁的干女儿？”

这下轮到凌云一愣了：“我、我没说我愿意做谁的干女儿！”

“那不就结了？”

她觉得戈亮说话有点像《至死不渝》里的卓越，经常是从前提一下子跳到结论，中间的推理过程都省掉了，有时甚至连前提都省掉了，直接从一个结论跳到另一个结论，搞得人摸头不是脑。

她自行脑补了一下他话里的逻辑，应该是这样的：“既然你是绝对不愿意做谁的干女儿的，我当然就不会说‘除非你愿意做谁的干女儿’了。那就只剩下一种可能：别人愿意收你做干女儿，所以我就那样说了，有什么不对吗？”

凌云觉得这样也说得通。

也就是说，他知道她绝对不会为了找工作就出卖自己。

嗯，挺有眼力的。

但戈亮还没放下“干爹”这个话题，像被人挖了祖坟一样，义愤填膺地说：“她那就叫瞎了眼！懂不懂？没有长远观点，只看到鼻子尖下的一点利益！哼，等过个二十年，看谁笑到最后！”

凌云知道他在说谁，很不高兴他对这事念念不忘，连二十年后的情景都想象过了。她决计打压他一下，便冷冷地说：“过二十年？她的干爹死都死了！”

“是啊，那时就该她哭了！”

“人家为什么要哭？干爹死了正好，留给她大把的钱，她可以带着遗产再嫁干爹的儿子，或者干爹的司机，反正是想嫁谁嫁谁，干吗要哭？难道她还真心爱她的干爹不成？”

戈亮满脸黑线，好一会儿才说：“她干爹不会把遗产留给她的，人家老婆孩子一大堆呢，会把钱留给她？人家就是玩玩她，等把她玩厌了，就会把她甩掉！那时候就该她哭了。”

“而你就跑去拯救她，让她重新回到你的怀抱？”

“哼，我才不会呢！接谁的盘都行，就是不能接老男人的盘。”

“为什么？”

“天知道那老家伙每天用什么在玩她，肯定早玩坏了！”

凌云感到很恶心，赶紧放下这个话题，问：“你不在A市找工作，那准备在哪里找？”

“当然是在B省找，”戈亮热烈地恳求说，“跟我一起回B省吧！我家在那里还有些人脉，帮我们找个工作不成问题。”

她第一次听到他把两个人的前途连在一起，这对她来说，不啻一声“我爱你”，至少算得上是“你愿意嫁给我吗？”的粗糙版本。

她顿时觉得什么留学啊骑士啊等等，都是遥不可及的美梦，平时哄哄自己还行，真到了现实当中，还是不能当饭吃的。她赶紧粉碎脑子里的各种五彩泡沫，让自己接上地气，热切地回应说：“好啊，你家里人会帮我找工作？”

“当然啦！他们知道我们是什么关系，肯定会帮你找工作！”

“我们是什么关系？”

“当然是老公老婆啦！”

“你对你们家里人说起过我了？”

“早说过了。”

“他们怎么说？”

“他们都很喜欢你。”

“真的？”

“当然是真的。他们从来就不喜欢那个姓赵的，一开始就各种反对，只怪我被她的外貌亮瞎了我的钛合金狗眼！”

虽然这等于他间接承认前任比她漂亮，但他能认识到前任的心灵没她美，还是让她很高兴的。毕竟情人眼里出西施，他选她做了他的现任情人，说明她在他眼里已经是西施了。而他还知道她内在也很美，绝对不会找干爹，那不就说明她在他心目中是内外兼美的平方西施了吗？

尤其是他的家人，太让她感动和敬佩了，面都没见过，就喜欢上了她，真是慧眼兰心！

这么聪明智慧的家庭养育出来的儿子，没理由不聪明智慧啊！

凌云暗下决心，一定不辜负他家人的厚爱，要让他们一个个拍手称庆：“这孩子就是好！”

也一定不辜负他的厚爱，决不能让他有朝一日骂自己瞎了钛合金狗眼。

这一下，她心里踏实多了，以前老觉得他是被人甩了，拿她当个临时填坑的备胎，只等那个小昭被人甩掉，就要欢天喜地跑上去捡回来。现在看来，他跟她是有长远打算的，连家人那里都通报了，还答应帮她在B省找工作，这得是多长远的打算啊！

凌云感觉她和他之间，就只差一张结婚证了。

再就是还差上个床。

想到这一点，她更爱他了，他求了那么多次，她婉拒了那么多次，他也没生气逃走，说明他真的不是为了所谓"啪啪啪"才找她的，他是有长远打算的。

是谁说"大学爱情毁在毕业分配"的？

明明是"大学爱情成在毕业找工作"！

要不是因为毕业找工作，他们怎么会把关系推进这么大一步呢？

啦啦啦，真正的爱情，是什么都摧毁不了的！

亲身体会，与君共享！

正因为有了这个未来计划，所以当她老妈说到那个初中学渣追求者的时候，她就大不以为意："我不会在C市找工作的，你快别招惹他了。"

她妈像所有爱女深切但眼光短浅的妈妈一样，最大的愿望莫过于把女儿拴在自己身边："那你要在哪里找工作？"

凌云决定暂时不把戈亮家在给她找工作的事说出来，先探探老妈的口风："我不是告诉过你我想出国的吗？"

"出了国不还是要回来找工作吗？难道你还留在外国不回来了？"

"呃——这个——如果在外面留得下来，当然会留在那里。留学生，留学生，不就是要留在外面吗？如果出了国又回来，那就不叫'留学生'，而叫'还学生'了。"

她妈几乎要哭出来了："我们就你这么一个女儿，你跑那么远的地方去，山高水长的，我们想见你一面都不容易，那我不就白养你这么个女儿了吗？”

瞧这觉悟！

生儿育女就是为了老来有个人陪伴吗？那不是把儿女当宠物了？瞧人家艾米的妈妈，女儿想在国外，老妈就说国外好，女儿想在国内，老妈就说国内好，多么“二十四孝”！

凌云给她父母推荐过艾米的小说，还买了一套送给他们。但她爸只爱看军事题材的小说，一听说是爱情小说，就没兴趣了。她妈倒是爱看爱情小说，但只爱看《山楂树之恋》，看得泪流满面，说太真实太感人了，但对《十年忽悠》简直就看不下去，感叹说：“到底是两代人，太不相同了。我还是喜欢我们那个年代的女孩子，多规矩多本分！”

然后她妈就讲起自己年轻时的本分业绩来，滔滔不绝，完全打不住。

她是不指望自己的老妈能像艾米妈妈那样了，赶紧说：“其实我现在已经改变主意了，暂时不出国留学。”

老妈长舒一口气：“那就好！我也不是说你不能出国，现在这么多人出国，你要出去开开眼界还是可以的，出去读个学位，然后就回来，找个好工作。”

“现在你还指望出国留学镀层金，回来人家把你当神供起来？快别做梦了！”她不知不觉地就把戈亮的那套说法当成了自己的财产，鹦鹉学舌地搬弄了一通。

她妈说：“那就更不用出什么国了！趁早在国内找个工作，我明天就去找你裴伯伯。”

凌云急忙阻拦：“喂喂喂，我不是跟你说了吗？我不会回 C 市找工作的。你看见过几个从 A 大毕业的人还回到 C 市工作的？”

“就是因为少才稀罕嘛。”

“谁稀罕呀？人家会觉得你是学渣，不然怎么在外面找不到工作，还得跑回 C 市这种地方来？”

“C 市怎么了？”

她又把朱艳的理论据为己有：“即使不是城乡接合部，也是三线城市。”

在“三线城市”过了一辈子的妈妈有点黯然：“那你是要待在 A 市不回来了？”

她也黯然了：“A 市是那么好待的？我老爸又不是干部。”

“那你想到哪里去？”

她犹豫了一下，坦白说：“我想去戈亮他们那边。”

“去他那边？你不是说他们那里说的话你都听不懂吗？”

她解释说：“我说的是他们那里的本地话，但那里的人都会说普通话的。他们跟当地人就说当地话，但跟我们外地人都是说普通话。”

“我就怕你去了那里，人家当着你的面骂你，你都听不懂！”

凌云想象了一下今后见公婆的情景，一大家子人，都盯着她看，然后就像朱艳每次遇到戈亮一样，兀自转过脸去，把她撇在一边，两人用 B 省话肆无忌惮地讲谈起来，她只能尴尬地站在一边，一句也听不懂。

这前景让她有点发怵，但仍然嬉皮笑脸地说：“听不懂正好，我就不知道他们是在骂我！”

“唉，跑 B 省去，隔着多远啊！我们去看你一趟都不方便。”

“怎么会不方便呢？现在动车飞机这么多这么快，你想去随时都能去。”

“那怎么比得上就在 C 市呢？随时都能看到你，等你有了孩子，我就退休了，在家给你带孩子。”

“哇，你可想得真远！”

“这能有多远？还不就是两三年的事。”妈妈无奈地说，“唉，真是女大不中留！我一把屎一把尿地把你拉扯大，辛辛苦苦了几十年，到头来还是跑别人家去了，我们白忙活了。你就不能让戈亮上咱们C市来？现在又不兴什么倒插门，都是小两口自己在一边住。”

凌云想起戈亮对C市的态度，哪里有一星半点“爱屋及乌”的意思在里头？

但她没说什么，因为她自己也不想回C市，便略过这一节，开玩笑说：“那我就不出嫁了，做个‘齐天大剩’，一辈子陪着你和爸。”

“别介，别介，我可没叫你做‘齐天大剩’！”

“呵呵，那你是同意我去B省了？”

妈妈咕噜着说：“我不同意又有什么办法？只怪当年的计划生育政策，只能生一个，不然我再生个儿子，娶个媳妇回来，不就有人陪着我了？”

她得到了父母的批准，更放心了，开始收集有关B省的各种信息，想象自己就要在B省工作和生活，真是又激动又担心，生怕自己不能胜任工作，又怕自己不讨公婆喜欢。

至于男朋友戈亮，她倒不是特别担心，因为他虽然不是小说中的情圣，不怎么浪漫，历史上还有过污点，但总的来说，还是比较稳定如一的。

生活嘛，又不是小说，当然还是稳定一点好。

8

工作的事有了着落，凌云感到一身轻松。

她这才意识到，以前总想着考研啊出国啊什么的，其实并不是为了高学位或者洋学位，甚至也不是为了浪漫的邂逅，而是为了逃避她一直在惧怕的一件事——找工作。

可以这么说，从她记事起，她生活的终极目标就是为了找份工作，因为父母鞭策她好好读书的理由就是:“你现在不好好读书，怎么能考进重点中学？你要是进不了重点中学，就别想进重点高中了。如果上不了重点高中，你进重点大学的机会就等于零！而像你这样的寒门子弟，如果考不上重点大学，你肯定找不到工作！”

至于找不到工作会怎么样，就不用爹妈细说了，傻瓜都知道。

她一点都不怪父母拿找工作的事逼她学习，因为她这些年看到的情景，都证明父母的担心是有道理的。

现在的政府，不敢把年轻人都赶到农村去了，就让他们全都进入劳动力市场去激烈竞争。

由于电脑的介入，自动化程度的提高，中国的职场是年年在紧缩，而找工作的人却越来越多，年轻人一批批进入劳动力市场。老年人却越活越带劲，根本不想退休，好不容易到了年龄退了休，又以各种理由返聘回岗，或者脚踏两只船，在几个地方同时供职。再加上大批海归和老外也来抢饭碗，搞得职场竞争越来越激烈，就业前景越来越黯淡。

最糟糕的是，拼爹的势头越来越猛，塞钱的势头也越来越猛，像她这样无权无势的寒门子弟，没爹可拼，也没钱可塞，就只能靠成绩出众才能跟人竞争。

凌云这一路走来，如果不是学习特别优秀，早就被那些有爹可拼有钱可塞的人给挤下去了。

她高中分班，大学选专业，父母都是围绕“找工作”来决定的，什么科好找工作就选什么科，什么专业好找工作就选什么专业，根本不考虑她自己的爱好。

当然，她也没有自己的爱好。一辈子都在为找工作而学习，哪里有时间发展自己的爱好？虽说也学了一点钢琴什么的，但那都不是因为爱好，而是为了高考加分。一旦发现学那玩意学不到加分的地步，就快刀斩乱麻地停了下来。

她自己也已经被父母彻底洗脑了，从来没想过“如果我以后能做某某工作就好了”，想的都是“这个专业比较好找工作”，至于自己喜不喜欢那个工作，根本无须考虑：那么好找工作，你还不喜欢？有病啊你？

她没辜负父母的唠叨，如愿以偿地进名校读了一个“好找工作”的专业，她爸妈可能觉得大功告成，高枕无忧，或者因为鞭长莫及，黔驴技穷，反正是没像以前那样成天唠叨了。

但她自己心理上的压力并没减轻，可能因为父母不再唠叨，没人分忧，压力反而加重了。名校毕业找不到工作只好去集市上卖猪肉的例子时有耳闻，为了留在 A 市就把青春和贞操出卖给糟老头子的例子更是亲眼所见，像她这样既不愿意卖身又不愿意卖（猪）肉的寒门子弟，要说不担心是不可能的。

现在，戈亮把她找工作的事情给承担下来，等于从她心里搬走了一块大石头，让她怎能不开心呢？

更重要的是，戈亮同时也从她心上搬走了另一块大石头：他主动要求她跟他去 B 省，还提出在 B 省给她找工作，等于是向她求了四分之三个婚。

事业爱情一举搞定，太辉煌了！

古人不是说了吗，人生最得意之事，莫过于“洞房花烛夜，金榜题名时”，而她早就金榜题名了，现在离洞房花烛也指日可待，不得意都对不起古人！

戈亮说话算话，真的让家里人为她在B省找工作，而且真的找到了。

寒假的时候，她跟戈亮回B省面试加相亲。

她爸妈听说她寒假不能回C市，非常沮丧："你找工作也用不着整个寒假吧？不能面试完就回来过春节吗？"

"我已经答应去他家过春节了。"

"门都还没过，就跑人家里去过春节，像什么话？"

"妈呀，你真是老脑筋，现在很多人在大学里就——"她不好意思说很多大学生早就同居了，只好改成："结婚了。"

她爸妈还是不为所动："那又不一样，到了法定年龄，当然可以结婚，但你这是还没过门——"

她拿出撒手锏："那我不去面试了？"

"面试当然要去，但面试完了马上回来！"

"那我春节不是要跟他分着过了？"

"你可以叫他也到C市来过春节嘛。"

"那跟我去他家过春节有什么不一样？"

"当然不一样啦！"

凌云没办法，只好去跟戈亮商量。

但戈亮坚决不同意到C市过春节："我才不去那个什么C市过春节呢！城乡接合部，有什么好玩的？"

她很生气："你去过C市？"

"没有啊。"

"那你怎么知道那里是城乡接合部？"

"我还用去了那里才知道？一点名气都没有嘛。"

哼，说好的爱屋及乌呢？

她赌气地问："那以后呢？你永远都不去C市，不去我家？"

“以后是以后的事嘛，今年春节不是要找工作吗？跑那里去怎么找工作？”

“面试不是在春节前吗？面试完了就去我家不行？”

戈亮解释说：“面试是只有一次，但我们得去拜访很多人啊，那都是去了之后才好安排的。”

“拜访很多人？是不是你家的亲戚？”

“有的是亲戚，有的不是。”

“那干吗要去拜访？”

戈亮嘲笑说：“你是真傻还是装傻？托人找工作，不去送礼怎么能行？”

“但是，你不是说你家里已经帮我们弄好了吗？”

“我家里是帮我们弄好了，但我们作为当事人，总不能连面都不露一个吧？”

“但是我们只是需要一个工作，干吗要去拜访那么多人？”

戈亮居高临下地说：“这些事，你没我懂，就老老实实听我的吧。”

“我是听你的呀，我只是想知道为什么。”

“听就听，干吗还要知道为什么呢？”

“知道了才好说服我爸妈，再说，”她不无谄媚地补充说，“知道了也能更好地听你的嘛。”

戈亮笑笑说：“你想知道为什么？那我告诉你吧，因为这样找到的工作，都是口头上应允的事，有的人连口头应允都做不到，只是答应帮忙而已，因为他们自己没有话语权，还得再去找别人，所以你也不知道最终哪个能搞成，哪个搞不成。”

“所以要广种薄收？”

“是啊。”

“这么玄？”

“那你以为呢？”

她想了想，觉得有道理，戈亮的父母不是什么干部，也不是开公司办工厂的，招工招人不能自己说了算，都得去求人。

这年头，能求到人就不错了。像她家这样的，想求人都不知道去求谁！

她把个中缘由都对父母解释了，父母还是通情达理的，尤其是关系到找工作的事，他们可不敢怠慢。

凌云有生以来第一次去别人家过春节，像每一个即将见公婆的新媳妇一样，又激动又担心，成天想着该如何穿着，如何打扮，如何言行，如何应对，把自己搞得兴奋不已，夜不能寐。

等到了戈亮家，才发现一切担心都是多余的，戈亮的爸妈非常和蔼可亲、平易近人，非常好相处。

戈亮的爸爸是某个机关的中层干部，但跟她心目中的干部模样很不一样，不是大腹便便、脑满肠肥，而是精瘦干练、面貌清癯，浑身上下没有一点多余的肉——应该说没有一点肉——包括肌肉和肥肉。如果不是个子稍矮的话，简直算得上玉树临风。

戈亮的妈妈是同一个机关的会计，也是精瘦干练，面貌清癯，浑身上下也是没有一点多余的肉，连不多余的肉都没有，非常骨感。

他们两人为了迁就凌云，都憋着一口B省普通话跟她交谈，但看得出来，憋得很难受，只要有机会，就都讲回B省话，她一句都听不懂。

她到了那里才发现，戈亮的全部人脉就是他的一个舅舅。他舅舅是E市里比较大的官，但也不是一把手二把手，只能算m人之下，n人之上，估计m会大于10，n就不知道了，可能大于E市人口的二分之一。

他们回去后，戈亮的爸妈请他舅舅吃了一次饭，算是向舅舅引荐她这个未过门的新媳妇。

戈亮的舅舅也不像她想象中的市级干部，绝对不是肥头大耳的死胖子，而是骨骼清癯的活瘦子，给她一种道骨仙风的感觉，好像时刻都能放下俗世的风花雪月吃喝玩乐，上山修炼成仙而去。

凌云和戈亮虽然还拜访了其他一些人，但她直觉那些人都是陪练的，全都不如戈亮的舅舅，无论是地位还是神通，肯定都达不到舅舅那个级别。但本着“宁可错拜三千，也不放过一个”的原则，他们还是一家一家地拜访，一家一家地送礼。

礼物都是戈亮的父母帮忙准备的，都已经包好了，每次他们出发前就拿出来让他们提上。她不知道里面装的是什么，但知道都不便宜。这年头，便宜的东西早就拿不出手了。要么不送，要送就别吝惜钱，不然会舍了孩子还没套着狼。

她私下问戈亮：“这些东西，都是你爸妈出钱买的？”

“不是他们出钱还能是谁出？我又没钱。”

“那我是不是也该出点钱？”

戈亮豪爽地说：“到了我这边，怎么能要你出钱？”

9

凌云的母上大人同意女儿寒假去戈亮家，是有一个特殊前提的：“去了那里，一定要自己住一间房，如果他家没多余的房给你住，你就到旅馆去住，千万别中了那俩老家伙的圈套，早早地就跟他们的儿子住一起！你不答应我这个条件，我绝不让你去他家过春节！”

凌云知道她妈对她寒假去戈亮家很不高兴，但没想到是在为这个担心，还以为她妈就像所有独生子女的家长一样，为了宝贝孩子去哪家过春节在争风吃醋呢。

她不以为意地说："没问题，我答应你！"

"你说这话根本就没过心！"

"过了心的，真的。"

"我为你操碎了心，你还一点都不领情！"

"你干吗操那么多心啊？"

"你是我的女儿，我能不操心吗？生你之前，我就想过，一定得生个儿子，免得操那么多心。"

"哇，你还后悔生了我？"

"不是后悔生了你，我也不重男轻女，而是生儿子省心。"妈妈感叹说，"现实就是这个样子，养儿子的和养女儿的就是不一样。养儿子的从小就培养儿子厚脸皮，放纵儿子追女孩，追到了光荣，追不到也不吃亏。但像我们养女儿的，就得像防贼一样防着那些男的，不然的话，我们千辛万苦养大的女儿，随随便便就让那些猪给拱了！"

凌云笑嘻嘻地问："戈亮是猪？"

妈妈狠狠地答："男人都是猪！"

"那爸爸呢？"

"爸爸？你爸爸不一样，他老实得很，我们是等到结婚了才——"

"但你刚才不是说男人都是猪吗？"

"我说的是别的男人！"

她挑衅说："我觉得那不是因为爸爸老实，是因为那个年代就是那样的吧？"

"那个年代怎么了？还不是有未婚同居的，还不是有未婚先孕的！"妈妈见话头被扯歪了，赶快扯回来说，"我现在是在说你，你别往我和你爸爸身上扯。"

她嬉皮笑脸地说："好好好，继续说我，继续说我。"

"那些养儿子的父母，都巴不得早八百年就把生米煮成熟饭，让儿子一上来就把人家闺女霸占了，然后他们就占了优势，不管是娶你还是不娶你，都是他们占上风。”

“哇，我这是不是穿越了？”

“穿越什么？”

“穿越到《山楂树之恋》那个年代了？”

老妈也是熟读《山楂树之恋》的人，知道女儿在说什么：“不管哪个年代，社会对女孩子的要求都是一样的。静秋要不是她妈管得紧，还不是早就出事了！”

“出什么事？”

“出大事！她那个年代，更不得了，女孩子要是失了身，就是死路一条，即便不死，也是一辈子被人瞧不起，好多女孩子就是因为这个自寻短见的！静秋要是跟老三做了那个事，她后来还嫁得出去？”

“嫁不出去就不嫁呗！”她还巴不得静秋不跟别人结婚，一辈子爱着老三呢。

但她妈真正关心的不是静秋嫁不嫁得出去，而是自己的女儿嫁不嫁得出去：“你说得轻巧！嫁不出去就得一辈子做剩女，让人家笑话，让爹妈操心。等爹妈一过世，就剩你一个人，孤苦伶仃地活在这个世界上，我进了坟墓都不得安心！”

凌云是个乖乖女，最怕父母担心了，现在老妈连“坟墓”都扯出来了，她马上投降：“别瞎操心了，静秋那个年代早就过去了！现在的年轻人，谁不是一谈对象就同居？”

“同居又怎么样？两个人不吹就没事，一旦吹了，还是该那个女孩子吃亏！再找男朋友，就被人家嫌弃！”

“哪有这种事？你还在搬老皇历。”

“我才不是搬老皇历呢！现在的社会，开放是开放，但那是对男人开放的。”

她知道老妈最恨这一点，生怕老爸有朝一日也做出这种事来，总是念叨毛爷爷的时代多么好，找个丈夫结婚，一辈子就有着落了，安安稳稳，白头到老。哪像现在，今天这个的丈夫出轨，明天那个的老公嫖娼，搞得老妈整天心惊胆战的。

她安慰说："你别担心了，爸爸不是那种人。"

"我不是在说你爸，我是在说你的男朋友！"

"我的男朋友怎么了？"

"哼，现在的男人，对人对己都是两套原则。找女朋友，巴不得找黄花闺女；找到了，巴不得早早上床；上完床了，又嫌弃人家不检点；到了谈婚论嫁的时候，还是要找黄花闺女。要不然怎么那么多女孩子去医院做处女膜修复手术？"

处女膜修复手术，她是听说过的，但没当回事，觉得那都是一些极品男才会挑剔女生不是处女；而只有那些极品女，才会为了这样的极品男去做处女膜修复这种极品手术。

反正都是极品！

她妈见她不吭声，觉得自己辩赢了，继续敲打说："我叫你别去他那里，你不听，说要找工作。好，找工作我不耽误你。但如果你不答应我这一条，我死也不会让你去他家！"

"答应哪一条？"

"不跟他在一起住呀！"

"我怎么会跟他在一起住？"

"你只身去了他们家，人生地不熟的，还不是由着他们来摆弄？所以我尽早提醒你，到时候放警惕点，如果他爸妈安排你们住一起，你千万不能答应，实在不行，你就到旅馆去住。"

"他们不会安排我跟他住一起的！"

"我说了你不相信，到时候你就知道了。你妈活了这些年，吃的盐比你吃的饭还多。”

“哇，那你不咸死了？”

“你别跟我嘻嘻哈哈的，先答应我这条再说，不然我不放你去他家。”

“答应，答应！我又不是傻瓜，怎么会中那种圈套？”

凌云是怀揣着各种警惕到B省来的，但到戈亮家后，发现人家根本不是她妈说的那种“养儿子的”父母，处心积虑帮儿子祸害女生。戈爸戈妈根本就没安排她跟戈亮住一个屋，人家三个卧室，老两口一个，戈亮自己的卧室还保持在那里，每次回家都是住那里，剩下一间是客房，给她住，人家已经把客房打扫得干干净净，布置得清清爽爽了。

她一到那里就给老妈发短信，详细描述住宿安排，还拍了照片做证，让老妈放心。末了，也没忘记调侃老妈一句：“瞧瞧，你以小人之心度君子之腹了吧？”

老妈一点也没有预言破产的尴尬，坚持说：“这种事嘛，都是不怕一万，只怕万一的，害人之心不可有，防人之心不可无。即使不住一个屋，你也要小心，每天睡觉前都要检查一下门闩没闩好，床底下藏没藏人。”

凌云努力忍着才没笑出来，一本正经地举着手机，在房间里查来查去，让老妈观察全过程。

不过，她自己倒有点诧异起来，戈爸戈妈这样安排，到底是因为他们为人正直，还是因为瞧不上她？按照她妈的理论，男方的家长都是想方设法把生米煮成熟饭的，她也听到过这种故事，还在网上看到过类似的段子：像什么男生到女生家，女生妈妈就守在那里，寸步不离，而女生到男生家，男生家长就齐刷刷地到外面打麻将去了，生怕两个小青年办事不方便。

但戈亮的爸妈为什么没有这样呢？是不是觉得她长得不行，是小城市来的，不够格做他们家的媳妇，所以只是把她当客人？

但如果把她当客人，会帮她在B省找工作？

凌云搞不明白了。

戈亮本人也挺规矩，连平时那些搂搂抱抱都没有了。

她到了一个人生地不熟的地界，满眼都是陌生面孔，只有戈亮一个熟人，越看越觉得他帅气。以前还觉得他个子矮小，现在有他老爸老妈做陪衬，一下就高大起来，五官本来就英俊，再加上玉树临风的身材，简直就是大帅哥一枚！

大帅哥的爸妈虽然礼貌周全，但无奈普通话都说得不是那么顺溜，估计就像她讲英语一样，日常的寒暄问候是可以的，但如果要深谈，立马发怵。

她只有大帅哥一个能说话的人，所以只有他在场的时候，她才觉得比较安心，一旦他去了别的房间，剩下她和他爸妈在一起，她就觉得坐立不安。

其间，戈亮被他妈支出去买啤酒，据说小卖部就在前面那栋楼房的一层，但她感觉他去了一年都不止，只恨自己没要求跟着去。她不停地到阳台上去等，都快等成望夫石了。

从那之后，她就吸取教训，对戈亮脚跟脚，腿跟腿，他到哪儿去，她就跟到哪儿去，一直跟到晚上，该睡觉了，只好回到自己的房间。

她孤寂地躺在陌生的小床上，想起《十年忽悠》里艾米风雪天开车到多伦多艾伦家的情景，鼻子有点发酸。

也是别人家的客房，也是别人家的小床，男友的房间也是近在咫尺……

她越想越觉得神同步，越想越睡不着觉，待会儿要不要摸到戈亮房间门口去推门？

她想起艾米写的《十年忽悠》的番外《一夫当关》，那里面说艾伦那天其实没闩门，是那个门挺紧的，而艾米又做贼心虚，推了两下没推开，就跑掉了。

不知道戈亮的房间有没有门闩？

她住的那间房是有门闩的，她刚才进来后就下意识地闩上了，还按照她妈的安排，检查了床下藏没藏人。但她现在有点犹豫了，要不要去把门闩打开，免得待会儿戈亮找过来的时候进不来？

如果她真打开了，而戈亮也真的找过来了，那怎么办？难道就让他得逞算了？

这在当今社会真不算什么大事，谁不是一谈恋爱就滚床单了？但老妈那个老脑筋，要是知道她跟戈亮也滚了床单，肯定能把她吃了。

她犹豫再三，还是起床去把门闩拉开了，她相信自己在这一点上对戈亮还是有绝对权力的，她不愿意，他绝对不敢乱来。但她希望他能来她的卧室找她，证明她对他有那个魅力，必须的！

一直等到半夜十二点，戈亮也没到她房间来找她。

怎么回事？难道我这么没有魅力？

或者是我太有魅力，所以他不敢跟我单独待在一起，怕自己按捺不住？毕竟我从来没让他得逞过，他怕着呢。

她在床上辗转反侧，把《十年忽悠》里的情节过了一遍又一遍。最后，鬼使神差地从床上爬起来，赤足走出卧室，蹑手蹑脚地来到戈亮的房间门口，尖起两个指头，在门上轻轻推了一下。

一推就开！

10

凌云愣了，这个她可没有想到。

但她很快便反应过来，门没闩，说明他给她留着门！

她飞快地做了决定：如果他就站在门后等她，那就说明他也睡不着，正在想她，那她今天就从了他了。毕竟现在已经不是《山楂树之恋》那个年代，甚至也不是《十年忽悠》那个年代，而是“后十年忽悠”年代了，没有谁会像她那样，谈了近一年的恋爱还没做爱的。她拒绝了他那么多次，按照现在的标准，已经够作的了，再作就人神共愤了。而他，虽然也有怨言，但也没因此而离开她，也算经得起考验的了。

关键是今夜这一幕，简直就跟《十年忽悠》一模一样啊！

艾米和艾伦都说了，如果那晚艾米推开了门，两艾肯定就滚床单了，那样就不会加深误会，艾伦也就不会只身跑回中国去，害得两人隔着大洋过圣诞节，耽误了多少好时光！

严格地说，今夜这一幕跟《十年忽悠》还不算一模一样，只算 0.8 模 0.8 样，相差的那 0.2，是睡觉之前那一段，戈亮没到她房间去，告诉她灯的开关在哪里，洗手间在哪里，要喝水到哪里去拿，要吃东西到哪里去拿。

他压根儿就没到她房间里去，在过道里就跟她互道晚安，然后回到他自己的房间。

对此，她完全可以理解：还是因为她魅力太大，磁场太强，强得像阿富汗交战双方布下的地雷阵一样，根本无法接近，一旦接近就会引爆，炸死。

所以，就这么定了，如果他从门后跳出来搂住她，她就从了。

她怀着“从了老衲”的决心站在那里，但他并没从门后跳出来。

她站了好一会儿，他都没跳出来。

一股冷气从她脚下直蹿上来，那可是一种内外兼顾的冷啊！不仅脚冷腿冷手冷，连心都是冷的，如果眼皮知道冷，肯定连眼皮都是冷的了！

怎么回事？他上厕所去了吗？

等到她的眼睛适应了黑暗，才发现他在床上，正裹着被子睡大觉呢！

再看看自己，光脚站在过道的瓷砖地面上，只穿着一件薄薄的睡衣，屋子里没暖气，只在每个房间里放了个立式取暖器，但过道里没放，她快要冻成冰棍了！

凌云怒了！

好你个戈亮，平时总是叽叽歪歪，说想那事都快想疯了，今天两个人都到了一个屋檐下了，你却睡得像头死猪，一点想法都没有？

搞什么搞嘛？

她头脑一热，几步走到他床边，在被子上拍了几下。

他肯定被拍醒了，因为被子里有了动静。但他没有从被子里出来，而是更紧地卷住被子，闷声闷气地说了一句B省话。

她没听明白，又拍了两下，小声说："喂，问你事呢！"

他听见是她的声音，才伸出头来，惊讶而又郁闷地说："是你呀？吓我一跳！"

"你就这么点胆子？"

"什么事呀，不能明天问吗？"

"不能。我想问你开水在哪里？"

"你现在找开水干吗？"

"喝。"

"半夜三更找开水喝，你疯了？"

"可能是晚上吃得太咸了。"这可太冤枉戈妈妈了！戈妈妈的菜绝对是偏淡的，淡到不怎么送饭的地步，但事到如今，也只好让戈妈妈做个替罪羊了。

"咸吗？我一点没觉得咸啊。"

她赌气说："你不觉得咸，我觉得咸，不行吗？"

他听出来她在生气，缓和了口气说："暖瓶不是在客厅里吗？你怎么找到我这儿来了？"

她要气昏了！

哼，你不愿意我来找你，我还不愿意找你呢！

她立即往外走。

他跳起来，一把拉住她。

她压低嗓子呵斥说："干吗？你干吗呀？"

"先给你暖暖。"他半推半抱地把她弄到床边，拉进被子里，小声说，"看你，脚冰凉！"

他搂着她，把她的两只脚夹在自己的小腿中间，她感觉到他腿上的汗毛，有种奇怪的感觉。她从来没注意过他腿上有汗毛，可能一直都把他当小毛孩看待了。

他夹了一会儿，问："好点了吧？不冷了吧？"

她感动地点点头，小声问："你刚才睡着了？"

"嗯，正在做梦呢。"

"做什么梦？是不是 spring dream（春梦）？"

"spring dream？什么意思？"

"不知道就算了。那你做的什么梦？"

"鬼梦！"

"难怪我拍你的时候，你吓成那样！"

他有点不好意思地说："是被你吓了一跳。"

"你就这么点胆子？"

"其实我胆子大着呢，什么都不怕，就是有点怕鬼。"

她也有点怕鬼，但她强作镇定地说："哪有什么鬼呀？"

"谁说没有？我就看见过。"

“你看见过鬼？”

“是啊，就上次回来过暑假，半夜被尿胀醒了，正想下床去上厕所，突然看到床边站着一个人——”

“是你爸妈吧？”

“肯定不是，我自己的爸妈，我还认不出来？”

“会不会是进屋偷东西的？”

“肯定不是，因为我爸妈后来到处都查了，门窗全都锁了闩了，没有被破坏的痕迹。”

“那最后有没有查明究竟是什么呢？”

“肯定是鬼！因为这个屋里死过人的。”

她吃了一惊：“是吗？”

“嗯，我爷爷就死在这个屋里。”

她是背对着床沿躺着的，听了这话，顿时汗毛倒竖，感觉背后就站着一个黑影，一声不吭地盯着他们俩。她吓得缩进他怀里，不敢转身去核查。

她在他耳边低语道：“你爷爷就是在这间屋里死的？”

“不是这间屋，是这套房子。”

“那他是在哪间屋里死的？”

“是你住的那间。”

她更害怕了，心说难怪把那个大的房间给我住呢，原来是死过人的房间！

“那你们怎么不把这房子卖了，搬到别处去住呢？”

“卖给谁？人家知道这房子死过人的，谁还会买呀？”

那倒也是，如果她是买主，也不会买这样的房子。

他体贴地说：“你要是怕的话，就在这里睡好了。”

“嗯。”

两人躺了一会儿，她问："既然你那么怕，怎么不闩门呢？"

"闩门闩得住鬼？"

"闩一下总比不闩好吧？"

"没用的。"他低声说，"我可不想把你闩在外面。"

"把我闩在外面？什么意思？"

"我特意给你留的。"

"什么给我留的？"

"门呀！"

"你——知道我会来找水喝？"

"我知道你会来找我。"

她竭力抵赖："瞎说！如果不是晚上吃得太咸的话——"

"别装了，我家的菜从来不咸。"

她不好意思再冤枉戈妈妈，默认了："那你呢？就没想过去找我？"

"想了啊。"

"那你怎么没去呢？是不是准备待会儿再去？"

"我不敢去找你。"

"为什么？"

"怕你不依，大喊大叫起来。"

"你怕把你爸妈惊醒了？"

"那倒不是。"

"那是怕什么？"

"怕你告我。这种事讲究自觉自愿嘛，如果你不愿意，告我一个强奸，我不玩完了？"

"所以你等我自己送上门来？"

他没回答。

"那如果我今晚不来呢？"

“我明天就把爷爷的事告诉你。”

她捶了他一拳：“你好坏啊！”

他“哎哟”了一声，开始对她发起进攻，边爱抚她的胸边问：“这得有C吧？”

她不无骄傲地说：“反正我的罩罩都是C的。”

“原装的？”

“什么原装的？”

“就是没做过假的。”

“当然没做过！”

她拨开他的手：“原装的又怎么样，不原装的又怎么样？”

“原装的就好好爱惜——”

“不是原装的呢？”

“呵呵，就猛打猛冲啰。”

这真是理想很丰满，现实很骨感啊！想象当中的爱情，应该不是这样的！艾米小说中的做爱场面，比这个温柔浪漫多了。

他催促说：“说呀，是不是原装的？”

她赌气说：“当然是原装的！”

“我就知道是原装的！放心，我会轻轻的——”

她竭力推开他：“别开玩笑了！我说了要等到结婚之后才行的。”

“那我们明天就去结婚！”

“还没毕业呢，结什么婚？”

“谁说要等到毕业才能结婚？大学里结婚的还少吗？”

“但是我们还什么都没有呢！”

“谁说什么都没有？房子我爸妈已经为我们准备好了，是我们自己的那套房子，现在出租给别人，等我毕业就收回。这套房子是我爷爷的，他病倒之后，都是我爸妈在伺候，所以这房子就留给我爸妈了。车钱也存好了，只等我毕业回来就去提车。”

“我不是说这个。”

“那是说什么？婚戒？明天就去买！”

“我也不是说这些。”

他不解地问：“那你是在说什么？套套？我有啊！你等等，我这就去拿。”

他勇敢地从被子里跳出来，到抽屉里去拿套套。

她趁机从床上爬起来往门外走。

他在门边追上她，抱紧了，在她耳边说：“你不怕我爷爷的鬼魂了？”

她还真有点怕。

他恳求说：“就在这里睡吧。你不想做就不做，我们就抱着睡觉就行了。”

“你说话算数？”

“当然算数，这么久了，你还不相信我？”

她犹豫了一下，跟他回到床上。

他真的只是抱着她睡觉，没乱动，但她能感到他的呼吸急促且滚烫。

她自己倒还好，呼吸平稳，心情也挺平静。

但两个人都睡不着，一会儿翻过去，一会儿翻过来。

翻了好一会，她动了恻隐之心：“如果你实在想的话——”

“没事，我能忍。”

“听说忍了不好。”

“都忍这么久了，要不好早就不好了，不在乎多忍一次。”

“你是不是觉得我很作？”

“没有啊。”

“那你有没有找其他人发泄？”

"没有啊。"

"那你怎么办呢？"

"自撸啰。"

"你不觉得很亏？有个女朋友，又不能——"

"不亏呀，值得嘛。"

她已经感动得无以复加了，这真比得上《十年忽悠》了！

她拉起他的手，放到自己睡衣带子那里。

他愣了一下，问："可以了？"

"嗯。"

11

从 B 省回来之后，凌云就有了一种功成名就的感觉。

那是一种什么样的感觉呢？

具体说来，就是一种类似于"革命已经成功，同志无须努力"的倦怠感。

工作找好了，对象搞定了，婚房已经买在那里，汽车随时可以去提，还有什么可操心可盼望的呢？

她对上课考试之类失去了兴趣。不考研了，还学个什么？

现在她算明白了，成绩就是在进大学的时候有用，可以部分地决定你进入哪所大学。但进入大学之后，就一点用都没有了，跟找工作没有半毛钱的关系，用人单位根本不看你的成绩，只看举荐人的面子。如果不是戈亮的舅舅举荐，她成绩再好也进不了 B 省的 F 公司。而戈亮有那么个舅舅，哪怕成绩比她差很多，肯定也能进 F 公司。

最令她倦怠的，是爱情。

从前她的爱情虽然平淡，但还有一个未知世界可以猜想和憧憬，至少还经常需要拒绝戈亮滚床单的要求，拒绝了还多少有点担心，怕他生气了，逃跑了，等到发现他没生气没逃跑的时候，多少还有点惊喜加感激。

但现在，这一切都不复存在了。

既然在B省时就已经滚了床单，现在再拒绝就没道理了，所以现在每次见面都是想方设法找个地方滚床单。如果没机会滚，那就根本不用见面，见了面也会非常尴尬乏味，戈亮满脸都是“你找我有什么事，快说，说完了我好玩手机”的表情，搞得她兴味索然。

而这还是在恋爱期间！

今后的日子，肯定更是乏味。不过就是毕业，去B省，结婚，住进公公婆婆为他们准备好的房子，连装修都不用，车的价位也确定了，肯定是在那个价位里选择。而那个价位的车就那么几种，她顶多能参与选颜色。但她喜欢的颜色戈亮都不喜欢，那么，她这个一分钱都没出的人，难道还好意思坚持自己喜欢的颜色？

然后，就是每天上班下班，回家烧饭吃饭，然后滚床单。

太乏味了！

这不是她想要的生活！

她想要的是小说里那种甜蜜浪漫充满惊喜的生活，至少在恋爱期间，会有一些波澜，一些起伏，一些灾难，才能显出男主对女主的一往情深。

像她和戈亮这样，根本没有经历过猜心阶段，连窗户纸都是朱艳捅破的，戈亮也没有追求过她，两人直接就进入了男女朋友阶段，然后，连“我爱你”都没有说过，就谈婚论嫁，然后滚了床单。

想到她人生的书卷就这么明明白白地摊开在自己面前，一点儿惊喜都没有，她真的很烦躁，还不如生在战火连天的年代，或者发生一个大灾难，兴许还能过一种大起大落的生活。

她只好安慰自己说：艾米不是说了吗，小说要写得大起大落一点，才有人看；但自己的生活，要过得平稳一些。所以，艾米老早就决定，今后的生活要过成喜剧，小说要写成悲剧，每本都写死几个人。

看来，她只能在小说里品尝别人的大起大落了。

或者，她也来写小说，每本写死几个人？

就这么定了！

不过，她还没动笔，就开始死人了。

当然不是戈亮，如果是戈亮的话，那她的生活离浪漫就近了一步。

死的是戈亮的舅舅，车祸，当场毙命。

同车毙命的还有一个年轻的女人，是他舅舅的秘书。

一开始，她还没意识到这个死亡对她的真正意义，只是觉得一个认识的人而且又是刚见过面还同桌吃过饭的人突然就死了，让她非常惊愕，不敢相信这是真的。

连戈亮都没意识到这一死亡事件对他们的意义，因为他还这样说了一句："幸好我们寒假里就把工作搞定了，不然等我舅舅一死，我们再去找那些人就不灵了。而我们找过的其他那些人，合起来都抵不过我舅舅。"

她觉得他太没人情味了，自己的舅舅死了，他不是先悲伤，而是先庆幸，这也太自私了吧？

但仔细想想，她不得不承认戈亮说的是一个事实。

他们寒假里虽然拜了很多山头，送了很多礼，但那些人要么做不了主，还得再去求别人，要么就是虽然做得了主，但只能做得了小主，能给他们安排的工作，不是专业不对口，就是薪资很低，要么就是索然无味。

只有舅舅给他们找的F公司最棒，专业对口，薪资可观，福利也不错。唯一的遗憾就是她跟戈亮在同一个科室，她怕到时候不好相处，工作中的矛盾冲突影响了两个人的感情。

但她知道这已经是最好最好的安排了，自己沾的是戈亮的光，不能挑三拣四，给舅舅增添麻烦，可以等进了单位之后再慢慢想办法调换。

舅舅去世对他们的影响，刚开始就这么多。

戈亮的爸妈可能因为距离事件中心比较近，感受到的冲击波比他们大，几乎每天都在报告关于舅舅的小道新闻。

据说舅舅出车祸那天，并不是因工出行，而是因私。而这个“私”，是“私情”的私，翻译成大白话，就是偷情、出轨。舅舅背着舅妈和全世界的人，用公车带自己的秘书出去幽会，所以不是司机开的车，而是舅舅本人开的车。

也许是因为舅舅开车的水平不高，或者是边开车边做着什么不该做的亲热动作，反正是在一个根本不该出车祸的情况下出了车祸，撞死了自己和情人不说，还把对方车上的一家三口给撞死了。

这下可闯大祸了！一个市级领导干部和自己年轻的秘书丧生在同一起车祸里的同一辆车上的同一排车座里，而且是在一个与工作完全不搭界的时间和地盘，人不往那方面想都不太可能啊！

于是，各种情色故事开始流传，各种挖掘开始进行，各种调查开始兴起。

舅舅的家被搜查了，舅妈病倒了。

戈爸戈妈惶恐不安：“不知道这事会不会把你俩的工作给搅黄了。”

戈亮很有把握地说：“应该不会吧？我们已经签了三方合同的。”

凌云也认为签了三方合同是比较保险的，因为三方合同不仅涉及他们和F公司，还涉及A大校方，而校方是起监督作用的，这样无论是雇佣方还是被雇佣方都不能随便撕毁合同。

即便F公司想解除合同，至少也得通知他们，征得他们的同意才行吧？

但F公司那边毫无动静。

这就说明他们没想到要解除合同。

那就好！

她每天早上都在担心今天会收到F公司解除合同的通知，每天晚上都庆幸又安全度过了一天，离就职上班的日子又近了一天。

快到领取派遣证的时候，学校通知他们，说雇主把他们的三方合同取消了。

他俩急了，质问道："那是三方合同，他们怎么能单方面取消？"

校方解释说："他们认为你俩实际上并不符合他们的招工条件，他们是在某些领导施压的情况下签署的那个合同，所以他们决定取消。"

"那你们就同意了？"

"我们核查过了，的确是某领导干预的结果，这种情况下签订的三方条约不具备法律效力，现在取消只是拨乱反正，回归正常的招工程序。"

"怎么可以这样？我们要告他们！"

"你们可以告啊，但不会改变他们的决定。他们可以反告你们一个搞关系走后门贿赂干部的罪名，听说你们给那个领导干部和F公司的某上层都送了礼。"

这下两人才知道出大事了，不仅工作的事黄了，还犯了行贿的罪。

戈爸戈妈都是"二十四孝"爹妈，听说了这事都极力安慰他俩，说行贿的礼物都是我们准备的，请领导干部吃饭也是我们出面掏钱请的，跟你们两个无关，要治罪让他们来治我们的罪。

最后，倒是没人来治他们的贿赂罪，但他们也没敢状告F公司。

眼看就要发放派遣证，决定档案着落了，他们还没有找到工作。

学校只负责保存档案两年，如果两年了还没转走，就发回原籍。

戈亮提议说："就把档案转到我们B省吧，我们去了那里再慢慢找工作。"

凌云脑子里一片混乱，沮丧地说："我先跟我爸妈商量一下。"

她爸妈坚决不同意："我早就说了，那个什么戈亮不可靠，你偏不听，要去他那个B省找工作，这下可好了，你把A市的工作放弃了，他把你B省的工作也搞垮了，你两头落空！"

她想解释说即便不在B省找工作，她在A市也找不到工作，A市是那么好留的吗？连那个卖身投靠老干部的赵小昭都没能留在A市，她凭什么留在A市？

但她觉得现在说这些都没用，只能简单地安慰说："你们别着急，他爸妈在B省帮我们找工作。"

"哼，他爸妈要能帮你们找到工作，还用得着去求他那个死鬼舅舅吗？"

"他爸也是一个干部。"

"干部干部干萝卜！我们当老师的也都是干部呢！如果你现在把档案转到他那里去，今后找不到工作，就只能待在家里啃老，你以为他爸妈会养你一辈子？他们养活他们的儿子还有可能，养活你？别做梦了！"

"那你们说怎么办？"

"把档案转回来，在C市找工作。"

"那要是在C市也找不到工作呢？"

"找不到工作有爸妈养着你，怕啥？"

"但是戈亮——"

"他要是真心喜欢你，就会跟你回C市。"

她爸分析说："俗话说爱屋及乌，既然他这么不愿意来C市，说明他并不爱你，你干吗要跑到他那边去呢？"

她妈也分析说："你在C市肯定能找到工作。C市有几个A大毕业的？还不拿你当宝贝？再说，还有你那个裴伯伯，他也是个老总，又是我的老同学，如果我请他在他的公司里为你安排一个工作，他肯定会安排的。"

然后她爸妈就吵起来了。

12

凌爸含讥带讽地说："平时你把那个姓裴的拿来炫耀，我就照顾你的虚荣心，不戳穿你。但你别真以为人家会因为你就给咱们小云安排工作！"

凌妈也不退让："试都没试，你怎么知道他不会？"

"这还用试？你照照镜子就知道答案了！"

"我照镜子怎么了？"

"就一胖老太太，人家会看上你？"

"我没说他现在还看得上我，但是以前——"

"以前人家也不可能真的暗恋过你！我又不是不知道你当年的模样。切，就我心软，才接收了你，别人会真的暗恋你？"

"是他自己在同学会上说的。"

"我早就对你说了，现在的男人，谁不是油嘴滑舌，见了女人叫美女，见了男人叫帅哥，见了老同学叫暗恋。"

"那是你！你才会油嘴滑舌骗女人。"

“都是男人，你凭什么说姓裴的就不会油嘴滑舌骗女人呢？”

凌妈坚持说：“反正我要去试试，不试我怎么知道能成不能成？”

凌爸发威了：“你敢！只要你敢去找他，就别想再进这个门！”

“你凭什么不让我进这个门？这个房子又不是你一个人的，我也出了钱的，我也有份！”

“那行啊，房子给你，咱们离婚！”

凌妈发毛了：“离婚就离婚！你以为你了不起，离了你地球就不转了？”

凌云听得快要烦死了，大声插嘴说：“好了，好了，都别吵了！不就是为了给我找工作吗？那这样吧，我不工作了，行不行？”

那两人一下就没声音了，过了一会儿，她妈才胆战心惊地问：“你、你不工作了？那、那你干吗去？”

“我复习一年，明年考研。”

“考什么研啊！现在又不是从前，考个研还挺光荣的。现在都是大学毕业找不到工作的人才会去考研！等你几年研究生读下来，人也老了，工作也被别人抢光了，更找不到工作了！”

“找不到算了，我出国留学去。”

“你还出国留学？你现在就快二十三了，复习一年，再读三年研究生，就二十七了，你还去外国读书？等你五六年博士读出来，就三十多了！那你还能找得到工作？还能嫁得出去？笃定当剩女！”

“外国不兴什么剩女不剩女，一辈子不结婚的女人多的是。”

“难道你一辈子都待在外国不回来？”

她知道这是父母的死结，怎么说都没用的，只好敷衍说：“以后的事以后再说，现在先考研吧。”

凌妈坚定地说：“你别打考研的主意了，我去给你找工作，我就不信A大毕业的高才生，在C市还找不到个工作。上次你裴伯伯听说你在A大读书，就连连夸奖你，说比他闺女强多了，有其母必有其女。是他自己主动提出让你毕业后去他公司里工作的，不然我也不会起这个心去找他。”

凌爸又杠上了：“你以为他是伯乐，懂得咱们小云的价值？他那是在打你的歪主意呢！”

凌妈抓住了小辫子：“你刚才还说人家看不上我的呢？”

“打你的歪主意就是看得上你？别臭美了！人家那是想报当年的一箭之仇！”

“什么一箭之仇？你刚才不是说他当年没暗恋过我吗？”

凌爸一下子被问住了。

凌妈缓和了口气说：“都什么时候了，你还在吃这种八竿子打不到的醋！如果不是为了小云，我会去理他？”

凌爸嘟囔说：“什么为了小云，都是幌子。你敢说你自从那次同学会之后，不是每天都要提到那个姓裴的？”

“那还不都是为了小云找工作的事？不然谁有心思提他？你要是有本事，给小云找个工作啊，那我就不用去求裴跃进了。”

这么一说，凌爸就有点蔫了，但嘴上还是挺硬的：“我当然要帮小云找工作，你以为就你有路子？”

这下轮到凌妈紧张了：“你找谁都可以，但我不许你去找你那个女同学！”

凌云又好气又好笑，看来这是传说中真正的爱情，就是两个土都埋了半截的男女，还天天担心对方会出轨。

她妈说到做到，真的跑去找了裴跃进，而裴跃进真的一口答应给凌云安排工作。本来她并不稀罕C市的工作，但裴跃进说他准备在A市开分公司，已经筹备得差不多了，让她先在C市干着，从基层做起，熟悉业务，等A市的分公司开张了，就让她去A市工作。

她动心了，A市啊！某些人卖身给老干部都没能找到一块立足之地的城市！她能去那里工作，说不定还能被提成分公司的头儿，多风光啊！

她赶紧跑去跟戈亮商量。

正好戈亮的父母也在B省为他找了个工作，虽然没有舅舅给找的F公司那么大那么好，但总归是一个工作，可以先干着再说。

两人交换了各自的好消息，她是真心为戈亮找到工作高兴，但戈亮坚决反对她妈给她找的工作："千万不能去！你想想看，他无缘无故会给你安排这么好的工作吗？明显是看上了你，在打你的歪主意！"

"他见都没见过我，会看上我？"

"那你说他是为了什么？"

"他是看在我妈的面子上，才答应给我安排工作的！"

"看在你妈的面子上？"

"是啊，我妈是他初中时的暗恋对象，他追我妈没追上，一直耿耿于怀呢，现在不过是趁这个机会，实现自己年轻时的梦想而已。"

"你别傻了！他不是为了实现年轻时的梦想，而是为了报复你妈！"

"报复我妈？"

"是啊，当年你瞧不上我，今天我就玩了你的女儿。"

她皱起眉头："不会这么恶心吧？"

"怎么不会呢？现在哪有男人会为了一个所谓初中的暗恋就照顾到她女儿的？别说你妈现在长变形了，他根本就没兴趣，就算你妈现在美丽非凡，也已经结了婚，有了女儿，谁会愿意照顾自己喜欢过的女人跟别的男人生的孩子？"

凌云没深入接触过几个男人，不知道"现在的男人"都是什么德行，但她相信这种事也不是裴跃进一个人说了算的，只要她坚持不答应他的过分要求，他也不能霸王硬上弓。

戈亮恳求说："还是跟我到B省去吧！你想找工作就找工作，你想考研就待家里复习考研，别跑到C市那么远的地方去。”

她想象了一下去B省待在家里复习的情景，感觉如同芒刺在背，那里的话听不懂，自己又不挣钱，戈亮每天出去上班，就她一个人在家，那多孤单多没趣啊！

就算她也一下就找到了工作，生活还是挺没趣的，两个人每天就是上班下班，炒菜做饭，玩手机，滚床单，还不乏味死了？

她坚持说：“我还是先回C市吧。”

戈亮急了：“异地恋不现实的！你说说看，现在有几个异地恋修成正果的？都是没几天就移情别恋了。”

“如果我们两人有缘，隔多远都不是问题，如果异地就不能坚持，那也只能说明我们本来就没缘分。”

戈亮生气了：“你不作会死啊？明明能在一起，偏要搞成异地恋，难道你不发公主病，不当女主角，就不能活了？”

她爆发了：“我这怎么是作呢？这都是最现实的考虑，我去投靠你们家，你欢迎，你爸妈还未必欢迎呢！再说，为什么你就不能跟我去C市呢？”

“人往高处走，水往低处流。你放着B省那么好的地方不去，偏要去C市，那不是有病吗？你有病我没办法，但我是不会跑C市去的。”

“你就这么讨厌C市？说好的爱屋及乌呢？”

“你是屋，C市是乌？你别搞反了！”

“不管谁是屋谁是乌，反正你这么讨厌C市，就说明你不是真心喜欢我！”

“你这是什么傻瓜逻辑啊？”

“我就傻，你刚知道？”

“我早就知道，只不过一直在迁就你而已。”

“那你不用再迁就了！咱们各走各的！”

“行，各走各的！你到时候后悔了，可别回头来求我！”

“你放心，好马不吃回头草！”

两人吵得不欢而散，凌云一气之下，给妈妈打电话说：“你告诉那个裴伯伯，我愿意去他的公司上班。”

“好啊！好啊！我这就去告诉他！”

过了几天，戈亮给她发短信，约她去吃烤串，就好像什么事都没发生过一样。

她这几天也很难过，他们在一起一年多了，戈亮和他爸妈都对她那么好，就这么一拍两散，真的很可惜。虽说她是带着“骑驴找马”的不良动机开始这段恋情的，但一年多下来，她已经看清了形势，今后不可能遇到比戈亮更好的男生了。这一点，只要看看班上的情况就知道了，像样不像样的男生，基本都有了女朋友，至少也有过女朋友。那么，今后她在工作单位遇到的，不都是在大学里被人挑剩下的，或者谈了无数次恋爱没成功的老油条吗？

她应邀去吃烤串，两人像没事人一样，照旧卿卿我我，搂搂抱抱。

戈亮说：“你先回 C 市干几天，等我爸妈在 B 省给你找到工作了，你就辞了职再过来。”

她很感动：“行，请你帮我谢谢你爸妈。”

“不用谢，应该的。你去那个姓裴的公司工作，自己一定要小心，现在的霸道总裁太多了，但没几个是真心想跟你长久的，只不过是窝边的草，不吃白不吃，吃过就拉掉了。”

“你放心，我不会上他的当的。”她开玩笑地问，“你老板是男的还是女的？”

“男的。”

“那你更要小心，现在的基友老总也多得不得了。”

13

凌云站在裴伯伯的公司大门外，每隔十分钟就下一次决心：再等十分钟，如果裴伯伯还不来，那就说明他根本没给我安排工作，是老妈自作多情听错了，我就别在这里丢人现眼了，老老实实搭公车回去，一辈子别对别人提这事。

十分钟一到，她就给她妈打电话："裴伯伯还没来，他肯定是不会来了，我回去了。"

她妈立即阻止："别别别！他肯定会来的，现在还早嘛，哪个老总会这么早跑去上班啊？"

"哇，你还知道老总不会这么早来上班啊？那你干吗把我轰起来上班？"

"你是雇员，又是新来的，当然应该早点到，怎么能跟老总比呢？只能雇员等老总，不能老总等雇员嘛。"

有道理，于是她又等了十分钟。

十分钟一到，她又给老妈打电话。

然后又重复这一套。

不知道等了多少个十分钟，终于等来了一辆老总级别的黑色轿车在离大门不远的地方停下。车上下来一个西服革履的男人，司机就把车开走了，大概是去停车了。

西服男人向她的方向走过来，他肯定是裴伯伯！她的心咚咚直跳，低眉顺眼地等着裴伯伯来发现她。

她和裴伯伯虽然还没正式见过面，但都知道对方长什么样。她是在她妈那次同学聚会的照片上见识裴伯伯的，比她印象中的暴发户要帅很多，一点也不大腹便便、脑满肠肥，身材很挺拔。但他的身上有股黑社会打手的气息，穿着黑色的短袖T恤，露出肌肉结实的手臂，下穿黑色长裤，足蹬黑色皮鞋，鼻梁上还架着一副墨镜，留着寸头，嘴唇紧闭，下颌内收，咬肌突出，给人一种打架不要命、被人砍个十几刀都不会叫疼的拼命三郎的印象。

但穿西装的裴伯伯完全变成了另一个人，除了身材仍然高挑，仍然戴着墨镜之外，其他方面简直判若两人，手里提着一个公文包，玉树临风，文质彬彬，不禁让她想起“儒商”这个词。

她早知道西服革履能改变——或曰“掩盖”——一个人的气质，但没想到能改变到如此地步，今天算是开眼界了。

看来真是人靠衣装马靠鞍，黑社会和儒商之间，只隔着一套西服。

裴伯伯走到她跟前的时候，好像看了她几眼，对此她不很确定，因为她低着头，看不见裴伯伯的脸，她是从视线范围内的物体来判断的：笔挺的黑长裤和锃亮的黑皮鞋在她视线内有个一两秒钟的停顿。

她等着裴伯伯认出她来，并惊喜地说：“小云啊？你来得这么早啊？”

但对方什么也没说，黑长裤黑皮鞋就从她的视线里飘逸出去了。

她急了，抬起头来，冲着裴伯伯的背影叫了一声：“裴伯伯！裴伯伯！”

那人转过身来。

她举起手，示个意，又叫了一声：“裴伯伯！”

那人问：“在叫我？”

她点点头：“嗯。”

那人走到她跟前，她不由自主地低下了头，小声自我介绍说：“裴伯伯，我就是凌云，陈超英的女儿。”

她又等着裴伯伯惊喜地说：“哇，陈超英的女儿都长这么大了？跟她妈妈年轻时一样是大美人啊！”

她这绝对不是自己夸奖自己，而是根据现在的风气才这么预见的，不是说现在的男人见到女生都叫“美女”吗？

但对方只说了句：“哦，新来的？”

她的心急速下沉，看来老妈这次真的搞了个大乌龙！人家根本就不记得你陈超英了！你还真以为人家会看在你的面子上给你女儿安排工作！

她头也不敢抬，小声说：“嗯。”

“那你怎么站在这里？多热啊！”

她想说，我在这里等你啊！但突然意识到完全不用站在外面等老总，可以到里面去等嘛，只能怪自己底气不足，胆子太小，才会傻呆呆地站在外面等。

她有点语结地说：“我以为——我觉得——”

“我带你去人事科报到吧。”

看来还得走正规程序，哪怕是老总钦定的员工，也得过人事部门那一关。

她解释说：“我刚去看过了，那里没人。”

“是吗？现在应该有人了。”

她终于放了心，跟着裴伯伯往公司大楼里走。

他腿长，跨一步能顶她两步，她又穿着不常穿的高跟鞋，走路不大顺当。

他放慢脚步，陪着她，边走边问了问她毕业的学校、学历和专业之类的问题。

两人来到人事科，那里果然已经有人了。

裴伯伯对里面一个中年女人说：“刘姐，这是新来的，你给她办办手续，告诉她办公室在哪里。她一直在外面等，多热啊。”

刘姐盯着她看了几眼，摇摇头说：“我没听说公司新招了人。”

“是吗？那是怎么回事？她说是新来的，我以为——”

“她说是新来的就是新来的？前几天还有个要饭的也说自己是新来的呢！哼，有些人就是爱钻空子，占便宜，知道公司招待客户有吃的，就想混进来吃东西！”刘姐转向她，伸出一只手，“拿给我！”

凌云莫名其妙：“什么？”

“派遣证啊！你是应届毕业生吧？应届毕业生不是有派遣证吗？”

“但是我——”她求救地看着裴伯伯，希望他能说一句，“不用了，是我派遣来的！”

但裴伯伯脸上满是鼓励的神情，仿佛在说：“你就把派遣证拿出来呗。”

她的脸涨得通红，羞愧地说：“可能是我搞错了。你们忙，我走了。”

她转身就往外走，后面传来刘姐讥讽的声音：“还说是新来的，派遣证都没有，骗谁呀？”

她丢了这么大的脸，想死的心都有了！使劲忍着才没让眼泪掉下来，以尽可能快的速度冲下楼梯，跑出门外，又像乡巴佬一样不管不顾地横穿马路，冲到对面街边数米以外的公车站，去搭回家的公车。

一到车站，她就拿出手机，冲她妈大发脾气：“你做的好事！害我丢这么大的人！”

“怎么了？”

“裴伯伯根本就没给我安排工作！”

“谁说没安排？”

“他们人事科的人根本就不知道这事！”

“你是他亲自安排的，关他们人事科什么事？”

“但他根本就不认识我，更不记得给我安排工作的事，是你自己做梦想出来的吧？”

“怎么可能呢？他答应得铜铜铁铁，连上班日期都说得清清楚楚，怎么会是我做梦想出来的？再说，他还看过你的照片，怎么会不认识你呢？”

“你以为我那么美丽出众，人家看个照片就能记住了？天知道他每天看多少人的照片！”

她妈说：“你别慌，等我打电话问问他。”

“你别继续丢人现眼了！人家根本不承认的事，你打电话追问有什么用？难道你还拿得出什么证据来？”

“那——我到你们公司去找他。”

“你还在‘你们公司’‘你们公司’的，真是脸皮厚！记住了，那不是我的公司！我可没你那么皮实，丢了这种人，打死我都不会再去那里了，连那条路我都不会再走了！”

“这怎么可能呢？他说得清清楚楚。”

“你敢说不是你自己听错了？”

这下说得她妈也疑惑起来了：“不可能啊，我还没老到那个地步吧？”

“这不是老不老的问题，而是你——不怪爸爸说你——自作多情。”

妈妈生气了：“连你也说我自作多情？你等着，我现在就给他打电话。我就不信——”

“我说了不许给他打电话的！如果你要打，那是你的事，你别把我给牵涉进去。”

凌云正极不优雅地大声讲着电话，一辆黑色的轿车在她附近停下，右边的车窗开了，有个人招呼说：“快上车，这儿不让停车。”

她以为是哪个富二代家里开车接来了，不由得向两边张望了一下，看谁是那个幸运儿，但貌似没人冲出来认账。

她继续跟老妈讲电话，那人又叫了一声：“凌云吧？快上车！”

她听见自己的名字，才注意去看车里的人，正是裴伯伯，从车窗里向她招手。

她顿时吃了一惊，难道老妈有分身术，跟她讲电话的同时又给裴伯伯打电话了？

还是裴伯伯自己回过神来，想起了给初中暗恋对象的女儿安排工作的事？

她还没想明白，公车已经来了，等车的人像打了鸡血一样，全都躁动起来，摩拳擦掌，做好了挤上车的准备。

裴伯伯见状，赶紧从车里下来，指挥司机把车开走，自己向她走了过来。

她想从人群里挤出来，看裴伯伯找她有什么事。但等车的人都急着上车，还没等下车的人着陆，就一拥而上往车边挤，一下就把她挤到了车门跟前。

她一边奋力往外挤，一边嚷嚷："我不是上车的！我不是上车的！你们让我出去！"

那些站在她后面和旁边的人都烦了：

"你不上车在这儿凑个什么热闹？"

"都到了这时候，你不上也得上了！"

"伙计们，使劲挤啊！"

她的脚被挤得离了地，眼看就要被人流扛上车去，裴伯伯突然挤了过来，侧着身子，用肩膀开路，左冲右突，挤开她身边的人，把她连拉带抱地救了出来。

她脚刚一落地，就急着整理自己被挤得皱皱巴巴的衣裙和散乱的头发。裴伯伯在一边等着，眼睛望着一边，仿佛在目送公车远去，还解嘲地说："这条线怎么这么挤啊？"

她见裴伯伯的眼睛望着别处，趁机打量了他几眼，他的墨镜遮盖了不少面积。但看得出来，五官是很端正的，鼻梁是很直挺的，头发比照片上长了些，增添了书生意气，西服遮盖了胳膊上的肌肉，抹去了黑社会打手的色彩。

如果不是知道他是老妈的初中同学，而且是学渣，又是卖身发财的已婚人士，女儿都比她还大，她简直就要爱上他了！

看来大叔还真比小男生有魅力！

站在戈亮旁边，她从来都没有小女生的感觉，总觉得自己是个女汉子。但站在裴伯伯旁边，她就觉得自己娇小玲珑，弱不禁风，需要男人保护。特别是他刚才用肩膀开路，挤开人群，将她救出的那几个动作，太有大侠风度了！这让她想起她最爱的美国影片《保镖》，里面那个帅哥保镖就是这样，将个人生死置之度外，一心保护自己所爱的女人，多么惊险浪漫啊！

14

过了一会儿，那辆黑色轿车又开回来了，在凌云跟前的街边停下，引来后面车辆一连串不耐烦的喇叭声。

裴伯伯为她打开后座车门，催促着说："快上车吧，这儿不让停车。"

凌云来不及多想，急忙坐进车里。裴伯伯也以极快的速度坐进前座，司机一松离合器，车向前开去。

但车开过了公司也没停下来，还在往前面开。

她糊涂了，耳边响起戈亮的警告：现在的霸道老总多得很，手边的女生，不玩白不玩。

难道——？

但裴伯伯不像是那种色狼老总啊！这么书卷气，这么礼貌周到，这么爱护女生，怎么会是见色起心的淫棍？

凌云正揣摩着，车拐进了一条小巷。她有点忍不住了："裴、裴伯伯，我们这是去哪儿呀？"

司机回头看了她一眼，很怪异地一笑，但没说什么。

裴伯伯说："去公司呀。"

"去、去哪个公司？"

"当然是 F 公司。"

"去那儿干吗？"

"你不是要去公司报到吗？"

"但是，我——"

"抱歉，刚才是我搞错了。不过，你跑得也真快，我跟着追出来，你马上就没影了。"

她有点不好意思地解释说："主要是那个刘姐太、太咄咄逼人了。"

"嗯，她是有点儿咄咄逼人。"

她有一种沉冤多年终于被包青天平反昭雪的畅快感，控诉说："哪有像她那样，随便什么人都当叫花子对待的？"

裴伯伯说："就是，也不看看是谁！哪有这么文质彬彬的叫花子？"

司机有不一样的意见："那你完全搞错了！现在的叫花子比谁都文质彬彬。"

"他们那是装出来的文质彬彬，我们凌小姐是从骨子里散发出的文质彬彬，那还是不一样的哈。"

司机不屈不挠地抬杠说："现在名校毕业的叫花子多了去了，人家那不都是从骨子里散发出来的文质彬彬？"

"名校毕业的当叫花子？太夸张了吧？"

"你不相信？前天我在网上还看到一个呢，A 大毕业的，找不到工作，只好要饭。"

她觉得那两人话里有话，是在暗讽她名校毕业还要靠人安排工作，像个叫花子一样，顿时心里碗大个包，感觉屁股下的皮座椅长出了许多小刺。

哼，学渣老伯，不带这么糟践人的！我并不是找不到工作，只是被B省那边耽误了，暂时没找而已。也不是我求你给我安排工作，我是准备考研的，是我妈自作主张跑去找你的。你要搞明白情况再发言！

她决定跳车走人，反正路窄人多，车速不快，跳车肯定能成功。

她偷偷地拉了拉车门，锁得紧紧的，只好暂且按兵不动，等待停车。

车从一条小巷钻了出来，回到公司门前的那条大路上。离公司大门还有个几十米的时候，司机放慢了速度，可能想在刚才停车的那个地方停下，但裴伯伯说："往前开，一直开到公司门口去停。"

司机有点不乐意："人家不让在门前停车的。"

"没事，就停一会儿。凌小姐穿着高跟鞋，走远了累。"

她不知道他是不是在暗讽她刚才穿着高跟鞋还跑那么快。

凌云正瞎琢磨呢，司机已经把车开到了公司门前停下。

她急忙去拉自己身边的车门，但拉了两下没拉开。司机见状，按了一个按钮，只听"啪"的一声闷响，车门上的锁打开了。她赶紧去推门，哪知裴伯伯也刚好转到了她那边，正在拉开车门。

她毫无思想准备，整个重心都还在手上，门突然一开，她一个趔趄，栽到他的怀里。

确切地说，是栽到了他的大腿根那里。

更确切地说，是她的头栽到了他的大腿根那里，两只手像溺水的人一样，见什么抓什么，正好抓住了他的裤腿，但两脚还在车里。

他眼疾手快地抓住了她的两臂，使劲把她往上提，想让她站起来。

她自己也拼命想站起来，但两脚挂在车边使不上劲，只能靠两手。

司机看戏不怕台高地说："使劲扯！使劲扯！把他裤子扯下来！"

她这才意识到自己手里拽的是裴伯伯的裤腿，急忙放开。但一放开，就更没地方支撑了，整个人扑倒在他怀里，把他扑得一个趔趄，差点摔倒。

司机笑得更放肆了。

两人拉扯了一阵，才总算站稳。

司机笑着说："把车门关上，我好开走。"

裴伯伯把车门推上，司机把车开走了。

她喘息未定，语无伦次地抱歉说："对不起，对不起，我不知道，我没想到你会来拉车门。"

"我也没想到你正在推门，"他关切地问，"刚才生拉硬扯的，没扯疼你什么地方吧？"

其实她两边腋下都扯痛了，但她怕他自责，撒谎说："没有，没有，一点儿也没有。"

"你活动活动胳膊，看有没有把哪个关节扯脱臼。"

她乖乖地活动了一下两臂，汇报说："没脱臼。"

"那就好。"

她也关切地问："你呢？我刚才没把你撞疼吧？"

他有点尴尬地笑了笑："呵呵，还好。"

她猛然意识到自己刚才撞的是他哪块，也很尴尬地说："对不起，对不起。"

"没事，没事。"

两人整理了一下，他指着公司大门说："我们进去吧。"

"好的。"

两人刚走进公司门口，还没上楼，裴伯伯就停住了脚步，指指右边靠窗的一把长条椅子说："你先在那儿坐会儿。"

她不明就里，但很乖顺地跟着裴伯伯往椅子方向走去。

到了椅子跟前，两人坐下，中间隔着一个人的距离。

裴伯伯掏出手机，对她说："把你号码给我，我好把 Wi-Fi 密码发给你。"

她心中一喜，哇，连公司 Wi-Fi 密码都发给我了，看来已经把我当员工看待了。

她立即把自己的手机号码报给了他。

他很快就把 Wi-Fi 密码发了过来，很长的一串，而且是毫无意义的字符，看十眼都记不住的那种。

他问："收到了吧？收到了就试试，看我有没有记错。"

她试了一下，没错，马上就连上了 Wi-Fi。

她真诚地夸奖他说："您的记忆力真好，这么长的密码都能记住！"

他笑了笑，说："你先玩会儿手机。"

她一愣，这是什么意思？难道这是公司考核的一个步骤？是不是现在的生意都是用手机在做，所以先得学会玩手机？但玩什么呢？是不是公司特制的什么游戏或者与公司业务有关的小软件？

她赶快跑到公司网站去看了看，没看到有关手机的内容，茫然地问："玩、玩什么？"

"你平时玩些什么？"

"呃——"她想到这应该是业务能力考核，没敢把平时玩过的游戏说出来，支支吾吾地说，"没、没玩什么。"

"你平时不玩手机？"

她觉得这个题目太考人了，真不知道该怎么回答。说平时不玩手机吧，又怕现在工作的性质就是需要手机玩得多的人来干的；说平时玩手机吧，又怕他觉得她只知道玩耍，不爱学习。

她吞吞吐吐地说："玩啊，但是功课挺忙的。"

"那就玩玩微信什么的吧。"

"好的。"

"你先在这儿玩会儿手机，我不陪你了。"

她更糊涂了，难道他把她追回来，就是为了让她在这儿玩手机？

她见他已经站起了身，一副即将离去的样子，急了："你、你要到哪里去呀？"

他指指楼上："我去谈生意。"

"那我——"

"你就在这里玩会儿手机，你裴伯伯马上就到，我已经给他打过电话了，他说他知道你今天会来，但他有事耽搁了。"

她愣了："你——你不是裴伯伯？"

他笑眯眯地说："刚发现？"

她仰起头，第一次正视他摘去了墨镜的脸，马上意识到自己刚才那个问话是多余的，他当然不是裴伯伯，裴伯伯哪里有这么年轻这么书卷气？

她的脸红了："对不起，我以为你是——看我傻的！"

他很开心地笑着。

她见他笑得那么开心，胆子大了起来，娇嗔道："那怎么我叫了你一路的裴伯伯，你也不更正一下？"

"干吗更正？叫裴伯伯不是更好？"

"为什么更好？"

正说着，前台小姐冲他的方向叫了一声"魏总"，又指指墙上的钟，大概在示意他会谈时间到了。

他冲前台小姐回了句"知道了！"，然后转过身来，冲她一笑："知道我为什么宁愿你叫我裴伯伯了吧？"

一直到他的身影消失在楼梯里，她才悟出来，他应该是姓"魏"，如果她刚才知道他的姓，就该叫他"魏伯伯"了。

而“魏伯伯”听上去就像是“伪伯伯！”

哈哈，当然没有“裴伯伯”好听！

她坐回椅子上，但没心思玩手机，直接给老妈发短信：“裴伯伯还没来，我在前厅等他。”

“我打电话催催他吧。”

“不用，已经有人打过了。”

“是吗？谁打过了？”

“我也不知道他是谁，反正别人叫他‘魏总’。”

“难道是公司的副老总？”

“呵呵，副老总就没什么，只要不是‘伪总’。”

她妈肯定不明白女儿的心情怎么突然变得这么好了，只是嘱咐说：“那你就老老实实在前厅等着，别一会儿一个电话地打给我，让公司的人听见你说的那些话不好。”

“我知道。我这不是在给你发短信吗？”

她一想到自己今后就要和这个“伪总”在一个公司里工作，心里就有种说不出的甜蜜，他是那种看一眼都能让你开心一整天的帅——什么呢？

她不知道他究竟算是“帅哥”还是“帅大叔”，但肯定不是“帅老伯”。

15

俗话说“事与愿违”，真是一点儿没说错！

刚才凌云心急火燎地等待裴伯伯的到来，但裴伯伯就是不来。现在她坐在前厅回味刚才与“伪总”的种种奇遇，差不多已经忘了裴伯伯是谁了，结果裴伯伯一下子就来了。

裴伯伯走到她跟前，招呼她说："是小云吧？对不起，对不起，今天有点事耽搁了。"

她扬起头，看见一个高个儿男人站在面前，穿得上下一身黑，鼻梁上还架着一副墨镜。

她立即认出这就是裴伯伯，跟照片上的一模一样，慌忙站起身："裴伯伯，您好！"

"你好，你好！你爸妈都好吧？"

"他们挺好的。我妈让我带话给您，向您问好，请您哪天有空了去我家吃顿便饭。"

"太客气了，太客气了！等我哪天有空了请他们吧。"

两人寒暄了几句，然后裴伯伯说："我们上楼去吧，办公室在楼上。"

"好的。"

她跟着裴伯伯往楼上走，路过前台的时候，感觉前台小姐用眼剜了她几下，不知道是鄙夷还是羡慕，或者两者兼而有之。

她边走边小声提醒他说："我早上去了人事科，那里的人好像不知道我的事。"

"哦，是的，是的，我还没跟他们打招呼。不过没事，我现在就去和他们说一声。"

两人来到人事科，裴伯伯说："刘姐，这是陈云，新来的，给你说一声。"

刘姐的态度一百八十度大转弯："小陈啊？太好了！听说是A大毕业的，这可是大大提升了公司的平均学历啊！"

她小声纠正说："我不姓陈，我姓凌。"

"对对对，姓凌，我听魏总说过了。"

裴伯伯有点不好意思地说："哦，那是我记错了，只记得你妈姓陈。"

“我是跟我爸姓的。”

“那当然，那当然。”

刘姐温和地说：“小凌，等你有空了，记得把你的人事关系转到我们公司来。还有银行账号什么的，也给我一个，我好交给会计科，到时候发薪水用的。”

她正在琢磨“人事关系”是指什么，就听到“发薪”二字，顿时两眼发亮，连声回答：“好的，好的。”

裴伯伯对她说：“好了，这边弄好了，去我那边吧。”

刘姐抓住时机说：“我们裴总可是慧眼伯乐啊，最尊重知识，最能识别人才了。小凌你来咱们公司，那就算来对地方了，一定有机会施展你的才华。”

她听得浑身直起鸡皮疙瘩，哪有这样拍马屁的？不是说不能拍领导马屁，但别拍得这么明显嘛。

但裴总貌似没反应，估计已经听习惯了，她只好硬着头皮“嗯嗯”了几声。

裴总带她来到三楼的老总办公室，颇有绅士风度地为她推开门，还摆了个外国大酒店门童的姿势，右臂在面前画个半圆弧，上身略一前倾，说了声：“请！”

她不知道裴总是在搞笑，还是真的在扮绅士，笑也不是，不笑也不是，迟疑了片刻，才轻手轻脚地走了进去。

那是一间宽敞的办公室，分里外间，估计里间才是裴总的办公室，外间是秘书们用的。

靠近里间的地方，有一个L形的大班桌，把外间隔出来一个小空间。里面站着一个年轻的女生，穿一条粉色连衣裙，正在往身上套一件白色开衫。一张很时髦的锥子脸，不知道是天生的还是人工的，但眼睛肯定是戴了美瞳，因为眼珠子不是一般的大。

裴伯伯介绍说："白云，快过来认识一下，这是新来的陈——凌云。"

白云站在原地没动，继续整理开衫，当凌云透明似的，只是对裴总说："她也叫云？那以后怎么区分？"

裴总恍然大悟："哈哈，你不说我还没发现呢！嗯，这还真是个问题，都叫云。呃——这样吧，你大一些，我就叫你'大云'，她小一些，我就叫她'小云'，行不行？"

她还没发声，"大云"就抗议了："谁大谁小还不一定呢！"

裴伯伯推算说："她刚大学毕业，也就二十二三吧，肯定比你小。"

"大云"娇嗔地说："哪有像你这样算年龄的呀？谁说大学毕业就一定是二十二三？我就认识一个人，三十岁才上大学，那你说他毕业时得多少岁了？"

"三十岁才上大学？那是我哥那个年代才有的吧？很多人都是'文革'没上成大学，下乡进厂好多年了才有机会上大学，有的人上大学的时候三十岁都不止呢！"

白云得胜似的说："所以你怎么能按大学毕业来算年龄呢？"

"但她不是那个年代的人嘛，连我跟她妈都不是那个年代的人。我听她妈说过，她是才二十二三，比我女儿还小呢。"

"大云"还是不高兴："那也不能叫我'大云'，多难听啊！哪有这样叫人的？"

"那我叫你什么呢？如果两个人都叫小云，我一喊，你们知道我是在喊谁？"

她出来打圆场："裴伯伯，您就叫我名字吧，凌云。"

裴总想了想，说："也行。小云，你带凌云熟悉熟悉公司，熟悉熟悉工作环境。以后你们两个人就在一起工作了，要好好相处，别闹矛盾。你先来的，要带着她点。"

白云就像没听见一样，兀自看着手机。

裴总一看就是个支不动白云的主儿，让步说:“她这会儿没空，我带你到各部门转转。”

她本来不想到处去转，免得人人都知道她是靠着裴总的关系才进公司的，但她很想知道“伪总”在哪个办公室。虽然她知道了也不能天天跑到人家办公室去套近乎，但她就是想知道，凡是跟他有关的东西，哪怕再鸡毛蒜皮，她也想知道。

她欣然同意:“好呢，那就麻烦您了。”

裴总带着她四处转了转，但没有看见“伪总”的办公室。她有点失望，但并不绝望，因为他们这次转悠，只是蜻蜓点个水而已，主要是去几个跟她可能有关的部门和场所，并没有面面俱到，她以后可以慢慢熟悉。

转了一圈回来，白云还在玩手机。

裴总也没干涉，只是指着靠门的一个孤零零的办公桌说:“这个你先用着，我马上叫人给你再搬张办公桌来，也搭个小空间，还有电话电脑什么的，我让他们尽快给你配好。”

她胆怯地问:“裴总，我做些什么工作啊？”

“哦，你妈没告诉你？我和你妈说过。”

“她没说具体是做什么。”

“做我的二秘。”

“二秘？”

“就是我的第二个秘书，小云是一秘，你是二秘。”

凌云大失所望，她堂堂的 A 大高才生，可不是给人当秘书的！现在谁不知道“秘书”是干啥吃的？就一花瓶，搞不好还是老总的泄欲工具。

听听这个称呼，“二秘”跟“二奶”似的！

她斗胆说:“裴总，我在 A 大学的是 ××× 专业，不是文秘专业。”

裴总宽宏大量地说："没关系，没关系，我这儿的秘书活不难，用不着文秘专业毕业，你一学就会。小云也不是文秘专业毕业的，还不是一学就会了？"

她真的想抬脚就走人了，但想起了"伪总"，还想起了裴总在A市开分公司的计划，决定先干着再说，即便分公司开不起来，她也可以利用这一年时间复习考研，总比待在家里每天听爸妈唠叨好。

裴总招呼白云说："来，你过来，给她介绍一下日常工作程序。"

白云袅袅地踱过来，指点说："我们的工作程序很简单，就是安排老总的日程，陪老总应酬客户。你要做的第一件事，就是把这套衣服扔破烂堆里去，换套像样的衣服再来。"

她看了看自己那套黑西服套裙，还挺新呢，不舍得扔进破烂堆里去。

裴总插嘴说："这套衣服还可以吧？我们公司没制服，也没什么特别的服装要求，只要别穿得太随便就行。"

白云不依不饶："这套衣服怎么行呢？上下一身黑，像吊孝一样，多不吉利啊！"

她想说裴总不也是一身黑吗？但她没敢说，不想一来就吵架，而且她也知道州官可以放火，百姓不能点灯的老规矩。

她息事宁人地说："好的，我明天就换掉这身衣服。主要是因为今天是第一天，我是按正规面谈的要求穿的。"

"正规面谈穿得像吊孝？"

"欧美国家都是这样的，我们的就业指导教授专门讲过这一点，你可能不知道。"

她一抬出"欧美国家"和"教授"，白云的气势就被压下去不少："我当然知道，但这不是在欧美国家啊，入乡随俗你没听说过？"

"呵呵，那就看你随哪个俗了。现在一切都讲究与国际接轨。"

裴总插嘴说："是的，是的，一定要与国际接轨，特别是像我们这种跟外商有业务来往的，不接轨不行的。"

白云不甘心地说："反正你现在不是在跟外商见面，用不着穿成这样！"

她心说你自己穿得像个鸡一样，还来调教我？

但她也只敢心说一下而已，不想留给裴总一个咄咄逼人的印象。

裴总进里间自己的办公室去了，白云凑过来小声问她："你有男朋友吗？"

"你问这干什么？"

"想教给你一些职场文化。"

"什么职场文化？"

白云神秘地一笑："你先别问这么多，相信我好了，都是为你好。"

她想了想，说："我有男朋友，怎么了？"

"有男朋友最好，你今天回家记得找一张你和男朋友的合影出来，放在一个镜框里，明天带来摆在桌上。"

"干吗，秀恩爱？"

"辟邪。"

"辟邪？"

"对呀！难道你不知道现在的职场对我们年轻女生来说有多危险吗？"

她想了想，说："你说得对！我明天就把合影带来摆在桌子上。"

白云满意地笑了："这就对了！你新来乍到，涉世不深，很容易上当。不过我会罩着你，不会让你吃亏的。"

"太谢谢你了！"

16

白云得意扬扬地回到自己的小空间去了，撂下凌云一个人在那里发呆。

她不知道该干什么，电脑电话都还没配好，办公桌上空荡荡的。她只好入乡随俗，也像白云一样，坐在写字桌后玩手机。

连着三条微信，全都是戈亮发来的。

第一条："今天见工顺利吗？"

第二条："这么忙，连理我的时间都没有？"

第三条："是不是一上来就被老板给办了？"

她竭力忍住笑，给他回信，先是匆匆忙忙写了几条短的发过去，写一条还抬头看看白云那边，怕第一天上班就被抓住干私活。但她看了几次，就发现自己的担心完全是多余的，白云比她还专注于手机，办公室也没任何人进来办事，连白云桌上的电话都没响一声。

看来这是份闲差。

只是不知道工资能发多少。

一般来讲，这么闲的差事，工资应该也高不到哪儿去。不过总比没工作强，至少能坐在有空调的房间里玩手机，倒也不错。

她决定明天背个大包来，里面放些考研的复习资料，闲得无聊的时候就拿出来复习复习。

但她马上意识到这个方法不好，大本大本的复习资料，太打眼了，还是复制后放在手机里好，人家玩手机，她就看复习资料，谁也不知道她在看什么。

戈亮很快就给她回信了，她把第一天上班的过程详细描绘了一下，但下意识地略去了“伪总”那一段，重点描绘白云和裴总。

在这些事上，戈亮的嗅觉比狗还灵敏，马上推断说：“那什么白云肯定是裴总的小三，她怕你抢了她的位置，在严加防范呢。你当心，她肯定会给你小鞋穿。”

“我怕她？大不了辞职走人，回家复习考研！”

“还不如上我这儿来，我爸妈迟早会给你找到工作的。”

她知道戈亮的爸妈还是有些能耐的，给戈亮找的这个工作，就比她的要强多了，做的是专业对口的工作，还有岗前培训。不像她，在这么个山寨版的公司里，做个听都没听说过的“二秘”。

两人在微信上有一搭没一搭地聊着，她心里有点小得意，看来这异地恋的决定是做对了！

想当初，两人在一起的时候，很多时候都是戈亮不理她。如果不是为了滚床单，他可以一整天都不给她发信息，也不回她的信息，即便回信息也都是惜墨如金，好像他有多忙似的。看看现在，他再忙也要发信息给她，尤其是在她没工夫回他的时候。

这么说来，他以前不紧张她，还是因为她就在他身边，而且他知道没有别的人追她，他太安全了。

对她来说，滚不滚床单真的不重要，重要的是恋人间那种挂念和依恋的感觉。如果一定要异地了才能激发他的挂念和依恋，那何不异地呢？

吃午饭的时间到了，她的肚子早就已经饿得咕咕叫。但那两个家伙好像都是神仙似的，完全没有吃午饭的意思，一个躲在里间，不知道在干什么，另一个躲在自己的小天地里玩手机。

她早上很早就被她妈给轰起来上班，在家喝了碗粥就出发了，然后挤车啊跑路啊一通折腾，那碗粥早就已经挥发得无影无踪了。

她感觉再饿下去就要饿出人命来了，只好走过去问白云："小云，咱们这儿午饭在哪儿吃？"

白云头也不抬地说："你想在哪儿吃就在哪儿吃。"

"公司有没有食堂？"

"没有。"

"那你们平时在哪儿吃午饭？"

白云终于抬起了头，很炫酷地说："我们一般都是吃应酬。"

"天天都有应酬？"

"没应酬我们就去外面吃。"

她知道这个"我们"是指他们两个人，肯定不包括她的，便问："那我现在可以自己出去吃午饭吗？"

"你不自己出去吃午饭还让人帮你出去吃？"

"我不是那个意思，我是说我出去吃午饭的话，要不要跟裴总说一声。"

"你吃午饭关裴总什么事？"

"我的意思是——需要不需要他批准？"

白云一笑："吃个饭要他批什么准啊？去吧，去吧，去吃午饭吧。你又没应酬，不自己买了吃还想等裴总请你？"

"我没说要他请我，我只是觉得上班时间跑出去，总要他批准才行。"

"不用了，就这么点小事你还好意思惊动他？我批准就行了。"

她听了这句话，马上回到自己的办公桌前，拿起自己的小包，准备去外面吃午饭。

她还没出门，裴总从里间出来了，见她一副整装待发的样子，好奇地问："你去哪儿？"

她心说这次肯定被白云忽悠了，骗我擅离职守，让裴总批评我。

她嗫嚅说："白——小云说我现在可以出去吃午饭。"

"不用啊，我们待会儿陪客人一起吃大餐。"

白云质问道："你要带她去见客人？"

"不带她去？"

"她去干什么？"

"呃——人多热闹呗，反正多一个人少一个人都是一桌菜。"

"她今天穿一身黑，你带她去不怕客人忌讳？"

"没什么吧？不是要跟国际接轨吗？"

"她刚来，什么都不懂，见了客人话都不会说，带去干吗呀？"

"就是因为她什么都不懂，才要带去熟悉熟悉嘛。"

白云见裴总执意要带她去，撂下一句狠话："那好吧，你今天就带她去，顶我那一角，我正想请个假，回家陪我妈吃饭呢。"

裴总马上尿了："算了，算了，你说不带她就不带吧。今天那个山田老头子，点了名要你作陪的，你要不去，我拿什么哄他开心？"

白云得意地一笑。

裴总很不好意思地对她说："凌云，今天的应酬就不带你去了，反正以后有的是机会。呃——这样吧，你今天刚来，电脑电话什么的也还没给你弄好，你在这儿什么也干不成，干脆早点下班吧。回去休息休息，准备准备，买几套鲜艳点的衣服，再弄点花花草草什么的，明天带来摆在窗台上，美化美化你的办公室。我上次去美国出差，看人家那边办公室里都摆着花花草草，还有家人的照片，很有那什么——人——人道——"

她提示说："人情味？"

"对对对，就是人情味。"

"好的，我明天就带来。"

她穿了一上午的西服套裙高跟鞋，正一百个拘束呢，早就恨不得跑回家去，宽衣解带，自由自在。现在听裴总这么一说，差点跳起来欢呼。

她按捺住内心的激动，感激地回答说：“谢谢您，那好我今天就早走一步了。”

裴总关心地问：“你开车来了吗？”

“没有。”

“那我让司机送送你。”

白云提醒说：“司机马上要送我们去锦江饭店见客人，哪有时间送她？”

“锦江的饭局不是下午两点吗？”

“是两点，但你知道她住得多远？司机跑来跑去来得及吗？再说，路况你也不知道，要是遇上堵车，你保证司机能按时赶回来？”

裴总顺从地说：“也是哈，遇上堵车就麻烦了。凌云，你家有车吗？有车就叫你爸妈来接你一下。”

她家有车，但基本不用，不是小气，也不是没人会开车，而是小区停车巨难。只要你把车开走，车位马上就被别人占了，等你从外面回来，休想再找到车位。她爸妈上过几次当，每次都是开着车在小区停车场转悠几个小时，也等不到一个车位，又不敢停路边，怕被抄牌罚款，最后不得不开得老远，停到市里的收费停车场去，再打的回家。

所以她家那个小区的住户虽然家家都有车，但都不怎么用车。当初大家没车的时候，买车是吹牛的资本；等到大家都有车了，就变成停车是吹牛的资本了。

她爸就经常跟对门的老胡比谁的车位占得更久：

“我的车自从劳动节后就一直停在那里没动！”

“你劳动节停的算什么？我从元旦就停在那里了，一直没动窝！”

“呵呵，我那天给我的车买了个遮阳板，去车里安装的时候，看到不下五辆车都停在旁边等我的车位。我也不告诉他们我不出车，就在那里慢条斯理地安装我的遮阳板，安装好了也不下车，让他们在那里死等。”

“你这算啥？我每次去检查轮胎漏没漏气，后面都跟着一个车队，前面还有一个车队上来迎接，到了我车跟前时，那两队人马就开始吵吵闹闹，大打出手，这个说‘我先来的’，那个说‘我早就来了’。我也不吭声，等他们吵够了打够了，我才背着手慢慢走开，把他们气得直翻白眼！”

今天早上出门的时候，她爸还下了决心，提议开车送她上班，说这是她第一天上班，路不熟，天又这么热，还穿着高跟鞋，挤公车不方便。但她没答应，怕车位被人占了，一失足成千古恨，老爸就要落个跟在别人屁股后头等车位等得打架的下场了。

她不想对裴总解释那么多，人家是有司机的人，说出来会笑掉人家的大牙，便撒谎说：“我家没车。”

她知道这样说会遭到白云的白眼，果不其然，白云很鄙视地一笑：“哇，现在C市还有家里没车的人？我读书少，你别骗我！”

凌云懒得理睬她，只对裴总说：“没事，我去打的。”

“好，去打的吧。”

她知道C市的出租车也不是好打的，不是说车少不好打，而是出租车司机都小气得很，车上不开空调的，只开着车窗，热得你都想死。你要是抱怨的话，司机会告诉你，说他车的马力就这么大，开了空调，车就跑不动了。

她这人不晕别的车，专晕C市的出租车，坐在车里，人都快热晕了。遇上路况不好的地段，还颠颠簸簸，跳上跳下，时走时停，一下子就能让她吐出来。

她宁愿坐公车，挤是挤了点，但有空调。而且现在大中午的，又不是上下班高峰，应该不会很挤。

她顶着骄阳在马路上走，走得汗水直流，心里盼望着“伪总”能像早上那样，从天而降，黑色轿车在她身边“吱”地一停，帅大叔为她“啪”的一声打开车门，然后用那迷死人不偿命的声音说：“小云，我送你回家！”

17

等凌云乘公车回到家时，已经快两点了。

因为是暑假，她爸妈都不用上班，所以她早上出门时没带钥匙，这会儿是老爸来开的门。

老爸一见是她，吓了一跳：“你怎么现在就跑回来了？”

她也吓了一跳，以为撞上了什么儿童不宜的场面。

貌似所有提前回家的故事，都只有一个结局：看到了不该看到的事！

她不知道眼下这个“不该看到”的是什么事，涉及谁。如果是自己的老爸老妈，也就算了，尴尬是尴尬点，但总还是合法的，惊叫两声，脸红几下，也就过去了。但如果撞上了老爸跟别的什么女人，那就惨了。

她结结巴巴地问：“我——你——我妈呢？”

“在睡午觉。你不是去上班了吗？怎么这么早就跑回来了？”

她刚才被老爸一吓，心想我也忽悠忽悠他，于是故作沮丧地说：“根本没那回事，不回来还能怎么着？”

“没哪回事？”

“安排工作的事呗。”

“你那个裴伯伯没给你安排工作？”

“没有。”

老爸脸上说不出是惊还是喜，不等她说第二句，就一阵风似的跑到卧室里把老妈轰起来了：“快来，快来，小云回来了！”

她妈迷瞪着眼睛跑了出来：“真的是你回来了？几点了？”

老爸抢着说：“两点不到。”

“两点不到？怎么回事，小云，你这么早就下班了？”

老爸又抢着说：“不是下班，而是那个姓裴的根本就没给她安排工作！哼，我说了你还不信，他根本就是在忽悠你！”

“不可能！他说得好好的，怎么会变卦呢？而且你早上不是还给我发短信，说有个副总把你安置在前厅等候吗？”

她爸抢白说：“副总知道个啥？这事不还得看正总的吗？”

“但是她后来还给我发过短信，说裴伯伯给她把办公室都安排好了。”

她解释说：“办公室是安排好了，但工作没安排好。”

“怎么会办公室都安排好了，工作反而还没安排好呢？”

“我说的这个没安排好，不是没安排，而是没安排‘好’！”

两个老的都糊涂了：“我不懂你是什么意思。”

“就是说，他是给我安排了一个工作，但专业不对口，是给他当二秘。切，我堂堂A大毕业的×××专业高才生，怎么能给这么个破公司的老总当二秘呢？”

“什么是二秘？”

“你们也没听说过吧？说明根本就不是什么正经职位，就是给他当秘书，还是第二个秘书，因为他已经有一个秘书了。”

老妈也觉得女儿有点屈才了：“怎么是当秘书呢？我给他说得清清

楚楚，你是A大毕业的，学的是×××专业，难道他忘记了？”

老爸说：“我看他不是什么忘记不忘记，是压根儿就没把咱们小云当回事！”

老妈问女儿：“那你就拍屁股走人了？”

“不拍屁股走人还能咋的？”

老爸夸奖说：“好，有骨气，你这点像我！咱们读书人，就是要有这点清高劲，不为五斗米折腰，不吃嗟来之食。别学你妈，做人一点原则都没有，为了给你找个工作，开后门，找关系，甚至利用色相——”

老妈不理老爸，责备女儿说：“小云，你怎么能这么任性？我好不容易给你找到这么一个工作，怎么能说不要就不要了呢？你一拍屁股走人，倒是痛快，但你想没想过，你这一走，就把这条路给堵死了！今后再也别想请人家帮忙了！”

“那就不请他帮忙了呗。”

“你以为你妈三头六臂，有通天的能耐？说到底也就这么一个老同学混得还可以，能帮上点忙。”老妈语重心长地说，“其实你这个工作，现在看是有点专业不对口，但公司里总有对口的工作嘛，你先占住这个位置，寻找机会施展你的才华和专业知识，还愁换不到你专业对口的岗位上去？”

老爸说：“你想得倒是轻巧！公司里是你想换工作就能换工作的？”

“到时候我可以找她裴伯伯说说。”

“你别提你那学渣情人了！听到这个‘裴’字我就心烦！我警告你，你要敢找那个姓裴的，我就离开这个家。”

“我不是已经找过姓裴的了吗？你怎么没离开这个家？”

她见那两人又杠上了，于是赶快息事宁人：“别吵了别吵了！刚才跟你们开玩笑的！我没拍屁股走人，是裴伯伯说我今天第一天上班，电脑电话什么的都没安好，干不成活，所以叫我提前下班，做做准备工作什么的。”

“真的？”

“当然是真的！你们不相信的话，可以打电话问他。”她掏出办公室的钥匙和手机，“看，这是我办公室的钥匙，还有这个，公司 Wi-Fi 的密码都给我了呢。”

她一眼瞥见手机里有几个要求加微信的，都是不认识的 ID，她没理睬，只是对爸妈嚷嚷说：“饿死了饿死了！我不跟你们聊了，我先冲个凉，然后吃饭！”

老妈赶快去操办午饭，有晾好的稀粥、炒好的咸豆角和小白菜，还有卤好的牛肉、炸好的花生米，趁她冲凉的工夫，老妈切的切，装的装，一下就整出了一桌菜来。

她边吃边对爸妈讲述今天上班发生的事儿，老妈也像戈亮一样，一听就断定裴总跟白云关系不正常：“老裴这样就不对了，他能有今天，全靠的他夫人，怎么能这样过河拆桥，一发达就做对不起人家的事呢？”

她钻空子说：“那你的意思，如果他不是靠他夫人发达的，就可以做对不起夫人的事了？”

“我哪是那个意思呢？我是说他这样太忘恩负义了！等我哪天找个空，好好说说他！”

老爸讥讽地说：“你还在以为自己多有魅力？以为他会看在你的面子上改邪归正？”

“我没说他会看在我的面子上改邪归正，但我也不能眼看着老同学走邪路啊！”

凌云吓唬说：“现在他是我的老板，你还是别得罪他了，免得他给我小鞋穿。”

她妈权衡了一下，老同学走邪路，老同学的老婆戴绿帽，毕竟都比不上女儿的前途重要：“嗯，也是，我还是别管他的闲事了，免得惹他不高兴，到时候把气出在你头上。”

她吃了午饭，小睡片刻，就上街了，主要是买点上班穿的衣服鞋袜。

以前读书时穿衣没那么讲究，干净舒适不老土就行，现在工作了，还得讲究穿着了，至少要穿得符合裴老总的要求才行。至于那什么白云，就别管她了，那是个没法讨好的女人，你穿什么她都能鸡蛋里挑出骨头来。

她跑了好几个商场，也没看到符合她要求的衣服，主要是她还没领过工资，用的都是爸妈的钱，不好意思把预算打得太高。最后，也就买了两三件减价的衣服，其他的准备还是上网去淘。

回到家，又冲了个凉，吃过饭，她就跟戈亮聊起了微信：

“白云还叫我把男朋友的照片带到办公室供起来呢。”

“是吗？干吗供我的照片？”

“辟邪。”

“辟邪？”

“对呀，她说那样就免得公司里的猥琐男人打我的主意。”

“嗯，有道理。那你准备带哪张照片去？”

她开玩笑说：“当然是带我和 ××× 的合影去。”

“他是你男朋友？”

“他是大明星。”

“你还跟他合过影？什么时候？”

“哈哈，你这么聪明的人，怎么把 PS 忘记了？”

“哇，你 PS 啊？不怕大明星告你侵犯肖像权？”

“他们是公众人物，肖像到处都是，谁侵犯谁呀？”

“你嫌我拿不出手、见不得人？”

“哪有啊？”

“那你干吗要带 PS 的照片去呢？”

“这不跟你开玩笑吗？大明星谁不认识，我带那玩意儿去不是找抽吗？”

然后两人就开始讨论带哪张合影。

千挑万选，终于选定了一张两人在校门口请一个过路人照的合影，虽然人像不是最佳，但胜在校门威风啊。裴总貌似是个很崇拜学识，至少是崇拜学位学历的人，摆张A大校门做背景的照片，肯定能不时提醒提醒他，咱可是名校毕业的！

照片选好了，她用“美图秀秀”修饰了一番，主要是把戈亮P得高大帅一些，自己就不用P了，真身摆在那里，P再美也没用。

她跑到街口的一个店铺里，花钱用那里的彩色打印机把合影打了出来。回家后，找了个背后有支架的小镜框，把里面的旧照片拿出来，把自己和戈亮的合影放了进去。

做完了这些，她还没有睡意，上公司的网页去逛了逛，熟悉熟悉公司的情况。

她发现F公司的总部并不在C市，而是在C省的省会G市。公司的老总也不是裴伯伯，而是一个女人，叫吉利民，长相有点像大名鼎鼎的李小琳，但没人家保养得那么好，有点显老，理着短发，很一般的中老年妇女模样。

她估计这个就是裴总的夫人，是F公司的老总。而裴总，不过是F公司在C市的分公司的小头头。

这对夫妻，一个在G市，一个在C市，难怪裴伯伯要在外面找女人。不过，咱们可能都是瞎操心，人家那女的很可能也在外面找男人呢，彼此彼此。

她搜来搜去，都没搜到“伪总”的信息，看来他不是F公司的人。

想到不能跟帅大叔共事，她觉得非常遗憾。

想到很可能再也见不到帅大叔了，她又感到非常失落。

然后，她想起她手机里有他的号码，今天他帮了她那么多忙，她理应表示一下感谢，给他发个短信不过分吧？

她拿起手机，找出他的号码，给他发短信："魏总，您好！感谢您今天对我的帮助！"

他很快就回信了："不客气，谈不上帮助，只是将功补过。"

她啰啰唆唆地强调了一通魏总今天的帮助是多么重要，说得好像如果没有魏总追她回来，她这工作就彻底丢了似的。

他还是回答说："不客气。"然后加了一句，"晚安！"

神马？下逐客令了？

她生气了，你不想跟我聊，我还不想跟你聊呢！

她回了一个"晚安"，就下线"晚安"去了。

18

第二天，凌云很早就起了床，梳洗打扮一番，吃了早餐，乘公车去上班。

有了昨天那些经验教训，她今天就不穿高跟鞋，也不穿西服套裙了，只穿了一双好走路的凉鞋和T恤短裤，但她包里装了一套比较正规的裙装和一双高跟鞋，准备到了公司再换上。

从昨天的情况来看，那两个家伙肯定不会这么早就来上班，她可以在办公室里换装。即便那两个家伙一大早就来了，也没关系，她可以到洗手间去换。

她还用塑料袋装了一个比较轻巧的小花钵，里面种着一株"鸿运当头"，意头好，又好养，每周浇一次水就行。

到了公司，果不出她之所料，那两个家伙连影儿都还没有呢，整个办公室就她一个人。

她把门反锁了，换上裙装和高跟鞋，把花钵放在窗台上，把合影摆在办公桌上，把自己的包藏在办公桌的抽屉里，又磨蹭了一会儿，才到人事科去交材料。

但她磨蹭得还不够，人事科的门还没开。她正想离去，看见刘姐气喘吁吁地从楼梯口走过来，她想躲是来不及了，只好硬着头皮打了个招呼："刘姐，早上好！"

"小凌啊，这么早就来了？"

"我以为公司上班时间是朝九晚五呢。"

"是朝九晚五，是朝九晚五。"刘姐打开办公室的门，把她让进去，解释说，"不过也不是那么死板的，你要是有事的话，晚点来也行，下午晚点走呗，对不对？或者像我一样，白天抓紧点，把活做出来就行了。现在我女儿正在放暑假，我早上得把她安顿好了才能来上班。"

她知道自己无意当中抓了刘姐的"现行"，刘姐担心她向裴总汇报，正在百般解释呢。她附和说："是的，是的，几点来几点走没什么，最重要的是效率。"然后，赶紧转移话题，"刘姐，您女儿上高中了啊？"

"是啊是啊，上高一，正是关键时期，暑假都在上课呢。"提到女儿，刘姐就没心思想别的了，"我女儿可用心呢，成绩总是班上前五，她志向大得很，一心想上A大。我听裴总说，你就是A大毕业的，什么时候我请你上我家吃顿饭，你好好指点指点我女儿。"

"那哪儿用得着啊？A大没什么的，连我这样的人都能考得上，您女儿这么聪明，考上A大更不成问题了！"

她陪着刘姐聊了一会儿女儿，抽个空子转上正题："这是我的材料，您看看还差什么吗？"

刘姐看都没看就说："没问题，肯定没问题的，裴总亲自招的，又是本地户口，还能差什么？只要有银行信息，到时能把工资打进你的户头就行了。”

她很想打听打听工资是多少，看值得不值得她窝在这里听白云的冷嘲热讽，但她实在问不出口，怕刘姐认为她钻钱眼里去了。算了，还是别问了，反正到了发工资的时候，自然会知道究竟是多少，如果太少了，再拍屁股走人也不迟。

两人又拉了会儿家常，她壮起胆子问：“昨天带我来这里的那个魏总，他在哪个办公室啊？”

“昨天？昨天不是裴总带你来的吗？”

“我说的是在那之前，早上裴总还没来的时候，不是有个魏总带我上您这儿来过吗？”

“魏总？哦，你说蔚然呀？”

“他叫蔚然？”

“是啊，是啊。”

哈哈，原来是姓“蔚”！我就说那么帅的大叔，怎么会姓个“千字不像千，八字分两边，好一个红花女，跪在鬼面前”的“魏”呢！

“蔚然”，哇，这个名字太高大上了，跟我的“凌云”有的一拼！

她说：“我听前台的人叫他蔚总，还以为他是老总呢。”

“是老总，是老总。”

她脱口而出：“那怎么我没在网上找到他呢？”

她生怕刘姐追问她为什么要在网上找蔚总，但刘姐不解地问：“在网上？”

“是啊，我的意思是公司的网页上。”

“哦，公司的网页上？应该有啊。”

“真的没有。”

“那我就不知道了。”

她估计刘姐这个年纪的人，不像她这代人那么熟悉网络，可能根本就没上过公司的网页，反正公司的网页也不是为刘姐们设计的，而是为客户和潜在的客户设计的。

“那您知道不知道他的办公室在哪里？”她做贼心虚地解释说，“他昨天帮了我那么多忙，我应该面谢他一下。”

“哦，知道知道，他的办公室在新华路那边的写字楼里。”

她知道新华路在哪里，那边属于新市区，是改革开放之后才发展起来的。而这边是老市区，房子旧，地方小，没法扩建。C 市很多单位都是一半在老市区，一半在新市区，这里一块，那里一块，搞得跟五马分尸似的。

她没好意思问蔚总办公室的具体地址，反正她也只是为了满足自己的好奇心，看看这人究竟是干什么吃的，并没想过真的跑到他办公室去面谢他。昨晚已经在短信里谢过了，他那么冷冰冰的，谁还找上门去自讨无趣呀？

她谢了刘姐，回到自己的办公室。那两个家伙还没来，这让她意识到昨天自己是多么不受欢迎，人家正在夏宵一刻值千金呢，却被那个不知天高地厚的蔚某一个电话叫醒，而叫醒的原因又是为了她这个新来的人，那人家还不烦得要死？

裴总还是不错的，一叫就到了。但那个白云，肯定是从床上就骂起来，一直骂到下床，骂上车，再骂到公司，然后就专找她的碴儿。

今后她肯定不会再打扰那两个人的好梦了，只是希望白云会对她好点。如果每天都得承受白云的冷嘲热讽，那日子也不是好过的。

整个上午，办公室就她一个人，自由倒是很自由，就是感觉很无聊，很浪费青春。

她把考研的复习资料从手机里调出来，想趁此机会复习复习，但不知道是没了压力，还是没了动力，反正就是看不进去。

好不容易挨到了中午，她理直气壮地到外面去吃午饭。

正吃着，戈亮的微信进来了：“在干吗？”

“吃午饭。”

“我也是。”

戈亮那边还挺正规的，上班时间连手机都不能用，一直要到吃午饭的时候，才能抓紧时间跟她聊几句微信：

“你中午吃的啥？”

“吃炒粉。你呢？”

戈亮不无得意地回答说：“我们公司有 free lunch（免费午餐）！”

“真的？你们福利真好啊！”

“你们公司没有 free lunch？”

“我们上哪儿找 free lunch 啊？这么个破公司，连食堂都没有，哪儿来的 free lunch？不 free 的 lunch 都没有！”

戈亮趁机诱惑说：“还是到 B 省来吧！我让我爸妈想办法把你也搞到我们公司来。”

“能搞进去吗？”

“事在人为嘛。”

“我们俩学一个专业的，你们公司会一下子需要两个同专业的毕业生？”

“想办法嘛。再说，也不一定非要专业对口才行，你现在不也没专业对口吗？”

她可不愿意去一个戈亮专业对口的公司当专业不对口的“二秘”：“我先在这边干着再说，看他们对我咋样，如果对我不好，我再走人。”

戈亮满怀希望地问：“到时候就到 B 省来？”

她也不知道到时会到哪里去，便含糊地说：“看情况吧。”

“你们国庆节放几天假？”

“还不知道呢。你们呢？”

“我们要连放五天呢！”

“是吗？准备去哪里玩？”

“我想让你到B省来玩。”

她知道去了B省，肯定又是白天无所事事，晚上滚床单。不知道为什么，跟戈亮滚床单总让她觉得尴尬。因为脱去了衣裤赤裸的戈亮，显得更瘦小了，完全像个没发育好的孩子，没有一点男子汉高大威猛的样子，但做的却又是成年男人才会做的事，所以她每次跟他滚床单都会有一种陪小孩子玩黄色游戏的羞耻感。

如果戈亮像“伪总”那么成熟、那么威猛、那么男子汉就好了！

昨天他把她从挤车的人群里连拖带抱拽出来的时候，她第一次领略到了什么叫“浑身的骨头化成了水”。如果不是从《十年忽悠》里学到了这一句，她还真不知道怎么形容自己当时的感受。

如果把戈亮换成“伪总”，她愿意时时刻刻跟他滚床单。即便不做什么实质性的事情，就让他搂着也会是一件很惬意的事。

或者这么说，如果“伪总”能像戈亮那样追她巴结她，那就好了。可惜他那么惜字如金，才聊了一句，就用句“晚安”打发了她。

戈亮催问道：“国庆节到底来不来呀？”

“国庆节说不定我们放不了那么久的假。”

“那我到C市去看你吧！”

她吃了一惊，这还是戈亮吗？

“你上我们C市来？”

“是啊。怎么，不欢迎？”

“那倒不是。”

“是不是你爸妈不欢迎？”

“我还没对爸妈说呢，怎么知道他们欢迎不欢迎？”

"那你今晚就跟他们说说，看他们欢迎不欢迎我。"

"你不是一向都嫌弃 C 市太小太农村的吗？"

"我哪有嫌弃 C 市啊？"

"你不是不愿意来 C 市吗？"

她很希望他能说"有你的地方，我怎么会不愿意去呢？"，但他没能让她如愿以偿，而是解释说："我是不愿意去 C 市工作，又没说连旅游都不愿意啊。"

"好吧，我先问问我爸妈。"

晚上回家后，她把戈亮国庆节想来 C 市玩的事告诉了爸妈，老爸非常赞成："好啊，好啊，让他来，让他来，来了我带他去钓鱼！"

她妈有点记仇："要不是因为他，我小云肯定在 A 市找到工作了。"

她爸说："那你的意思是让他俩吹台？"

"我也没这么说。"

"那你到底是什么意思呢？"

"他来玩可以，但要守规矩，不能——"

老爸呆萌地问："不能什么？"

她早就懂了，但不仅不反感，甚至很感激，仿佛老妈帮她推掉了一个棘手的任务。

嘿嘿，戈亮，这下就不能怪我不跟你滚床单了哈，是我妈不允许！

19

自从知道"伪总"的办公室在新华路那边后，凌云就对那边产生了特殊的兴趣，其浓烈程度，不亚于《十年忽悠》里艾米对"哈佛"

的兴趣。

艾米是凡是沾个“哈”的都连带着产生了兴趣，而她，则是凡是带个“新”“华”“新华”的，都连带着产生了兴趣。

不知道是因为产生了兴趣，还是因为那边本来就吸睛，她每天晚上必看“本市新闻”，那里总有几条是关于那边的。一会儿是市领导视察某建筑工地，一会儿是暴雨淹了某棚户区，一会儿又是新商场开张，还发生了一起比较严重的交通事故，两车相撞，五人受伤。

事发地点就是在一个办公楼前！

她不知道“伪总”是不是在那栋楼里办公，上网查了一下，那栋楼不是F公司的，而是地产开发商的，出租给人做办公地点，蜗居在那栋楼里的小公司不少。

但“伪总”不在那栋楼办公不等于他不从那栋楼经过，虽然出事的是一辆红车和一辆白车，而“伪总”上次开的是黑车，但这些事谁能说得准？就不兴人家换一辆红车白车开开？

她越想越不安，厚着脸皮给“伪总”发了条短信：“刚看到新华路H大楼前发生了车祸，你没事吧？”

他回信倒是很快，但还是惜字如金：“没事。谢谢！”

这次她不等他下逐客令，就抢先发个“晚安！”过去，感觉跟上次扯平了。

不过她可以对天发誓，她对“伪总”绝对不是那方面的兴趣，她是有男友的人，绝对不会做出对不起戈亮的事来。

她对“伪总”的兴趣，只是外貌协会骨灰级会员对帅大叔与生俱来的兴趣。就像那些追星族一样，人家对自己的偶像也是兴趣盎然的，偶像的衣食住行，吃喝拉撒，一颦一笑，事无巨细，都值得关注。但那不等于人家都想嫁给偶像，很多偶像都是有女友，甚至是结了婚有孩子的人，追星族照样追着偶像跑。

她觉得自己现在对帅大叔就是处于一种追星的狂热之中，主要是帅大叔太神秘了，等她洞悉了帅大叔的一切一切，她的兴趣自然就会淡下去。

但她相比于追星族，绝对是处于劣势，因为明星们的玉照到处都是，追星族可以天天对着偶像的玉照发呆。而她，就没这份福利了，帅大叔的倩影，只存在于她的记忆里。时间一天天过去，记忆会一天天发黄。万一哪天黄到看不清帅大叔的形象了，那多可惜！

现在她最盼望的，就是能有个机会再见见帅大叔，复习一下他的长相和身姿，最好偷拍几张他的照片，留待以后慢慢看。

但她在旧市区，他在新市区，虽然不是远隔千山万水，貌似也很难相遇，总不能跑到新市区他的办公室去找他吧？

只能希望他像上次那样，又过来见客户，谈生意。但即便那样，她窝在自己的办公室里，也不可能知道他什么时候来，什么时候走。说不定他这几天就在这边谈生意，只不过她不知道而已。

最好是裴总召开一个全体员工大会，比如迎新会什么的，那帅大叔就不得不出席了。会议地址可以是旧市区的这栋楼，也可以是公司在新市区那边的大会议室之类，或者全体员工都到某个酒店去聚会，让她能有个机会，再见见帅大叔。

不过根据裴总对公司的经营热情来看，召开全体员工大会的可能性微乎其微，因为裴总经常是人影都见不到一个。而就算见到人影的时候，也都是下午才到办公室来晃一下，屁股还没坐热，就又跑掉了。

白云的出没规律跟裴总一样。

也就是说，那两个人总是出双入对，要出勤都出勤，要缺勤都缺勤，再傻的人也能看出来那两人是什么关系。

她真是替裴总捏着两把汗！

第一把汗：裴总这么大摇大摆地跟情人双宿双飞，不怕老婆知道了闹翻天？

第二把汗：裴总对公司这么个经营法，不怕把公司搞垮台？

前一把汗，完全是为裴总捏的。

后一把汗，就有一半是为她自己捏的了。

她的电脑电话什么的，倒是给安上了，但她的电话从来就没响过一声。白云的电话也没响过，裴总办公室的电话也没响过，她很怀疑这个公司是个所谓的“皮包公司”，只是注册了个公司名，但啥事也不干。

就怕没干两天，公司就垮台了，那她妈又得操心给她找工作，而戈亮又要催她去B省了。

虽然她可以复习考研，但正如她英明伟大的老妈所指出的那样，研究生毕业了，还得找工作，搞不好还是得去求人，那时候各公司的位置更是被人占光了，她还能到哪里去找工作？

她现在一想到找工作就头疼，特别羡慕她爸妈那个年代，大学生毕业包分配，哪怕分到不好的单位，但总是一份工作嘛，而且也不怪毕业生本人：不是我找不到好工作哈，是学校分给我的。

哪像她现在这个年代，一切都得靠自己，你找不到好工作，人家就觉得你没本事，就笑话你。那些成绩不如你的就幸灾乐祸：叫你用功！叫你成绩好！到头来没屁用！

她感觉自己的前途已经系在F公司上了，如果公司生意好，名气大，她脸上也有光啊！

但是这个裴总……唉，真不知道他是怎么想的！

终于有一天，裴总还没到吃中饭的时间就露面了，还是穿得上下一身黑，鼻梁上架着一副墨镜。

但他的影子白云却没露面，只有裴总一个人，进来就坐在她的办公桌上，亲切地问长问短：“这几天忙得没空过问你的事，怎么样，都安顿下来了吧？”

“安顿下来了，安顿下来了，谢谢裴伯伯！”

“干吗叫我伯伯呀？就叫我名字好了。”

她在心里叫了一声“裴跃进”，差点儿把自己吓破胆，怎么可以这样？反了你了！

她嗫嚅说：“嗯，在公司叫伯伯还是不大合适，那我叫您裴总吧！”

“叫裴总行，但你也别总是您长您短的了，多见外！”

“好的，我不用‘您’了。”

“怎么样，对这份工作还满意吧？”

“满意，满意！就是没事干，觉得挺内疚的。”

“内什么疚啊？刚开始，得熟悉熟悉环境嘛。你别慌，有你忙的，到时候别怪我老让你加班。”

“我就希望忙，那说明我对公司有用。”

“肯定有用嘛，没用我会招你？”

“对对对，裴总不会做无用功的。”

两人聊了一会儿，她脑子一动，问道：“白、白云怎么没来啊？”

她生怕裴总一翻脸，呵斥说：“你当白云是我什么人？我怎么知道她为什么没来？”

但裴总一点儿也没发火，很坦率地说：“她昨晚陪酒喝多了，吐得一塌糊涂，我让她在家休息一天。”

“见客户要喝酒啊？”

“当然要喝，特别是亚洲国家的客户，想谈成一笔生意就没有不喝酒的。欧美的还好点，要喝也是喝洋酒，那玩意儿，对我们中国人来说，度数太低了，喝多少都放不倒我。”

她关心地说：“你经常见客户，可要悠着点儿喝。我听说酒精挺伤肝的。”

“是啊，是啊，道理我都懂。但人在江湖飘，哪能不挨刀？烟酒不沾的人，就别想在生意场上混了。”

她心说幸好白云没有让我去见客户，不然还不知道被灌成啥样呢！希望裴总说的今后会很忙不是忙喝酒。

正说着，裴总的手机响了。他对她做了个“对不起，我得接这个电话”的手势，就走到自己办公室门边，用钥匙开了门，进去接电话。

过了一阵子，裴总又走了出来，跟她聊天。没聊几句，手机又响了，他只好又进里屋去接电话。

如此这般折腾了几番，她有点明白了，裴总不是不做生意，而是不在办公室里做生意。裴总的电话铃也不是不响，而是不在座机上响。现在手机这么发达，跟客户交流根本用不着跑到办公室里坐着等电话，躺在情人的床上用手机就能把面谈地点约好，然后再去酒店正式敲定。

她不明白的只有一点：裴总招她来坐在办公室里到底要干啥呢？

过了一会儿，裴总走出来，问道：“你吃午饭了吗？”

“还没呢。”

“走走走，我们去‘海天’吃午饭！”

“现在？”

“走吧走吧，我早饭都没吃呢，饿昏了！”

她知道“海天”是一家很大的酒楼，价格相当贵，她今天没带多少钱，待会儿哪怕是AA制，她可能都付不起账。她坦白地说：“我今天没带多少钱，改天吧。”

“我请吃饭还要你花钱？”

她又想到白云，如果知道裴总请她吃了饭，肯定会冲她发脾气，只好继续推辞：“那个——我还是去街边那个米粉铺吃吧，我这几天都是在那里吃的，味道还不错。”

裴总左劝右劝她都不肯去，只好说：“那我也去吃米粉吧。”

“哇，你一个堂堂的老总，跑街边小店去吃米粉？”

“那怎么了？我也是吃米粉长大的。不信你问你妈，我们小学旁边就有一个米粉店，叫‘赖子米粉’，你别看名字不好听，粉还是很好吃的。有时我早上起晚了，来不及吃早饭，就趁课间操的时候，溜号到外面吃米粉。唉，那时候穷啊！吃米粉都没钱加肉臊子，就一碗光粉。不过那时胃口好，饿了连狗屎都吃得下去。”

两人步行来到米粉店，点了两碗加肉臊的米粉，在一个小桌边坐下，开吃。

小店里没有空调，全靠自然风，店面小，又点着个大火炉，店里非常热。

两人吃得浑身冒汗，满脸通红。她拿着个纸巾使劲对着脸扇，裴总就用手一把一把地抹汗，一次一次地往上推墨镜。

最后，推不胜推，裴总终于取下了墨镜。

她看了裴总一眼，吓得差点儿叫出声来！

20

各位想象一下，炎热的夏天，在一个破旧的小饭馆里，隔着两尺来宽的小饭桌，对面坐着的那个浑身黑衣的中年男人，突然取下墨镜，露出一大一小两个眼睛，用一种聚不了焦的目光看着你，其中那个大的眼球白多黑少，毫无光泽，更没水波，也不会转动，凸在眼眶外面，好像随时都可能爆掉！

你能不吓一跳吗？

反正凌云是吓了一跳的，差点叫出声来。

那种惊吓，不是感觉自身生命受到威胁的惊吓，而是看到别人身体受到创伤的惊吓。犹如你看到一个人被别人砍得血肉横飞，或者从高楼上摔下来脑浆涂地，虽然跟你没关系，但你仍然会大吃一惊，魂飞魄散。

说得高尚文雅一点，就是当你看到一个生命遭到摧残时所感受到的那种惊吓。

也许你一辈子都没看见过砍人或者坠楼，那你不妨回忆一下，也许某次，你看到谁切菜的时候，指头被切了个大口子，鲜血直往外冒；或者谁走路不小心踢在了石头上，大脚趾的指甲被踢得翘了起来……

那是一种令你心悸牙酸、不忍直视的场景！

她吓得低下头，不敢再看。

裴总倒是很坦率："是不是被我的假眼吓了一跳？呵呵，现在你明白为什么我平时总是戴着墨镜了吧？不知道的人，以为我在装酷，其实我是怕吓着你们大家伙呢！"

她被裴总的坦率和自嘲感染了，感觉距离一下子拉近了许多，胆子也壮了一点，她试探地问："裴、裴伯伯，裴总，您的、你的眼睛，是怎、怎么回事？"

"被人打的。"

"被、被人打的？"

"是啊，正好一拳打在我的眼睛上，眼珠子都被打得快掉出来了，眼眶里全都是血，一直流到鼻子里，流到嘴里，满嘴都是血腥味。我疼得晕了过去，醒来才知道医生已经把我的眼珠剜掉了，只剩下一个洞。没办法，只好装个假的充数。听说外国现在有做得很逼真的假眼卖，但我懒得淘那个神费那个力。做得再逼真也是假的，照样看不见，对不对？还不如随便装一个，用墨镜一遮就行了。"

裴总这么坦率，这么接地气，让她很有好感。

嗯，男人就应该是这样的！

相比而言，戈亮就显得太娇气太娘了。记得有次去吃火锅，揭开锅盖的时候，他的手被锅里的热气“舔”了一下，他马上把锅盖往她那边一扔，捂着手嗷嗷叫，眼泪都快流下来了。

幸好她正在扎马尾，两手都在脑后，不在桌子上，要不然锅盖肯定会把她砸伤烫伤。

她见裴总在等她回话，急忙把思绪拉回来，猜测说：“是不是‘文革’当中武斗给打的？”

“文什么革啊！‘文革’的时候我还在穿开裆裤，屁事不懂，人没枪高，腿没棍长，上哪儿‘武斗’去？你别看我名字叫跃进，就以为我是50后，我可是你妈的小学同学，跟你妈同龄的！”

她其实没那么渊博的历史知识，能把“跃进”两个字跟50后联系起来，更没想到只有50年代之前的人才有可能参加“文革武斗”。她只知道C市是以“文革”中“武斗”惨烈著称的，而这种把人眼睛打瞎的事件，应该是发生在“文革”之中。“文革”之后的年代，大家都忙着读书，哪儿有这么惨烈的打斗？

反正她是没见过的。

裴总解释说：“我这名字，其实是我哥的名字。我哥命不好，还在娘胎里就开始受苦，几次都差点流掉了，最后好不容易保住了胎。生下来也是病病恹恹，小学还没毕业，就得了个什么红斑狼疮的病，身上长出一朵一朵的蝴蝶花来，吓死个人！他爸妈为了给他治病，都搞得倾家荡产了，但还是没治好，他早早地就去了。”

她听糊涂了，又是“我哥”，又是“他父母”，这人称好像也太乱了吧？

裴总貌似看出了她的疑惑，解释说：“我哥的爸妈就是我养父母。我哥是他们生的，我是被他们领养的。他们中年丧子，难过得不得了，最后领养了我，让我顶了我哥的名字，算是给他们一个念想。”

“你是被人领养的啊？”

“是啊，我家乡下的，穷，孩子又多，刚好我养父母死了儿子，养母年纪大了，身体又有病，唯一的儿子都是卧床十个月保下来的，再生是生不出来的了，只好去乡下领养。”

“那你自己的爸妈舍得？”

“有什么舍不得？他们没文化，不知道避孕，怀了就生，像下猪崽一样，一生一大窝，我兄弟姐妹七个。”

“那你舍得他们？”

“我是舍不得啊，主要是怕生，听说要跟生人去过，吓得要死，给我爸妈下跪磕头，说再也不喊饿了，再也不问他们要吃的了，再也不调皮了，只求他们别把我送人。”

裴总的眼圈红了，左眼里已经噙满了泪水，但右眼还是干巴巴的，唯一的变化，就是眼珠更向外凸了。

她瞥了一眼，又吓了一跳，生怕那眼珠会“当”的一声掉进裴总面前的米粉碗里。

裴总借擦汗的机会把左眼也擦拭了一把，深吸一口气，接着说：“还好，我养父母人挺好的，自己的儿子没了，就把我当亲生儿子看待，管吃管住，没亏待我，就是管教得挺严格的，打起来也是把我当亲生儿子打的。”

她被裴总逗乐了：“可能他们认为棍棒底下出孝子吧？”

“就是啊。我这人干别的挺活泛，一学就会，就是这个读书，怎么也读不进去。每次考试，都是玩尾巴，成绩单一拿回去，就是一顿胖揍！我只好涂改成绩单，被发现了又是一顿胖揍！我读不进书，上课就度日如年，少不了讲个小话呀，撩拨一下同学啊，招惹个是非呀，架也没少打，老师知道了就告状，一告又是一顿打。”

裴总说着就用两手抓住黑色T恤的衣领，往下向两边用力一拉，露出胸前几个疤痕："看，这都是我爸用皮带打出来的！"

她又是一阵心悸牙酸，不忍直视，急忙转移话题："那你的父母都还在吧？"

"你说养父母？"裴总黯然地说，"都过世了。他们都是人好命不好，一直要不上孩子，等生出我哥的时候，就已经年过四十了，领养我的时候，都快五十了。等我长大成人，赚了钱，发达了，想好好孝敬他们的时候，他们却都过世了。唉，真是子欲孝而亲不待啊！"

她也表示了一下唏嘘，然后问："那你的亲生父母呢？"

"切，他们倒是一个个精神得很！"

"那是好事啊！"

"好事？你不知道他们有多黑心多贪心！当初生了我不养我，把我送给别人，我那么求他们都不行，现在好了，看我发达了，有钱了，一个个都来认亲了。"

"认亲也挺好的呀，多几个亲人嘛。"

"你以为他们的亲是那么好认的？讲明了就是来要钱的！今天这个过生日，明天那个做寿，后天又是谁谁谁要修房子，还有孩子读书，女儿嫁人，什么事都来问我要钱，好像我是一棵摇钱树，想要多少钱，只要狠命地摇就行了。"

"那是有点过分了。"

"绝对过分！"

"那你怎么办？"

"我？我就一个都不理睬！一分钱都不给！"

她感觉这样也过分了，毕竟是自己的爹妈嘛，怎么能一毛不拔呢？

但她不敢这样说，只模棱两可地"嗯嗯"了两声。

裴总说："我这个人，最恩怨分明了。对我有恩的人，我必将涌泉相报；对我有仇的人，我绝对以牙还牙、以眼还眼！"

“但是，他们毕竟是你的亲生父母。”

“亲生父母又怎么了？既然他们把我当狗屎一样踢出了门，我就不再拿他们当父母！”裴总兴奋地说，“你知道那个打瞎我眼睛的人，我是怎么报复他的吗？”

“怎么报复？”

“嘿嘿，我把他整进局子里去了。”

“他打伤了你，当然应该受到惩罚。”

“但是我也打伤他了呀！”

“是吗？”

“我把他肋骨打断了三根！”

“那——”

“嘿嘿，要论情节，我和他都该坐牢，但是我有办法嘛，所以最终只有他坐了牢，判了三十年，到现在都没出来呢！”

她听得毛骨悚然，胆怯地想，我可不能得罪了他，不然的话，说不定怎么收拾我呢。

吃过午饭，两人回到公司里。裴总还是坐在她的办公桌上，跟她聊天：“你外语怎么样？”

“你的意思是英语？”

“对呀，对呀，就是英语。”

“呃——还可以，反正大学英语四六级考试我都通过了。”

估计裴总根本不知道大学英语四六级考试是个啥玩意儿，但她没别的证据能证明自己英语不错，只好把这个抬了出来。

裴总说：“哦，那太好了！是这样的，过几天有个美国的客商要来谈生意，我没学过外语，一句也听不懂，到时就请你给我翻译了。”

她听说是真刀真枪地跟外国人当面鼓对面锣地说英语，立马吓趴了：“那不行的！那不行的！我说的四六级考试都是笔头的，我笔头还可以应付一下，但口头不行的！”

“笔头口头不都是外语吗？”

“是外语，但我平时又没机会跟外国人交流。”

“别谦虚了！你A大毕业的，外语还能不好？”

“我——这个——虽然我是A大毕业的，但我学的不是英语专业。”

“那你刚才还说你学了外语的。”

“是学了外语的，但不是作为专业来学的。再说，哪怕是英语专业的，也未必知道咱们公司业务有关的英语。反正，我——真的不行，你另找人吧，免得把你的生意谈坏了。”

裴总又力劝了一阵，她一口咬定不行，裴总无奈地说：“是这样啊？那老蔚还一直说你行你行肯定行。”

她一听“老蔚”，马上问：“老蔚？是不是蔚然？”

“是啊，你认识他？”

“我第一天来的时候，就是他带我去人事科报到的，后来也是他给你打的电话，说我在公司等你。”

“哦，是的是的，是他打的电话。瞧我这记性！他提到你的时候，我还在纳闷，他怎么知道你哪个学校毕业的呢！”

“他问过我这些，我都告诉他了，所以他知道。但是我可没对他说过我英语多么多么好，好到能当商务谈判翻译的地步。”

21

裴总大包大揽地说：“没问题，没问题，老蔚说你行，那你肯定行！”

凌云急了：“我真的不行的！蔚总他可能听错了，以为我是英语专业毕业的吧？”

“不会吧，他又不是七老八十的人，怎么会听错呢？等我给他打个电话问一下。”裴总掏出手机，给蔚总打电话，“老蔚啊，人家小凌说你可能把她的专业听错了，是不是这样啊？哦，你没听错啊？我就说你肯定不会听错嘛。但是她非说自己应付不了下星期的谈判啊，你看怎么办？”

不知道那边说了什么，裴总对她说：“我待会儿把有关的材料都给你，你先看看，准备一下，肯定没问题。”

她还是连连摇头。

裴总回到电话上：“她还是说不行啊。”

估计那边说了“让我跟她谈谈”，于是裴总把手机交给了她。

她竭力按捺住心中的激动，接过手机，小声说：“蔚总，感谢您对我的信任，但是我不是英语专业毕业的，口语真的很差。”

人家即便是谈工作，声音也是迷死人不偿命的那种：“那是你把商务谈判看得太神秘了。其实没什么的，这单生意，已经谈得差不多了，这次只是签个字而已。你事先把有关材料拿来看看，熟悉一下，到时按裴总的原话翻译，不会有什么问题的。”

“我——我没跟真正的老外对过话，都不知道人家听不听得懂我的破英语。”

“那没什么，对方也会带翻译的。”

“啊，他们也带了翻译？那还要我去干什么？”

“裴总不能依赖对方的翻译嘛，你得帮忙把关，注意听着点，别让对方翻译搞错了重要的东西。”

“但是我就怕我根本听不懂人家在说什么。”

他低声笑起来：“怎么对自己这么没信心呢？”

他的笑声满是宠溺，听得她浑身暖洋洋的，不由得撒娇说：“我哪里是对自己没信心啊？根本就是实事求是，我可不想把裴总的生意搞砸。”

“那这样吧，这次还是我去滥竽充数，下次你一定得上。”

她一听蔚总要亲自出马当翻译，敬佩得五体投地，特别想去做个跟屁虫，但自己刚才已经一而再再而三地推辞说不去了，现在怎么好意思改口？

蔚总好像听见了她的心声一样，接着说：“但这次你也得出席。”

“好的，好的，我去向你学习！”

“学习谈不上，主要是想让你亲眼看看商务谈判有多简单，根本没你想象的那么神秘。”

“好的，好的！那就这么说定了，我去观摩学习！”

她把手机还给裴总，裴总就到里间打电话去了。

过了一会儿，裴总从里间出来，把一沓文件放到她桌上：“这是老蔚要我交给你的，说让你看看，心里有个底。这可都是公司的商业机密，只能在这里看，别带回家去了，也别弄丢了，文件内容不能让任何人知道。”

“我知道。谢谢裴总！”

裴总一屁股坐在她的办公桌上，指着她和戈亮的合影说：“我听小云说你有男朋友，就是这位？”

“嗯。”

“同学？”

“嗯。”

“谈了几年了？”

“一年多。”

裴总拿起镜框看了一会儿，评论说：“长得还算秀气，但没多高嘛。”

“呃——是不高。”

“有没有一米七？”

“有，有。”她心说，一米七都没有？你也太小看人了！

“哪里人啊？”

“B 省的。”

“分回 B 省去了？”

“嗯。”

“我跟他们 B 省人打过交道，都是只长心眼儿不长个儿的那种，表面看着挺礼貌的，说话斯斯文文、秀秀气气，但实际上很会算计，心肠很坏，很滑头，特会坑蒙拐骗。”

她不知道该说什么，只好傻笑不说话。

裴总又问：“你爸妈见过你这个男朋友没有？”

“见过照片。”

“光见照片没用的，非得见真人不可。有些人看照片挺斯文的，结果一开口就像土匪一样。还有的油嘴滑舌、甜言蜜语，专门哄你们这种小姑娘。所以我家小琪找男朋友，都得先过我这一关才行。”

她好奇地问：“要是过不了你这一关呢？”

“那就得给我吹掉！”

“如果他不肯吹呢？”

“谁不肯吹？”

“你女儿的男朋友。”

“他不肯吹？那就问他有几个脑袋！”

“如果是小琪不肯吹呢？”

“她不会的，她要不肯吹我就断她的月供。”

“她自己没工作、没收入？”

“她有工作也是我给她找的，我可以随时随地让她没工作。”

“那她男朋友还可以养活她呀。”

裴总鄙夷地一笑：“她要是找到愿意养活她的男朋友了，我还会逼她吹掉？我又不是疯子傻瓜神经病！肯定都是一些冲她的钱来的人嘛，她年轻，她傻，她看不出来，但我是那么好哄的？”

“难道就没一个真心实意爱你女儿的人？”

“有可能有，但我还没遇见。”裴总有点伤感地摇摇头，“唉，你说这人要是有钱了，也并不一定就是一件好事啊！没钱的时候，你至少知道谁是真心爱你的，对不对？等你有了钱，你就真心搞不懂谁是爱你，谁是爱你的钱了。”

她斗胆开个玩笑：“你刚才还说一眼就能看出谁是真爱谁是爱钱的呢。”

“我那是说追小琪的那些人，哪里是说我自己呢？”

“你自己——”

“中国不是有句古话，叫作旁观者清当局者迷吗？”

“那倒也是。”她心说你婚都结了，孩子都有了，还操这些心干吗？你老婆当初没计较你是冲钱来的，还是冲人来的，就不错了。难道你还打算休妻另娶，所以要考察谁是真爱你谁是假爱你？

她斗胆说：“但你夫人肯定是真心爱你的吧？”

“我夫人？”裴总黯然一笑，“算了，不说这些了。我还是那句话，你应该让你父母见见你男朋友。”

“呃——他这个国庆节长假会来我家的。”

“哦，是吗？到时候告诉我一声，我也去帮你把把关。”

“呃？”

“你信不过我？这么说吧，我这些年走南闯北，从上到下，三教九流，高低贵贱，什么人没见过，什么人没打过交道？你这个男朋友是人是鬼，是好是坏，我一眼就能看出来。你爸妈都是知识分子，根本不会和社会打交道的，好哄得很。”

“呃——到时候再说吧，还不知道他是不是一定来呢。”她竭力把话题转到别处去，“下星期见美国客户，白云她去不去呀？”

“她去干吗？她又不懂英语。”

她有点担心：“如果她不去而我去的话，她会不会不高兴？”

“你管她高兴不高兴干啥？这是工作，又不是别的什么事。”

“如果她不高兴的话，肯定会骂我的。”

“你怕她骂你？”

她点了点头。

裴总想了一下，说：“那你就别让她知道。”

“但是到时你也会去，她不是就知道了？”

“她知道也只知道我是去跟外商谈生意去了，又不知道别的，怕什么？”

“那她不问你为什么不带她去？”

“跟她没关系的事，带她去干吗呢？”

她稍稍放心了一点：“哦，是这样，我以为只要是跟外商谈生意，你都会带她去呢。”

裴总看了她一眼，解释说：“哪有那回事啊？前几次带她去，是因为那个山田对她有点那个意思，指名道姓地要她去，不然我跟人家谈生意，带个娘们儿去干啥？”

“那她懂日语啊？”

“懂日语？没听说啊。”

“山田不是日本人吗？”

“是日本人啊，怎么了？”

“白云要是不懂日语，怎么跟山田交流呢？”

裴总笑起来：“呵呵，她跟山田那种交流还用什么日语啊？”

“那你怎么跟山田交流呢？”

“用中文交流呗。山田是半个中国人，他妈是中国山东人，他爹是日本人，他从小就会说中文。”

“哦，是这样。”

她感觉裴总是在利用白云的色相帮自己做生意，有点替白云不值。联想到自己，不知是不是也在扮演同样的角色。如果是的话，那裴总就太不是东西了。

但蔚总应该不会这么坑她呀！

她说不出是什么理由，但就是觉得蔚总不是那样的人。

她问："那你以前跟别的外商谈判，我的意思是那些不会讲中文的，都是谁在翻译呢？"

“还不都是老蔚。”

“蔚总他是学英语的啊？”

“不是啊。”

“那他的英语怎么那么好，可以跟老外谈生意呢？”

“他在外国喝了洋墨水的嘛。”

“哇，他是留学生啊？”

“是啊，你不知道？”

“呃——不知道，没问过他这些。那他怎么不在外国发展呢？”

“他本来在外国发展的，但他爸病了，需要人照顾，只好回来发展。”

哇，形象更高大了！

高富帅，英语顶呱呱，业务又熟悉，还这么孝顺，这可真是神一样的存在啊！

什么样的女人才配得上这样的男人？

或者应该问，什么样的男人才配得上这样的男人？

现在不是说有钱的不帅，人帅的没钱，又帅又有钱的，那一定是gay（同性恋）吗？

按这个说法，蔚总就只能是 gay！

22

白云肯定还是放心不下的，不停地看手机，不停地发信息，一会儿没回音就烦躁不堪。

凌云被搅和得完全没工夫看文件，因为刚一开始看，白云就走过来了，跟她跃进长跃进短的，讲个没完。

她没办法，只好放下手中的活儿，打起精神听白云讲古，权当遇上了祥林嫂。

中午的时候，白云又走了过来："都十二点了，难道还在述职？述职述得饭都不吃了？"

她知道白云在烦什么，安慰说："饭肯定要吃的，但也许他老婆也在饭桌上，不方便回你的信。"

哪知道一句安慰话把白云搞爆了，大声呵斥说："你傻啊？别瞎说行不行？他怎么可能跟他老婆一起吃饭呢？那么丑的老女人，坐在旁边他吃得下去吗？"

她又好气又好笑，看来白云对裴总是动了真感情了，但你动你的真感情，干吗对我发火呢？裴总去省里述职，关我什么事呀？我又不是裴总的老婆，你吼我有什么用？把我惹毛了，我一股脑把裴总怎么不把你当人的事都说出来，气死你！

她隐忍着，不跟"祥林嫂"一般见识。

白云又查了一遍手机，然后痛下决心地说："不管他了！走，我们也出去吃饭。"

"去哪儿吃？"

“你上次把他拖到哪儿吃的，我们这次就去那里吃。”

她差点跳起来：“我哪有把裴总拖哪儿去吃啊？”

“没有吗？别瞒我了，我连你们吃的什么都知道！”

“吃的什么？”

“米粉！不是吗？”

看来她是真知道！

这事只有她和裴总两个人知道，她对谁都没讲过，白云却知道了，那只能是裴总自己告诉白云的。

她真的不明白，裴总为什么要把这些告诉白云，到底是“三管严”，凡事都要向小三汇报，还是碎嘴子，不在背后瞎叨叨就活不下去，或者就是爱炫耀，屁大点事也要在小三面前编瞎话吹嘘自己，好让小三紧张他。

她不客气地说：“我跟裴总一起吃过米粉是不假，但不是我拖他去的，而是他拖我，是他硬要我跟他一起出去吃，我推了多少遍都没推脱。”

白云脸上一副“你想说什么都行，但甭想骗我”的表情。

她知道肯定是那个八面讨好的裴跃进，到处放电，到处献殷勤。但为了在情人面前开脱自己，又把责任全都推在一众女人身上，老婆那边是老婆死也不肯离婚，她这边是她硬拖着他出去吃饭。

这种没担当的男人，太让人瞧不起了！

她坚持说：“不管你信不信，真的不是我拖他出去吃饭的。”

“好了，好了，走吧。”

她感觉白云不是约她出去吃午饭，而是要把她拖到“事发现场”当众出丑，就地正法。如果在米粉店打闹起来，那就丢人丢大发了。虽然她不是过错方，也不一定会打输，但观众们那颗看戏不怕台高的心，才不管谁对谁错谁输谁赢呢，统统都是母狗打架，看的是双方的笑话。

她推辞说："我现在还不饿，你先去吃吧。"

"去吧，去吧！都十二点了，你还不饿？你们那天不就是这个点儿出去吃的吗？"

她死推活推，白云死劝活劝，劝不动就真的动手来拖她。她见不去也会打起来，只好把心一横，哼，去就去，我就不信你能把我吃了。

她换上自己那双好走路的鞋，跟白云一起走出公司，来到外面的街上。

白云还穿着高跟鞋，边走边抱怨："这么大热的天，如果不是你拖他出来，他会跑到这破地方来吃饭？我们每次都是开车出去吃的，不是'海天阁'，就是'翡翠楼'。"

她讥讽地说："那你今天怎么不去'海天阁'呢？"

"那么远，又没车，我怎么去？"

"叫司机送啊。"

"司机，哼！"

"司机应该没跟裴总去省里吧？"

"跃进才没那么傻，坐那么远的车跑省里去呢。他是坐飞机去的。"

"就是啊，那司机不是还在C市吗？你打个电话，叫他送你去'海天阁'吃午饭，我也跟你沾沾光啊。"

"你以为司机那么好叫的？"

"我叫就肯定不好叫，但你叫肯定没问题。俗话说，不看僧面看佛面，他知道你是裴总的什么人，敢不送你去？"

"我没让跃进把我们的事告诉别人，现在他还没离婚，还是别张扬的好。"

她见白云这么自欺欺人，真的不忍点穿，只是笑了一下，没继续敲打。

到了餐馆，白云又抱怨说：“这么小，这么脏，连空调都没有，怎么吃啊？”

“用嘴吃呗。”

“不嫌丢人？”

她烦了：“你嫌丢人就别来吃呀！今天该不是我拖你来的吧？”

白云哑了，好一会儿才说：“我就是想问问你到底是谁拖谁。”

“我不是已经告诉你了吗？”

“但是——”

“算了，如果你一定要认为是我拖他出来的才开心，那你就那么认为吧，反正我无所谓。不过，我不懂的是他干吗要把吃饭的事告诉你，明明这么怕你知道，那干吗要做，做了又去告诉你呢？”

“我没说是他告诉我的——”

“是吗？别对我说是你派人跟踪他。”

“你可别乱说！我可没派人跟踪他。”

“那就是你自己亲自跟踪？”

“我才没那么无聊呢。”

“那你怎么知道他和我出来吃米粉的事呢？”

白云不肯泄露机密：“老板和秘书吃个饭，有什么大不了的？你干吗不敢承认？”

“是啊，你知道没什么大不了的，干吗这么计较呢？”

“我没有计较！我只是问问是谁拖的谁。”

她见绕来绕去就是这点儿破事，也懒得再绕了：“那就算是我拖他出来的，行了吧？”

白云的目的达到了，口气也温和下来：“其实我知道你没什么坏心眼，你妈和跃进是同学，你就像他的侄女一样，你根本不会打他的主意，对不对？”

她为了打消白云的疑虑，孤注一掷地说："就算我想打到他头上去，他那双眼睛也把我吓跑了。"

"他眼睛？他眼睛怎么了？"

"难道你没注意到？"

"你的意思是他失去了一只眼睛？"

"是啊。"

"但是那又怎么了？难道我们会因为他过去受过的创伤而瞧不起他吗？"

她还真不知道怎么回答才好，说不会吧，怕白云以为她爱上了裴总。说会吧，又怕白云汇报给裴总，把裴总给得罪了。

她哼哼哈哈地混了过去。

两人点了餐，开始吃饭。她的胃口虽然受了一点影响，但吃货的本色还在，仍然吃得很香。而白云简直没有一点心思吃饭，还是不停地发消息，不停地查消息。

她出于好心，也出于八卦的天性，便建议说："你别那么紧张他，而要让他紧张你。他在那边跟老婆聚会，你就说你在这边跟男生聚会，我保证他立马紧张你。"

"我说我跟哪个男生聚会？"

"你就说你在跟蔚总聚会。"

"魏总？哪个魏总？"

"公司里的蔚总啊。"

"公司里的魏总？哪个公司？"

"不就咱们公司吗？"

"咱们公司哪有魏总？"

"没有吗？"她搞不懂了，"那难道他是总公司的？"

白云想了一会儿："总公司也没有魏总，只有吉总、张总。"

她越搞越糊涂了："那难道他是别的公司的人？但他怎么会在咱们公司谈生意呢？"

"在咱们公司谈生意？"

"是啊，我刚来的那天，他就在咱们公司楼上谈生意，前台叫他蔚总呢。"

"那也可以是别的公司的老总，跟咱们公司有生意上的来往，谈判地点设在咱们公司，当然就在咱们公司谈生意啰。"

"但是他怎么会认识人事科的刘姐呢？"

"认识人事科的刘姐？什么意思？"

"他听说我是新来的，就带我去人事科报到，一去就跟刘姐打招呼，直接称呼'刘姐'。"

白云也搞糊涂了："是吗？有这种事？"

"裴总也跟他很熟，还说每次跟英语国家的老外谈生意，都是由他当翻译，因为他在美国留过学，英语很好。"

"在美国留过学，英语很好？你是不是说蔚然？"

"对呀，就是蔚然。"

"蔚然就蔚然，你说个什么'魏总'，我还以为你在说谁呢！"

"他不是蔚总吗？"

白云有点不屑地一笑："我差点忘记了，他也是个总。不过他不是咱们公司的老总，是他自己那个破公司的老总。"

"破公司？"

"是啊，二三十个人的小公司，什么老总啊？只相当于咱们公司的一个科室干部，我从来都没拿他当老总看，所以你刚才说蔚总蔚总，我都不知道你是在说谁。"

"他不是咱们公司的？那他怎么对咱们公司里的事那么熟呢？"

"他以前是咱们公司 IT 部门的头，后来跳出去自己开了公司。"

“哦，原来是这样！”

“他刚从美国回来的时候，跃进看在跟他爸认识的分上，收留了他，让他做 IT 部门的头。刚开始，他还是尽心尽力地在公司里干的。但等他站稳了脚跟，结交了一些人脉，就嫌咱们公司 IT 那块太小，不能施展他的拳脚，要辞职自己去开公司。跃进这个人心最善了，一点都没怪他，也没刁难他，还往他的公司里投了资。”

“难怪他那么感恩，一直在帮裴总的忙，比如做翻译什么的。”

“那是帮忙吗？他每次做翻译，跃进都付给他钱的。”

“那裴总招我来，是不是为了让我——”她差点把做翻译的事说了出来。

白云嘴一撇：“我不知道他招你来干什么，我只知道他这个人最善心，看到你妈那么求他，他能不给你安排个工作吗？但你也看见了，你在这里根本没什么事可干，他就是看在你妈的分上，给你一口饭吃。”

23

如果凌云是在三天前听到这话，肯定要彻底崩溃。因为那时她自己就是这么认为的，裴总为什么会给我这么一个有名无实的工作？不就是看在我妈的面子上赏碗饭给我吃吗？

有道是，癞痢头听不得人说秃，阿 Q 是连“光”啊“亮”啊都听不得的，因为心里是虚的，最怕被人揭疮疤。

如果那时她听到白云的这番话，肯定会恼羞成怒，虽然没有还手之力，也会垂死挣扎，说几句难听的话还击一下，但最终还是会觉得脸面全无，只能主动辞职，不吃这份嗟来之食。

但现在她心里已经有底了，知道裴总招她来不是因为她妈去求了情，而是因为裴总认为她外语好，能给他当翻译，那样就不用老请蔚总来帮忙。

蔚总那么大的人物，请来当翻译肯定要出大价钱。而裴总付给她的工资，肯定不会很高，这样就可以省不少钱。

不仅如此，蔚总有自己的公司，肯定也是很忙的，哪里有时间总是来给裴总当翻译？就算挤得出时间来，也会有诸多不便，至少谈判时间要受到三方牵制，而她是随叫随到，这多方便。

可以这么说，她对公司的作用，比白云更大。白云会的她都会，但她会的，白云就不会了。

她就像满头秀发的青春少女听到有人叫她“秃头”一样，一点儿也不生气，反而十分同情对方：瞧你，年纪轻轻就瞎了双眼！

她心平气和地说：“那裴总招你来是为了什么呢？难道你妈也跟裴总是同学？”

“才不是呢！我靠的是自己的能力！”

“什么能力？”

“公关能力！”

“呵呵，原来是交际婊！”

白云正要发火，她莞尔一笑，解释说：“跟你开玩笑的。裴总是怎么发现你的？是他招聘的时候，你来应聘吗？”

“才不是呢，我是跃进亲自挖来的。”

“哇，你是土豆啊？”

“什么意思？”

“如果不是土豆，怎么还要他亲自去挖呢？”

“切，你以为是挖地啊？”

“那你是什么意思？”

"挖人才！"

"那他是从哪里把你挖来的？"

"我以前在'琼楼玉宇'做公关，山田是我们那里的常客。他那时一直是跟另一家公司做生意的。跃进那时刚打入国际市场，急需山田这样的客户，他就把我挖过来了，而我就把山田也带过来了。"

"哇，那你是有功之臣啊。"

"当然啦。"

"那你带了几个山田过来呢？"

"几个山田？什么意思？"

"我的意思是，你带了几个外商过来呢？"

白云愣了一下，申辩说："山田的生意做得很大的！给我们公司带来了很大的收益。"

"那裴总应该很重视你才对呀！"

"难道他不重视我吗？"

她指指白云的手机："我的意思是他还没给你回信？"

"他忙着述职呢，哪里有时间回信？"

"大中午的，述什么职？可能跟我们一样，在忙着吃饭吧？他去一趟省城，难道他老婆不请他吃一顿？"

白云正色道："她请也是工作餐，很多工作人员都在场的，绝对不会是他们两个人单独吃。"

"我就不明白，你说他老婆又老又丑，他干吗还不跟她离婚呢？"

"我不是和你说了吗，是为了事业！"

"是不是一旦离婚，他老婆就会把公司收回去了？"

"收回去倒没什么，他可以自己再开家公司，但是，"白云悄悄地说，"他做的都是紧俏商品的生意，很多都是国家控制出口的原材料，做成一笔就是暴利，但一般人根本做不成，因为他们搞不到货源。"

“但他老婆就搞得到？”

白云点点头：“他老婆可有路子呢。”

“也就是说，如果没有他老婆的路子，他根本做不了这门生意？”

“这你也不是不知道。”

“那他一辈子都离不了婚，因为他一辈子都得靠他老婆才能有货源？”

“那也不能这么说。他说等他赚够了钱，就自己开一家公司，不做这方面的生意了，做别的。”

“但是如果他老婆不愿意离婚，而他非离不可，他老婆不会利用那些关系网整垮他？”

“没事，他说他会搞投资移民去外国。”

“如果他去了外国，你更抓不住他了！”

“我——”白云发狠说，“我肯定会在他办移民之前就让他跟他老婆摊牌，把我们的事办好再一起出国。”

“他还连牌都没摊呢？我以为早摊过了呢，不然怎么会说他老婆不肯离婚，闹死闹活。”

白云被问愣了，好一会儿才重新当起辩护律师的角色：“摊牌当然是早就摊了的，但是他老婆不愿意啊！”

她真是太同情太同情白云了，同情到哀其不幸怒其不争的地步，都不好意思继续揭人家疮疤，戳人家的痛处了。她真诚地感叹说：“你这么年轻漂亮，什么样的人不好找，干吗要找这么个——”

“我的确很好找对象，上至市委领导，下至平民百姓，只要见过我的，都被我迷得走不动路，我动动指头召个唤，他们立马就能拜倒在我的石榴裙下。”

“是啊，那你怎么偏偏找了这么个已婚男？”

“你不了解跃进！他对女生有一种特殊的魔力！追起人来又热烈又

浪漫，你根本招架不住。其实我以前有男朋友，谈得还挺好的。但自从跃进开始追我，我就乱了阵脚，看我那前男友是哪哪都不顺眼，个子又小，人又单薄，说话办事没有一点男人气概。”

她不由得想起了戈亮。

白云打开小手包，掏出一个小小的香水瓶：“知道这是啥吗？”

“香水？”

“是香水，但你知道是什么牌子的吗？”

“香奈儿五号？”

“哇，你怎么知道？”

“没吃过猪肉，还没见过猪走路？”

“那你知道这香水多贵吧？”

“应该是挺贵的。”

“这是他送给我的第一份礼物！那时我们才见第一面呢，他就送这么贵的礼物给我！是他从美国带回来的，他说他当时站在纽约第五大道最高档的商店里，看着这瓶最名贵的香水，脑子里就浮现出一个年轻貌美、气质高雅的女生形象来。他觉得他必须买下这瓶香水，找到那个女生，亲自把这瓶香水送给她。当他看到我的时候，就觉得我跟他心目中的那个形象吻合了。他一定要我收下这瓶香水，说这么高贵的香水，只有我这样的女生才配用。”

“你就被这瓶香水打动了？”

“也不是被香水打动，而是觉得跟他挺有缘分的。”

“然后他就逼着你跟你前男友分手了？”

白云叫起来：“怎么是逼呢？他这么心善的人，才不会做这种事呢！他一心都是为了我的幸福，如果我跟我前男友在一起会更幸福，他会把对我的感情深深埋在心里，宁可自己受折磨也不会拆散我们。”

“那是你自己主动跟你前男友吹的？”

“是啊。以前没遇到跃进的时候，我还觉得我前男友过得去，至少人挺好的，什么都听我的。但跟跃进认识后，就发现他太没有男人气了。”

“也就是不够霸道？”

“嗯，也可以这么说。”

“嘿嘿，还是裴总够霸道！”

白云害羞而甜蜜地说：“嗯，他就是一个霸道总裁！”

她问：“那你爸妈知道不知道你们的事？”

“知道。”

“他们不反对你跟裴总的事？”

“刚开始还是很反对的，说我们年龄相差太大，他们不想女儿找个比他们还老的女婿。但等到他们了解跃进之后，就不反对了，因为跃进对我爸妈很好，比我以前那个男朋友不知好多少倍。”

她估计这个所谓的“好”，也就是舍得出钱的意思，不然还能怎么个好法？

正说着，手机响了一声，两个人都条件反射地去看手机。

她看到新来一条短信，是裴总发来的，上来就是一个“小云”。她吃了一惊，难道手机放同一张饭桌上就能串线，裴总发给白云的短信串到她手机里来了？

她抬头看看对面的白云，貌似没接到短信，正愠怒地瞪着她呢。

她匆忙点开短信，见裴总写道：“小云，拜托你一定要稳住她，千万别让她给我老婆发信！一定一定！看完删掉！别回信！”

她又看了一遍，的确是这几句话。她没回信，立即删了，好奇地想，裴总这是在哪儿发的短信啊？该不会是在厕所里发的吧？看这个势头，他老婆肯定就在他身边，全程盯得很紧，连发几条消息稳住白云的机会都没有，只能叫她来稳住。

她把那条厕所来信删掉了，心里盘算着如何稳住白云。

白云狐疑地问：“谁来的消息？”

“我男朋友。”

“盯得挺紧的呢，吃午饭都来查岗？”

“呵呵，他们单位管得挺严的，上班时间不能用私人手机，他只能在午休时发发信息。”

“他说什么了？”

“没什么，问我跟谁一起吃午饭。”

“那你怎么不回信？”

她狡黠地一笑：“干吗要回信？悠着他点，他才会紧张我。”

“是吗？”

她把自己和戈亮的拔河关系讲了一遍，大意就是“男人这种生物啊，就是不能太把他们当人，你越黏着他，他越不在乎你；你越冷着他，他越紧张你”。

一席话说得白云若有所思，喃喃自语：“可能我对跃进也得拿捏着点，但是我真的不认为他也是你男朋友那种人，他这么成熟这么懂感情，怎么会——”

“不管他多成熟，一旦陷入爱情之中，就变成了小屁孩。”

这个“一旦陷入爱情”的前提很有说服力，白云宠溺地说：“呵呵，还真是这样！你别看他在人前那么庄严肃穆，呼风唤雨，在我面前那就是一小屁孩，可会撒娇呢！”

接着白云就讲起了裴总撒娇的种种故事，包括床上床下的都有，把她听得鸡皮疙瘩撒了一地。

她千转万转，还是挖空心思转回到自己关心的话题上：“我觉得你可以找个男朋友，那样就跟他持平了。他有老婆，你有男友。他不跟他老婆离婚，你就跟你的男友结婚。你不拿点真功夫出来，他就会一直拖。”

她顺口就编了几个例子，来支持自己的观点，编的全都是有名有姓的案例，非常有说服力。

白云被说动了心：“但我这突然一下去找谁呢？找个太差的，他也不会相信啊！”

“就找蔚总，蔚然。”

“那没用的，蔚然有老婆孩子，我说了跃进也不会相信。”

她心一沉：“蔚总有老婆孩子？在哪儿？”

“在美国。”

“你怎么知道的？”

“他一家三口的全家福就摆在办公桌上，谁不知道啊？”

24

蔚然的老婆孩子，像一枚子母核导弹，直接击中凌云的大脑！

注意，击中的是大脑，而不是心脏，因为她没感到心口受到重重的一击，也没有感到心痛，但脑子里却升起了一团浓乌浓乌的蘑菇云，铺散开来，把每个脑沟都填满了，使她有种头晕脑涨的感觉。

白云还在那里跃进长跃进短的，听得她无比烦躁，只想大喝一声：“住嘴！我想静静！”

但心里有个声音呆萌地问：“谁是静静？你为什么要想她？”

她无奈地一笑，唉，搞笑段子看多了，想严肃地悲伤一下都不行，更何况严肃地思考！

她知道此刻是无法集中精力思考蔚总老婆孩子的问题了，因为她有重任在身，必须稳住白云，可不能坏了裴总的大事。

她只好耐着性子听白云啰唆，并继续给对方灌输“一鸟在手，不如另一鸟在林”的男性心理学，以确保白云不仅不去裴总老婆那里告状，还能端起架子，树起假想敌，与裴总展开拔河战争。

那天的整个下午，她都是在灵魂出窍的状态下度过的，但行为举止全都中规中矩，主要是靠本能和习惯，与她的大脑无关，与她的思想无关，与她的智慧无关。

一直到吃过晚饭，对父母说要为下星期的谈判做准备，然后把自己关进自己的小房间，躺在了床上，她才有机会思考那颗子母核导弹对她的意义。

第一个意义是起到了照明作用，照出了她内心深处的肮脏。

说好的外貌协会骨灰级会员对偶像的崇拜呢？怎么会在听到偶像有老婆孩子时这么难过？

这不科学啊！

不错，有些粉丝对偶像的崇拜其实是一种单相思，她们的偶像也知道这一点，所以都把恋情保持在地下状态，免得失去粉丝群的追捧。但纸是包不住火的，有些粉丝听说偶像有了对象的时候，的确会失魂落魄，甚至自杀身亡。

那个谁呀，不就为偶像跳海了吗？

不对不对，那个好像不是因为偶像找了对象才跳海的，而是寻求与偶像见面不成，才跳海的。

记得那个女粉丝的老爸还义愤填膺地指责过女儿的偶像呢。

她马上想象了一下自己的老爸义愤填膺地指责蔚总的情景，但怎么也想象不出来。她老爸一向是胳膊肘往外拐，专门护着外人的。他肯定不会指责蔚总，反而会指责她，说她不该花痴已婚男人，更不该跳海，我辛辛苦苦把你拉扯大，容易吗？还指望你给我养老送终呢！

你倒好，为了一个八竿子打不着的男人去跳海！丢脸！

她狠狠地批判自己说：好歹你也是有对象的人，而且已经到了谈婚论嫁的地步，又而且人家这个国庆长节假就要上你家来拜见准岳父岳母，再而且你还每天跟人家在微信上谈情说爱、打情骂俏，你怎么会对偶像有老婆孩子的消息起这么大的反应呢？

人品问题！绝对是人品问题！

她自责了一通，又突然想到这样一点：其实一张照片不能说明什么，《十年忽悠》里的艾伦，不是也在钱夹里放着一张 ABC 的照片吗？

对呀对呀，刚才怎么没有想到这一点呢？

也许蔚总就像艾伦一样，为了吓退那些单相思的女生，就在办公桌上摆一张全家福，让那些本来对他有点痴心妄想的女生知难而退。

一定是这样！

必须的！

她兴奋了一阵，又蔫了下来。

人家艾伦在钱夹里放的是心上人艾米的照片，目的是为了吓退别的女生，人家是在为艾米守身如玉。

但蔚总是在为谁守身如玉呢？

不管是为谁，肯定不是在为她老人家。她不是蔚总扎的那个稻草人，而是蔚总想吓走的小麻雀，相当于《十年忽悠》里的甄滔之类。

她太羡慕蔚总那个稻草人了，什么样的女人，才担得起蔚总这么十全十美的男人刻骨铭心、守身如玉的爱啊？

也许根本不是什么稻草人，就是蔚总的老婆孩子。他们在美国结的婚，后来因为蔚总父亲病重，需要人照顾，而他的孩子要留在美国念书，他们只好夫妻分居，各自履行职责。等他父亲一命呜呼之后，他就会回到美国与妻儿团聚。

对不起啊，蔚爸，我这么说，只是一个条件从句，绝对没有希望您早死的意思。实际上，我希望您永远不死，长生不老，让您儿子永远留在中国。您那儿媳拖不起了，自然会提出离婚。

那时，我就去填坑？

太可怜了！

本来她还有点想搞明白蔚总那张全家福里的女人孩子究竟是谁的，但她想起了《十年忽悠》里甄滔同学的名言：

“是不是女朋友其实也不重要，既然他当作女朋友拿给大家看，说明是想让大家那样认为，那不就是变相地拒绝我们这些暗恋他的人吗？难道还要在床上把他们捉住才算是他女朋友？老甄这点自尊还是有的，猛打猛冲地追可以，但死乞白赖地缠不行。追，只是占个主动，炮火侦察一下，看看人家有没有那意思，真的发现没那意思了，老甄就主动撤了。”

甄滔是《十年忽悠》里她最喜欢的人物之一，豪爽，洒脱，离经叛道，妙语连珠。

她发现艾米的小说与众不同的地方之一，就是一个故事可以有好几个性格鲜明惹人喜爱的人物。不像别的小说，往往只有男女主人公性格鲜明惹人喜爱，甚至连男女主人公也不性格鲜明惹人喜爱，其他人物就更是面目可憎或者面目模糊了。

她看《十年忽悠》的时候，很喜欢甄滔这个人物，但只是当成一个可能的朋友来喜欢的。因为她一直在幻想着成为艾米，遇到自己的艾伦，谈一场忽忽悠悠、大起大落的恋爱。她可从来没想过自己有朝一日会成为甄滔，成为男主用稻草人吓唬的对象。

正在胡思乱想着，戈亮发微信来了。

她如获至宝，感到分外亲切。跟戈亮谈了这么久的恋爱，她还是第一次为戈亮的来信这么激动。

说来说去，还是戈亮可爱！不说别的，就冲他那么紧张她，那么稀罕她，也比那什么蔚然之类的可爱多了。

她也越发佩服老妈的老谋深算，如果当初她不是听从了老妈的教导，对戈亮采取骑驴找马的政策，那不就错过戈亮了吗？等到她现在踏入社会，来到F公司，遇见个貌似十全十美的蔚然，一头栽进去，暗恋得五迷三道的，结果发现人家有老婆孩子，或者有心上人，那她不得难过得想死？

她赶紧回复戈亮的微信，扯七拉八地聊，聊完了张家长，再聊李家短，反正就是不想结束对话。仿佛只要这么聊着，就能抵御子母核导弹的攻击，就能发现戈亮不是驴，其实是一匹马。他相当于《飘》里的白瑞德，而她比郝思嘉幸运，或曰聪明，没有等到失去白瑞德之后才阿Q式地安慰自己："明天又是新的一天！"

新的一天怎么了？白瑞德还是走了，不会因为是新的一天就跑回来。

好险啊！

星期六下午，她正在客厅看电视，突然接到裴总的电话："凌云啊，我就是告诉你一声，司机马上到你家，你准备一下。"

她愣了："什么？你说什么？"

"我现在急需你到机场来一下！"

"来机场干干什么？"

"公事，你来了就知道了！"

"你现在在C市机场？"

"是啊。"

"我听白云说，你明天才回来——"

"是明天回啊，这不让你到机场来吗？"

"好的！"她估计裴总是路过C市，还要转机去别的地方，所以才会这么急匆匆的。

她放下电话，赶紧冲到房间去换衣服，心里紧张地盘算着会是什么事。莫非是裴总被机场扣留了，让她去取人？但她凭什么去取人呢？她既不是公司里的头，也不是裴总的什么人，取个什么啊？

那还能是什么事？

是不是恐怖分子袭击了机场，裴总受伤了？

那也不用通知她呀，白云是干什么吃的？

她想来想去，觉得最大的可能是有关白云的事。裴总明天就要回C市见白云，肯定想提前向她探听一下白云的情况，或者订个攻守同盟，“她问到这一点的时候，你就这样说”之类的。

会不会是她对白云的心理辅导搞过了火，白云真的去找了个男朋友，要跟裴总吹，所以裴总找她兴师问罪来了？

但是干吗要在机场兴师问罪呢？难道准备把她劫持到南美去，卖给那里的鸦片种植大佬当性奴？

她实在想不出裴总为什么叫她去机场，但不管是因为什么，反正是在白天，又是在机场这种人多的地方，想必也不会发生什么危险。

她特意穿了一双好走路的鞋，才下楼去等司机。

司机很快就来了，一声不吭地给她打开车门，她一坐进去，司机就把车开动了。

司机也是个墨镜叔，室内室外车内车外都是一副墨镜架在鼻梁上，像生了根一样，搞得她心中十分狐疑，是不是司机也有一只眼睛是假的？

不知道为什么，假眼总给她一种滑稽可笑的感觉。如果是一大条伤疤，她会肃然起敬，至少是畏惧。但假眼就没有那个效果，只会让她感到尴尬，不忍直视。

她装作不经意地问：“徐叔叔，我们是去机场吗？”

“裴总怎么对你说的？”

“他说是去机场。”

“那就是去机场。”

25

坐在裴总的豪车里，旁边是戴着墨镜一声不吭的司机，凌云开始感到心慌。从深色车窗望出去，外面像是一片暮光，给她一种黑暗即将来临，鬼魅就要出没的危机感。

她想给父母发个信息，说如果半小时之内她没跟他们联系，就报警。

但她又怕吓着父母，他们不问青红皂白就报了警，惊动全世界的人，留下笑柄，遂决定先等等。反正出门时她已经对父母说过是去机场见裴总的，他们一点都没大惊小怪，说明这不是什么奇葩的事情。

司机也的确是在往机场的方向开，也就是说，是在往郊外开。虽然是周末，路上仍然塞车，让她疑心机场那边在开什么盛大的庆祝会，全城人都赶着去看热闹。

司机很大牌地狂按喇叭、狂换道、狂超车，还是花了一个多小时才到达了目的地。

那是一家大饭店。司机把她带到前台，报了裴总的尊姓大名，一位小姐就很恭敬地把她带到一个僻静的餐桌前坐下，叫她稍候，说裴总马上就到。

她以为司机也会一同就座，但转身一看，司机早就没影了。

她忐忑不安地坐在那里等着，不知道裴总葫芦里卖的什么药。看样子不是被机场拘留之类，也不像是要把她卖到南美去，很可能是关于白云的事。

想到白云，她顿时紧张起来，这女人是不是真的跑去找了个男朋友，把裴总给甩了？

她感觉裴总此次招她来，就是为了兴师问罪的。

“说，你为什么要撺掇白云去找男朋友？”

她觉得自己冤枉死了！

不是你叫我稳住她的吗？我不撺掇她去找男朋友，怎么能稳住她呢？

都怪白云这团扶不上墙的稀泥，是怎么领会我的教诲的？我叫你找男朋友，是叫你假装找的嘛，你根本不用真的去找，只要编个有名有姓的故事就行了，那样可以增加你在裴总心目中的砝码，我哪里是真要你去找呢？

她万分后悔掺和了裴总的私事！但他那时说得那么急，她哪里有时间想那么多的后果？

反正F公司这碗饭不是好吃的，裴总要你帮忙，你不帮忙，就是死路一条；你帮忙不力，也是死路一条；你帮忙帮过了火，还是死路一条。

算了，老凌不干了，还是回我的高老庄复习考研去吧！

她正胡思乱想着，裴总来了，还是穿得上下一身黑，不过上身不是贴身的T恤，而是空旷的短袖衬衫。可能是真丝类的，软塌塌的面料，如果穿在一个没有肩膀的人身上，就出不了效果。但裴总是天生的衣架子，肩生得特别讨巧，不厚，但挺，穿什么面料的衣服都能撑得起来。

这不，裴总一路走过来，真丝衬衣飘飘荡荡，很带劲，越发像黑社会了。不过不是保镖级别的黑社会，而是大佬级别的黑社会，有种生杀予夺全在我手的气场。

但裴总的鼻梁上没架那副墨镜，吓得她不敢细看，急忙低下了头。

裴总在她对面坐下，真丝衬衣扇起一股很好闻的男性香水味道。

她低着头打了个招呼："裴总，你好！"

"你好，你好。路上塞车了吧？"

"嗯，太拥堵了！"

"不塞车的话，这段路半小时都用不了。"

"是吗？"

"是啊，我经常走这段路，很熟悉。"裴总亲切地问，"小云，你怎么连头都不敢抬呀？"

"啊？我有抬啊。"

"来，抬起头来，让我考考你的观察能力——"

她只好抬起头，但眼神到处乱窜，就是不敢直视裴总的脸，怕看到那只假眼。

裴总更亲切地说："你干吗躲躲闪闪啊？是不是怕看到我的假眼？"

她被人戳穿心思，慌得跟什么似的："不是不是，真不是，我——"

"别我我我了，来，看看我的眼睛。"

她只好抬头去看裴总的眼睛，奇怪的是，并没有看到那只凸起在眼眶外的假眼。她又看了几眼，真的没有，两只眼睛一模一样，只在流盼之间才能看出裴总的右眼比较呆板，没有左眼那么爱动。如果是凝视前方的话，根本看不出两眼之间的区别。

眼前这个裴总，真的可以算得上帅大叔了。

真没想到一只眼睛可以如此巨大地改变一个人的外貌！

她情不自禁地惊叹道："哇，你的眼睛——"

"不怕了吧？"

"嗯。噢，不不不，从来就没怕过。"

"别骗我了！那次在米粉店吃饭，我就看出来了，你被我的假眼吓得不轻。"

“真的没有，你——”

“没事没事，是我的错。我上次就和你说过，现在的假眼做得可高级呢，换一个也不贵。以前是因为别人都看惯了，已经到了视而不见的地步，所以我也懒得去换。既然你这个小家伙这么害怕我的假眼，我还戴着不换，那就是残害青少年了。”

她感动得无以复加：“这个——你太客气了。”

“不是客气。我很注意自己在公司员工心目中的形象，尤其是你这种有学历有知识的员工。我可不想让我的员工因为我的长相或者领导能力在外人面前感到丢脸，我希望你们每个人都为我骄傲。怎么样，你觉得我这新眼睛还可以吧？”

“嗯嗯，很可以，我的意思是完全看不出来。”

“那就好，不然你恐怕连饭都不敢跟我一起吃了。”

“哪能啊。”

“即便你勉强跟我一起吃饭，但吓得连头都不敢抬，那也吃得没意思啊，对不对？所以我这次特意去省城换了个新的。瞧，你现在就不怕了吧？这就说明换得值啊！”

“你真太细致入微了！”要不是知道裴总以前装那个假眼时是什么模样，或者不知道他跟白云的关系，她真的保不住会一头栽进裴总的温柔乡里去。

在这个世界上，有几个人会在乎你到这种地步？哪怕是自己的爹妈，也未必能做到这一点。男朋友？那就更别想了，哪怕是为了哄你滚床单，都不舍得下这么大的本钱，很可能连想都想不到。

受到了这样的关怀和重视，她满心都是好好报答的想法，当然是从工作上报答，而不是以身相许那种。

裴总拿起桌上的小茶壶，给她倒了一杯茶：“来，先喝点茶，饭菜马上就好。”

她好奇地问："你不是叫我到机场见你吗？怎么是在这里？"

"这就是机场啊。"

"这是机场？"

"是啊，这是机场开设的饭店，专门招待过往乘客的，你不知道？"

"不知道，从来没来过。"

"我出差一般都是住在这里。"

"是吗？你出差不是去别的城市吗？怎么会住在这里？"

"呵呵，航班太早的话，我就在这里住一晚，免得路上塞车误了航班。"

"哦，那你明天的航班很早？"

"明天的航班？我明天没航班啊。"

她搞不懂了："但是你不是说——但是白云说你明天才回 C 市呀。"

裴总狡黠地一笑："呵呵，不那样对她说，我不是找死呢嘛？"

"找死？"

裴总眨眨左眼，调皮地一笑："呵呵，你懂的。"

她表示不懂。

裴总解释说："是这样的，白云那个死丫头，不知道从哪儿学来的歪门邪道，每次我去省城之前，都要缠着我一整夜，说是要让我弹尽粮绝，免得我跟我夫人那个什么。等我从省城回来，又要缠我一夜，说是检查库存。"

她尴尬地低下了头。

作为一个滚过床单的人，她当然明白裴总在说什么，她自己跟戈亮之间也说过类似的话。但是，听自己的老板毫无顾忌地说这些，她还是想在地上挖个洞钻进去躲起来。

裴总讲这些，是几个意思？

记得网上的"泡妞攻略"里，有人专门介绍了男人试探女生的方式，其中就有这么一种：讲床上的事，讲黄色笑话。如果对方粉脸羞红，低头不语，就说明对方心里已经领悟，而且没有反感，你就有成功希望了；如果对方茫然不知，那就是雏儿，你要是喜欢开发人才，完全可以继续往下追；如果对方拍案而起，指责你下流，那有两种可能：一种是真的正派，另一种是假装纯洁。

她想，完了，我刚才就低头不语了，会不会让裴总以为我喜欢听这些？

她想装个茫然无知的表情来补救一下，但她是过来人，已经有知，不知道如何才能装出茫然无知的样子来。再说装个茫然无知也没用，只能证明自己是雏儿，鼓励裴总继续往下讲。

现在只剩下拍案而起了，她看了看案上精致的茶杯和托盘，还有茶杯里的香茶，想象自己拍案而起，要么拍不响，要么拍得茶杯跳舞，茶水四溢。而自己抱着拍痛的手掌龇牙咧嘴，觉得很滑稽，而且即便拍案而起，也只是假纯或真黄，没什么意义。

她不知道裴总看过这个"泡妞攻略"没有，反正裴总一点也不尴尬，接着说："但我夫人也是干旱了这么久的人，她还能放过我？人说三十如狼，四十如虎，五十坐地吸土，她现在正是女人欲望最强的年龄段，所以说——"

她的头低也不是，抬也不是，右手攥得紧紧的，不知道是该拍案还是该出拳。

裴总感叹说："唉，其实也不怪别人，只怪我这人心太善，太顾及别人的感受了。如果我稍微自私一点，不管我夫人的死活，坚决把婚离了，或者不管白云的死活，坚决跟她断了，也不至于这么疲于奔命。"

她不知道是不是所有三妻四妾的男人都是这么看待自己的，反正她是第一次听到这么奇葩的理论。

裴总自我开解说："好在我年富力强，平时也挺注意锻炼，身体啥毛病都没有，一两个女人还拖不垮我。”

她忍无可忍，露出女汉子的本色，莽撞地说：“裴总，你今天叫我来有什么事？快点说了我好回家，我爸妈还等着我吃晚饭呢。”

“哦，对对对，是关于下星期谈判的事。”

“是吗？那蔚总怎么没来？”

“蔚总？哦，你说老蔚？他来干什么？”

“你不是说下星期谈判的事吗？”

“哦，是谈判的事，但今天还没到谈判的时间嘛。我叫你来，是因为我给你买了这个。”

裴总从衬衣胸前的口袋里掏出一个精美的小盒子：“打开看看，喜欢不喜欢。”

她吃了一惊：“你干吗送礼物给我啊？”

“这哪是礼物？这是工作必需品。”

她很尴尬：“工作必需品？”

“是啊，打开看看，喜欢不喜欢。”

她打开包装，是一个小瓶子，以她没吃过猪肉但见过猪走路的水平，立马鉴定出那是一瓶香奈儿五号香水。

26

凌云看着手中的香奈儿五号香水，等待裴总的经典表白：“我站在纽约第五大道最高档的商店里，看着这瓶最名贵的香水，脑子里浮现出一个年轻貌美气质高雅的女生形象，我觉得我必须买下这瓶香水，找到那个女生，亲自把这瓶香水送给她。当我第一次见到你的时候，就觉得你跟我心目中的那个形象吻合了。”

她有点拿不准待会儿听到这话要不要把香水往桌上一扔，或者就往裴总脸上一扔，正好扔在裴总的假眼上，“砰”的一声，香水瓶碎了，裴总的假眼也碎了。正当裴总捂着眼睛嗷嗷叫的时候，她就站起身，义正词严、拿腔拿调地说：“你把我当成谁了？”

她知道这样做太狗血了点，跟那些国产婚恋剧有的一拼。但这事本身就是一件狗血的事，如果不这样做，就会显得太傻太好骗。

说真的，你把我当谁了呀？是不是当成那个胸不大但仍然无脑的白云了？

当然，这么狗血的剧情和桥段，最后的结局肯定也很狗血：她把裴总得罪了，裴总把她炒掉了。然后裴总继续做他的老总，继续骗他的小姑娘，而她就又回到失业大军，重新找工作，每天听她爸妈唠叨，听戈亮劝她去 B 省。

算了，理智点，别搞得那么狗血，就装作从来没听说过“我站在纽约第五大道”这个桥段的样子，表现出真诚的感动神情，然后把戈亮搬出来，客气地推辞掉裴总的礼物，那样就既不会显得傻，又不会得罪裴总了。

对，就这样！

再一次显示出有个男朋友的好处！

不过，她很快就发现这通盘算是多余的，因为裴总并没有奉上那段经典表白，而是正儿八经地解释说：“这个你下星期见外商的时候用得上，因为这次来的是美国客人，他们不像山田那种人，就喜欢卡哇伊的女孩子，你穿得粉红粉绿的，他们就认为你漂亮。美国人比较喜欢高档次的职业女性，这个香水配你那套黑西服套裙，正好。”

啥，还真是为了工作？

再看看手中的香水，突然发现瓶子好小啊！

是不是商家搞促销送的小样啊？

肯定是的！

她现在手边没有白云那瓶香水，无法比照，但凭印象，她觉得这瓶比白云那瓶至少要小一半。

明白了！

白云那瓶才是裴总站在纽约第五大道浮想联翩时特意买下的，而她这瓶只是店家看在裴总买了那瓶的分上，顺便送的一个小样。

她怒了！

你把我当谁了呀！

或者应该说，你把我不当谁呀？

意思是，你把我连谁都不当吗？

太欺负人了！

她不假思索地把香水放回到桌上，冷冷地说："我有香水，用不着这个。"

"但是这个的档次——"

"这个档次的香水我多了去了，光是这个香奈儿五号，我就有几大瓶。你这个这么小，是商家送的小样吧？"

"什么小样？"

"就是 sample！商家免费给你试用的。"

"是吗？那我这个不是小样。"

"肯定是小样，正规卖的香奈儿五号，根本没有这么小瓶的。这个能用几次？一次就用光了。"

"你也就是下星期见外商时用嘛。"

哼，终于承认了，真的只能用一次！

她傲娇地说："算了，用不着。高档香水我多得很，只不过我平时不怎么用而已。下星期见外商时我自然会用，随便哪一种都足够上档次。”

“是吗？你怎么有那么多高档香水？”

“我男朋友有亲戚在美国，他经常托他们从那边给我捎东西过来，高档香水啊，高档手包啊，高档鞋啊，什么都给我捎。像这个档次的香水吧，就给我捎了十多瓶，用到过期都用不完。哪天我带一瓶来送给你，你可以拿去送给白云那样的人。”

裴总目瞪口呆地看着她，好像被她的奢侈程度给镇住了。

她很得意，哼，你还想糊弄我？看我不糊弄死你！

然后她看看表，坚决地说：“不早了，我得走了，我爸妈还等着我回去吃饭呢。”

“菜都点了，干吗又跑回去吃饭啊？”

“我出门时我爸妈就说了，如果我到五点还不回去，他们就打电话报警。现在已经三点多了，我现在不赶快走，五点就赶不回去了。”

“五点不回去就报警？为什么？”

“因为你把我约到这么个地方来见面，他们不放心。”

裴总很受伤的样子：“他们对我还不放心？你妈又不是不认识我，怎么会——”

“现在的老总，谁不是——谁能让人放心啊？”

裴总无奈地摇摇头，说：“你爸妈太多心了，我只是不想等到下星期在公司里把东西给你，让白云看见，所以约你到这里来。”

裴总越解释，她越怒。切，原来真是为了工作！再加上怕情人误会！

我还以为是对我有意思，至少是有所企图呢！

原来你啥想法都没有啊？

难道我就这么没有魅力吗？

难道我连白云都比不上吗？

她坚持要走，裴总只好打电话把司机叫来："小云爸妈还等着她回去吃饭，麻烦你帮忙送她回去一下。"

司机一副极不情愿的样子盯着她，好像刚才正在后座跟人车震，被裴总一个电话叫起来一样。

她不管那些，带头往门外走，司机只好跟了上来。

坐进车里之后，司机发牢骚说："刚来就要走，搞得人饭都吃不成。"

她只好继续撒谎："我爸妈说好要我五点之前赶回去的。"

"那你早说啊！早说我就不用把你这么大老远拉到机场来了。"

"我哪知道路上要这么长时间呢？"

这倒是个事实，司机没话说了。

但过了一会儿，司机又说："也就是裴总心善，能容忍你们这些任性的小女生。如果是我的话，菜都点好了，再怎么也得让人把饭吃完了再送你回家吧？你愿意等，就坐旁边等，不愿意等，你自己打的回去。司机也是人，也要吃饭。"

她听司机的口气，原定计划是三个人一起吃饭的，这更让她光火，在心里暗骂裴总：你脑子有病啊？为了这么一瓶破香水，把我大老远地叫到机场来，你就那么怕你的白云啊？

回到家后，父母都上来问长问短，她没好气地说："没什么，就是下星期跟外商谈判的事。"

她爸说："那就好，我还生怕他对你有什么不良企图呢。"

她妈说："他对小云能有什么不良企图？他是我的同学，又是我以前的——"

这次，不等她爸跳出来鄙薄她妈，她就抢先说："我说你有点自知之明行不行？别老以为人家怎么喜欢你了！那都是人家嘴里说说好玩的。"

她爸很开心："看见没有？连小云都这么说你！"

她又冲她爸发脾气："你也别笑话人家！你自己还不是老以为哪个女家长对你有意思，其实人家那是为了孩子才对你说几句好听的话。"

她妈警惕地问："哪个女家长？哪个女家长？"

她见世界大战又要爆发，马上撤了："我肚子饿了，不跟你们说了。"

她妈见女儿饿了，也没心思追究女家长的事了，赶紧到厨房去做饭。

天热，她妈没做什么大鱼大肉，就是两盘青菜咸菜和一盘凉拌的小虾。

她边吃边想，不知道裴总今天点了些什么菜？那么豪华的餐馆，菜式肯定很好，难怪司机那么遗憾那么牢骚满腹。刚才真不该发那通无名火的，至少还能吃上一顿豪华餐。

吃过晚饭，她就上线跟戈亮热聊，一直聊到眼皮打架了才罢休。

星期一，她回公司上班，那两个家伙一上午也没露面。一直到下午两三点钟了，才看见白云姗姗而来，一进门就跑到她办公桌前来："猜猜，跃进这次给我带什么回来了？"

她以为裴总把那瓶她不要的香奈儿转送给白云了，略带同情地问："香奈儿五号？"

"才不是呢！"

"那是什么？"

"猜呀！"

"我猜不出来。"

"是一对香奈儿的珍珠耳环！"白云把头送过来给她看，"看见没有？他说我耳朵长得玲珑剔透，就该戴珍珠耳环，而且必须是香奈儿的。"

她心里酸水一冒，看来裴总还真是喜欢白云啊！

她忍不住说："他是不是买了两副耳环，你一副，他老婆一副？"

"不可能！他怎么会给他老婆买耳环呢？"

“我听说那些有老婆有情人的男人都是这样，什么礼物都买两套，老婆一套，情人一套，这样才能把两边摆平。”

“不可能！他老婆那个耳朵老得像牛耳朵，能算得上玲珑剔透吗？”

“那就买对铂金的耳环，牛耳朵马耳朵都能戴。”

白云愣在那里，她心里很得意，哼，我让你炫富，我让你秀恩爱！

但白云马上拿出手机：“我现在就打电话问他！”

她慌忙阻拦：“你问他什么？你问他什么？”

“我问他这次到底给那个老女人买礼物没有！”

“你问他，他会告诉你实话？”

“他说过他早就不给那个老女人买任何礼物了。”

“既然他说过，那你干吗还打电话问他呢？”她恐吓说，“男人最不喜欢找他们兴师问罪的女人了，你这样去问他，他会觉得你不信任他，你把他搞烦了，他会回到他老婆那边去的！”

白云放下手机：“我觉得跃进不会给那个老女人买礼物的，他都不爱她了，还给她买礼物干吗？以前没有我的时候，他兴许还会买点东西应付她一下，自从有了我，他心里根本装不下任何人，更别说那个老女人了！”

她竟然找不出话来反驳，只感到说不出的失落。

白云秀完了珍珠耳环，就下班走了。

她也没心思坐班了，提前离开公司，坐公车回家。

晚上，吃过饭，冲过凉，她又上线跟戈亮热聊。

聊着聊着，戈亮说：“我们国庆节把结婚证扯了吧。”

她好像整装待发的士兵听到冲锋号一样，雀跃地响应道：“好啊！”

27

答应了戈亮国庆节领结婚证，凌云有种倦鸟归林游子归家的感觉。

没结婚，哪怕已经滚了床单，都感觉自己是自由身，对方也是自由身，双方都有资格找别人。

所谓“有资格”是从一个角度看问题，如果从另一个角度来看，就成了“有责任”。也就是说，只要还没结婚，就总是感觉自己还没定下来，还得寻找意中人。

事实上，她一直是本着“骑驴找马”的原则在跟戈亮交往，内心深处总是不相信这就是她的最终归宿。但她找来找去，也没看到一匹合适的马，大多数是劣马，连驴都不如的那种。好不容易看到一匹令她心动的骏马，人家却早已有主。

到最后，发现还是自己骑着的这头驴最好。

虽然刚开始一点也不浪漫，而且自己也不是戈亮的首选或者初恋，但一旦敲定关系之后，他还是很专一很可靠的。他看她的眼神，可能算不上摄人心魄，不能让她心旌摇荡，但他也从来没觊觎过别的女生。他和前女友断了就是断了，没有拖泥带水，没有流露过任何怀念的意思。即便后来那个小昭被人抛弃，又来找他，他也没回头。

在当今这个“前任幽灵不散，小三继往开来”的世界里，能找到戈亮这样的男朋友，应该算得上是一个奇迹了吧？

当然，戈亮不能跟《十年忽悠》里的艾伦相比，人家艾伦不仅高大英俊，还那么睿智幽默，深情专一。但她自己也不能跟《十年忽悠》里的艾米相比啊！就凭她“骑驴找马”的破德行，就说明她在爱情上一点儿也不专一，人品有问题，即便她遇到一个像艾伦那样的男生，估计人家也不会看上她。

俗话说得好，鱼找鱼，虾找虾，乌龟找王八，自己是什么样的人，就只能找什么样的对象。

认命吧！

认命的好处，就是老老实实嫁给骑着的这头驴，别再想着找马的事了。不找马，就不会为骏马有老婆、野马有情人而烦恼，也不会因为没人来追自己烦恼，咱不是没人看得上哈，咱是已经结婚了，所以人家不敢追了。

她终于明白为什么女人结了婚会长胖了——不操心找对象的事了呗！

她把国庆节扯结婚证的事和父母说了，她爸头一个支持："好啊，好啊，国庆节就把证领了，他过来玩也好安排。"

她知道老爸的意思，如果领了结婚证，就可以名正言顺地住在一个屋顶下，邻居就不会说闲话了。不然的话，即便她和戈亮是分房睡的，邻居还是会认为他们在同居。而老凌让人家在自己屋檐下欺负自己的女儿，那就太没脸面了。

她发现她这代人和她父母那代人之间的代沟真是太深了！尤其是在婚前同居这个问题上。她敢担保，她邻居家的孩子早就跟她一样，和对象滚了床单了，但他们的家长都蒙在鼓里，还在那里满脸鄙薄地谈论别家的孩子未婚同居。

太老土了！

她妈听说了扯证的事，很不赞成："干吗这么慌着领结婚证？我和你爸都还没亲眼见过他，都不知道他人品如何呢。"

老爸说："他人品如何，小云平时又不是没对你讲过。"

"讲过有什么用？那只是间接的了解，我还得直接考察他一下。"

“你当你在选干部啊，还考察？”

“当然要考察！这是小云的终身大事，我能不考察吗？”

“怎么考察？”

“就从他的谈吐啊举止啊，会不会做家务啊，对老人的态度啊等等，就可以考察出他的人品。”

她暗叫糟糕！戈亮在家就是个横草不拿竖草不拈的主，而她妈还在这里指望戈亮来了做家务，肯定会闹得皆大不欢喜。

她委婉地说：“妈，现在还有几个人自己做家务啊？都是请保姆。戈亮他爸妈都是干部，家里一向都是请着保姆的。”

“那他完全不会做家务？”

“没必要做嘛。”

“那你们将来也请保姆？”

“这都是老远的事呢，干吗现在就拿出来说？”

她妈坚持说：“这什么老远的事？你们都是二十好几的人了，结了婚，还不生孩子？一生孩子，家务事多了，如果他什么都不会干，马上就会闹矛盾。”

“真到了那时候，可以请保姆嘛。”

“请保姆不要钱？你们小两口，刚参加工作，能有多少钱请保姆？再说，你以为请保姆就万事大吉了？你请个年轻的，他跟保姆搞上了，剩下你一个人带着孩子哭！”

她恶心地龇了龇牙：“那就不请年轻的呗。”

“你以为请个老的就放心了？照样出事！我就知道一个，保姆都五十多了，硬是跟那个不到三十的男主人搞上了。”

她指指老爸：“那他也不会做家务呢。”

这话不说还罢，一说可就把老妈说火了：“就是因为他不会做家务，我上了当，吃了一辈子的亏，我才叫你睁大眼睛，别走我的老路！你看看我，家里家外都得忙，班没少上，钱没少挣，回到家还要围着锅台转。人累病了，心操老了，人家倒好，保养得红光满面的，反过来笑我看上去像他妈。”

她爸申辩说：“我又不是不做家务，是你嫌我做得不好。”

“我嫌你做得不好，那你就做好点啊！为什么你还是做不好呢？你以为我不知道？你那是故意的，故意做不好。”

她爸嘻嘻哈哈地说：“你这么会做家务，到时候跟过去给小云做呗。”

“切，你想得倒好！我伺候了你们爷俩一辈子，还接着去伺候戈家那小子？我自己的女儿，伺候伺候没问题，你是我瞎了眼找下的，也只好侍候，但戈家那小子——”

“那是你女儿瞎了眼找下的。”

“所以我就不能让她瞎着眼找！”

她烦了：“算了，算了，懒得跟你们说了。本来很高兴的事，被你们左一说，右一说，就变得索然无味！”

老爸警告她妈说：“年轻人的事，你别在中间搅和了。人家两人自己都决定领结婚证了，你插个什么话？”

“小云年轻不懂事，我不给她把着关行吗？”

“你把关，你把关。我就是怕你七搅八搅的，把孩子的事给搅黄了。”

“姻缘天定，如果他们两个人有缘分，谁也搅不黄。”

“既然姻缘是天定的，又还要你把个什么关呢？”

她真的听不下去了，扭身跑开，回到自己房间。

躺在床上，想到自己憧憬过的婚礼和婚后生活，感觉现实真是太太太残酷了。

她自认并非那种眼睛朝天脚不着地的想入非非族，她对婚后生活的想象，并不是童话故事里王子公主不食人间烟火的“从此，他们过着幸福的生活”，也不是言情小说里要星星摘星星的花前月下。她只希望自己的婚姻生活像《十年忽悠》续集《憨包子与小丫头》和《小情敌》里描写的那样，一大家子，有老有小，平平淡淡，和和气气，恩恩爱爱，幽默风趣。

貌似那种生活也跟自己无缘！

她妈好像生怕她不够烦恼一样，追到她房间来烦她："你领了结婚证，是不是就要搬到他那边去了？"

"我搬他那边去干吗？"

"那他搬到这边来？"

"他搬这边来干吗？"

"那你们就这么两地分居？"

"两地分居怎么了？现在不就是两地分居吗？"

"现在是两地分居，但那是因为还没结婚嘛。一旦结了婚，怎么还好两地分居呢？"

"为什么结了婚就不能两地分居？"

"结了婚，就是一家人了，老这么分着，容易出事。"

"那现在这么分着就不容易出事？"

"现在还是男女朋友嘛，如果出了事，可以分手。"

"结了婚就不能分手了？"

"分当然是能分，但是多伤筋动骨啊！他离个婚没什么，现在离了婚的男人是香饽饽，但你一个女孩子，离了婚，身价就降低了，再找就麻烦了。"

她知道她妈说的都是事实，但是这当口听到这些话，真的很崩溃！

说好的倦鸟归林游子归家呢？

怎么像是倦鸟归泥游子戴枷了？

戈亮的爸妈也没闲着，也赶来给她糊泥浆戴枷锁了，一定要他们在领证前先搞个婚前财产公证。

戈亮是个乖乖儿子，赶紧来跟她商量:“我爸妈也是被现在这些刁蛮女生吓坏了，说我太老实，怕我到时候吃亏，落得人财两空，所以一定要我们签个婚前财产公证。”

“什么意思？”

“就是公证我爸妈给我的房子和车子什么的，都是属于我的，我和你婚姻存续期间，你都有权使用。但如果我们离婚的话，你不能分割这些财产。”

她仿佛感觉被人一脚从婚礼上踢跪到离婚法官面前，身上还穿着洁白的婚纱，耳边却是法官威严的宣判:“你必须净身出户。”

她郁闷地问:“难道你爸妈准备在房产证上写我的名字？”

“呃——应该不会，只写我的名字。”

“那不就结了？”

“什么意思？”

“房产证上都没我的名字，我还分割个什么房产呢？”

“呃——但是——他们说政策都是千变万化的，说不定哪天就变成有没有名字都得分割。”

“那婚前财产公证又有什么用？政策还不是可以变化。”

“但是那是公证，不是政策——”

“切，要是到了离婚的份上了，谁还稀罕你那些财产？连人都不想见了，凡是跟你有关的，统统烧掉撕掉粉碎掉。”

“我知道我们不会到那一步的，所以现在签一个也无所谓，主要是让我爸妈放心，不然他们不让我们扯结婚证。”

“扯结婚证还要你爸妈同意？”

“扯结婚证本身不要我爸妈同意，但是房产过户得我爸妈同意才行啊，而且不扯结婚证，他们也不让我去拿车。”

原来这才是他急着扯结婚证的真实原因！

她冷冷地说："我看我们国庆节还是别扯结婚证了。"

戈亮急了："你这是什么意思？刚答应的事，转眼就变了，你玩我啊？"

28

结婚的事搞得这么狗血，凌云彻底崩溃，无奈地对父母宣布："国庆节不扯证了。"

父母都愣了。

好一会儿，她妈才小心翼翼地问："出什么事了？"

她爸责怪说："你还好意思问？肯定是因为你！我叫你别在中间七戳八戳，你不信，现在好了，把俩孩子戳得不结婚了！"

她妈辩驳说："我戳什么了？不就说了个考察吗？他隔着十万八千里，能听见？"

她不耐烦地解释说："不关你们的事，是他爸妈要我进行婚前财产公证。"

"婚前财产公证？公证什么？"

"还不就是他家那破房和破车。"

"他家的破房和破车？你的意思是他爸妈给你们准备的婚房和车？"

"谁知道他们给谁准备的！"

她把这事的来龙去脉讲了一下，她爸松了口气："哦，就这啊，我以为是什么大不了的事呢！其实这没什么嘛，他们要你签，你就签一个，反正那房子咱们也没出钱，不好挂那个名。"

"我有说要挂名吗？"

“不挂名？那就更没什么了，签就签一个呗，何必为了这么点小事把婚事都闹黄呢？”

“你怎么像是怕我嫁不出去似的？”

“不是怕你嫁不出去，但是嫁也要看嫁个什么人嘛，像戈亮这样名校毕业，家里条件又好，本人也不错的，还是不那么好找的。”

“但他这么急着扯证，完全是为了拿车！”

“那又怕什么呢？车迟早是要拿的，证也迟早是要扯的。再说，这事左右邻居都知道了，都等着国庆节来道贺呢，结果你突然又不结婚了。”

她明白了，她爸一向都跟对门的老胡比着呢，看谁的女儿先嫁出去，看谁的女儿嫁得更好。到目前为止，她在“嫁得更好”上是为她老爸争了光的，因为老胡女儿的男朋友不是名校毕业的，但在谁先嫁出去这一点上，如果她国庆节不扯证，很可能就会输掉。

她估计她爸听说她国庆节扯证后，欣喜若狂，以为自己净得两分，完胜老胡，所以已经迫不及待地到对门炫耀过了。现在她国庆节不扯证了，那不像是占好了车位又被人用起重机给铲出去了？

她讥讽说：“谁叫你这么快就跑去对人说呢？”

她爸火了：“你自己不说国庆节结婚，我发了疯会这样对人说？又不是一岁两岁的小孩子了，自己的终身大事还这么当儿戏！”

“我就当儿戏，怎么了？你都说了，是我自己的终身大事，那你急个什么？”

“我要不是你爹，你求我急我都不急！”

“谁会求你急啊？”

她妈还在纠结财产公证的问题：“搞什么婚前财产公证啊？这不明摆着不信任咱们小云吗？咱们又没求着他们买房，是他们自己要买房，我还嫌地点不好，房子太旧呢！婚房是两个人住的，但他们都没跟小云商量一下，就自作主张把房子买下了，这不是先斩后奏吗？”

她见她父母不管是支持还是反对，是唱红脸还是唱白脸，都是隔靴搔痒，鸡同鸭讲，完全不能体会她此刻的心情，扯来扯去都是跟戈亮爸妈一个档次的话题。她也懒得多说了：“算了，别扯那么多了，我就是告诉你们一声，国庆节不扯结婚证了，你们好有个思想准备，免得淘神费力安排这安排那，还跑外面去对人乱说。”

她爸又想申辩，她妈抢先问：“那你跟他之间是吹了还是没吹呢？”

“你就当吹了吧。”

“这种事怎么能就当呢？吹了就是吹了，没吹就是没吹，你得告诉我们个准话啊！”

“什么准话？我自己都不知道吹了没有呢，怎么告诉你们？”

她的确不知道吹没吹，因为两人虽然在结婚问题上谈崩了，但也没说要分手。

就这样。

这件事，搞得她非常郁闷，连个驴都搞不定，还找马呢！我看你这辈子就当个“齐天大剩”算了，没人真心爱你，都是为自己打算。

她情绪低落，见谁都烦，一烦她爸妈生怕她嫁不出去似的，二烦白云抓紧一切机会在她面前秀恩爱。连公车司机都好像在跟她作对，每次她赶到车站，就看到一辆车正好开走，而下一辆不是坏在路上，就是客满，害她不得不花钱打的。

最后，是外商拯救了她。

因为星期四下午要见外商，裴总星期三就给她发来一条短信：“明天下午见外商，你上午就不用去公司了，就在家休息休息，准备准备。把你家地址给我，我的车下午三点左右去你家接你。”

她太开心了！

明天不用上班，就绝对不会见到白云，还会见到蔚总，虽然他是别人的老公，但他总不能把脸都蒙上不让人看吧？那就免费消费一下帅哥的男色，也挺不错的呀。

第二天，她在家用心打扮了一番，尽量往知性高雅方面凑，边打扮边想象蔚总看到她的时候会是个什么样的表情。

记得第一次跟他相见，全都是尴尬场面，不是认错了人，就是差点抓掉人家的裤子，而她自己，不是挤车挤得衣冠不整，就是下车下得披头散发。

她希望这次能彻底扭转她给他留下的坏印象。

必须的！

快到中午的时候，裴总又发来一条短信："我的车要去接外商，不能来接你了，我让老蔚的车去接你。"

哇，世界更美好了！

她激动万分！一个"知道了，谢谢"打了好几遍才打对。

她自己也不知道自己在激动个什么，不过就是老蔚的车而已，又不是老蔚本人，更不是老蔚驾着婚车来接她去教堂拜天地。肯定是个司机来接她，而那个司机她只见过那一面，连人家姓甚名谁都不知道，如果像裴总的司机一样那么高冷，待会儿还有她尴尬的，激动什么啊？

如果说她这么激动是因为马上要跟蔚总见面，那谁来接不都是要见蔚总的吗？

一句话，有病！

而且病得不轻！

快到三点的时候，她收到一条微信："我到你家楼下了，下来吧。"

她一看，发信人是"蔚然成疯"。

她的小心脏怦怦乱跳。

什么？他也来了？

瞧你！他当然要来呀，难不成还让他的司机跑两趟？

她抓起自己的小包，就往楼下跑，等下了两层楼了，才发现自己还穿着在室内穿的拖鞋，难怪那么不着调，只好急急忙忙往回跑。

跑上楼之后，第一件事是发个微信稳住他们："马上下来，稍候！"

他回复说："别慌，慢慢来。"

她顾不上再回信，急忙换鞋，然后踩着高跟鞋嘚嘚嘚地下楼去。

一出楼道门，她就看见了蔚总那辆黑车，还看见他站在车外，穿着白衬衣和西服裤，帅得一塌糊涂。

她一路小碎步朝车跟前走。

他为她打开副驾驶的门。

她往车里望了望，没看到司机，不由得吃惊地问："司机呢？"

"下班了。"

"这么早就下班了？"

"他今天有点事。"

"那你自己开车？"

"是啊，信不信得过我的开车技术？"

"当然信得过！你在美国开过车的，技术肯定棒！"

"呵呵，美国开车不要什么技术的，比这儿好开多了。"

"不骗我？"

"绝不骗你。"

说着话，她已经坐进了车里，他为她把门关上，然后转到自己那边。他坐进车里，把车发动了，系上安全带，但没立即开，而是用手指了指她那边的安全带。

她慌忙去拉安全带，但拉了两下都没拉动。

他指点说："你轻点拉，有时拉重了反而拉不出来。"

"好的。"她很轻地拉了一下，还是没拉动。

"这破车！我来吧。"他解开自己的安全带，侧过身，伸出左臂来帮她拉。虽然他胳膊长，也尽力不碰她，但还是挨得够近，像把她搂在怀里一样。他的侧脸就在她眼前，她能闻到一股带着体温的香味，不是香水的味道，应该是他自身的味道。

她感到一阵眩晕，浑身上下软绵绵的，像有一股春风吹过，又像是浸泡在温泉里。她好想来个时空定格，永远停留在这个画面里。

但他很快就把安全带拉了出来，递到她手中，在自己的座位上坐正。

等她把安全带扣上后，他把车开动，抱歉地说："不好意思，车太旧了，各种小玩意儿都不那么活泛了。"

"这是旧车？"

"是啊。"

"我怎么觉得是新车？"

"是吗？那好啊，说明还可以掩人耳目一段时间。"

"真的，我第一次见到你的时候，就是因为这辆老总级别的车才把你当成裴总的。"

他开心地笑了起来："呵呵，说明这车哄你这个级别的车盲还是可以的哈！"

"我不是车盲，我知道你这车比我家的车好多了。"

接着，她就以自嘲的口气，讲了自家的车，尤其是自家有车不开，专门用来占位的笑话，听得他直乐："是啊，是啊，C市停车真是个大问题。我这车也一样，每天得开到公司那边去停，因为家里没车位。"

"你家在哪里？"

"在彩虹小区。"

"那离我家不远嘛。"

"是不远，只隔几条街。"

"你家一直住在那里？"

“是啊，在那住了几十年了。”

“那你以前上的是彩虹中学？”

“是啊，初中在那儿上的。”

“我爸妈也在那里工作过，说不定我爸妈还教过你呢。”

“呵呵，没直接教，但我知道他们。陈老师、凌老师，他们都还好吧？”

“挺好的，挺好的。那你知道我吗？我们那时住在学校的宿舍里。”

他有点不好意思地说：“应该是你爸妈那时住在学校的宿舍里。”

“是吗？那我呢？”

“你那时还住在你妈妈的肚子里。”

29

啦啦啦啦啦——

世界真奇妙！

刚才还成熟高冷的蔚总，一下子被打回了小屁孩的原形！

而她，像是坐在跷跷板的另一头一样，被蔚总的急速下落猛地提升到一个全新的高度，两人的关系从职场老手与新人的关系，变成了大学毕业生与初中未毕业生的关系。

她调侃地问：“哇，你怎么知道我妈妈肚子里装的是我呢？”

“呵呵，我那时哪里知道是你？我只知道是一个小孩。”

“哇，那你记性也太好了！这么多年了，你居然还记得当年的陈老师肚子里装着一个小孩！”

“呃——主要是因为我有个姑姑，也叫‘超英’。”

“这么巧啊？她也是超字派的？”

“她不是超字派的。”

“那她怎么会叫超英呢？”

“因为她出生的那个年代，苏联提出了要在十五年内赶上美国，中国就跟着提出了要在十五年内超过英国，当时的口号就是‘超英赶美’，我爷爷奶奶都是最听政府话的良民，所以就给我姑姑起了个名叫超英。”

“哦，原来是这样。”

“那天我在公司门前遇到你的时候，你一说你是陈超英的女儿，我就觉得这名字好熟悉，然后就想起初中时的一个老师就叫陈超英来着。”

她开玩笑说：“呵呵，看来你读初中的时候，对我妈是直呼其名的哈！”

“哪里会呀？我都是叫她‘陈老师’的，不信你可以回去问你妈。”

“我妈又没直接教过你，哪会记得？”

“如果我叫她老师，她肯定不记得。但如果我叫她名字，她肯定记得。”

“嗯，那倒也是。你当面肯定是叫的‘陈老师’，但背地里就直呼其名了。”

他龇了一下牙，没有反驳。

她接着调侃说：“不过，直呼其名还算客气的哈，搞不好你还是叫的诨名呢！”

“你妈有诨名吗？”

“哪个老师没诨名？”

“哇，你这么懂行，肯定是专叫老师诨名的小淘气！”

“我才不叫老师诨名呢！我爸妈就是老师，我得带头尊敬师长。”

他微微侧过头看着她，开心地笑着。

她觉得他很欣赏她的调皮，越发来劲：“那你想起了初中时的陈老师，是不是就想起她的肚子来了呢？”

“我那天就猜到你就是当年住在她肚子里的小娃娃了。”

她故作严肃地说：“哇，你对我妈的肚子怎么印象这么深呢，几十年之后都还记得！”

他尴尬地一笑，坦白说：“呃——那个年代，又是那个年纪，正是对——对那些事情好奇的时候。反正你妈妈是我一生当中见到过的——我的意思是近距离见到过，而且是多次见到过的——第一个孕妇。”

“所以你就特别注意？”

他更尴尬了：“呵呵，也不光是我一个人注意，我们那一帮小孩子都比较注意。”

“还背后议论来着吧？”

“呃——是议论过。”

“议论什么呢？”

他窘得什么似的：“呵呵——这个——”

“是不是议论一个人的肚子为什么会变大？”

他龇着牙，做了个“I 服了 you（我服了你了）”的鬼脸。

她知道自己猜中了，如果换了别人，她肯定会觉得他下流，侮辱了她妈，但因为是他，她就觉得很奇妙。她妈在不知不觉中，做了他人生的启蒙老师。严格地说，应该是性启蒙老师，因为他们议论的，肯定是陈老师的肚子为什么会大起来。而他们那帮破小孩中，肯定有几个大致知道一点个中缘由的，就会给他们演讲，于是他们都被启蒙，都知道是咋回事了。

他那时应该发育了吧，说不定会因为这事想入非非。

嗯，她不好意思往下想了，但有一点可以肯定，他的性启蒙，也有她一份功劳，因为她就是那个使陈老师肚子大起来的小淘气。

他很认真地说：“你可别把这事告诉你妈。”

“为什么？”

“怕她不高兴。”

“她为什么要不高兴？”

“如果她知道那些小男生在背地里议论她——”

“没什么嘛，这是生命科学，谁不想搞个一清二楚啊？你们那时是在探讨科学呢，对不对？”

“呵呵，难得你能从这个角度看问题，了不起！”

她坦率地说：“那是因为是你，所以我才能从这个角度看问题。如果是别人的话，我肯定要骂他。”

他没追问为什么，只是分析说：“只怪那时候社会还是太封闭了点，学校教是教了一点生理卫生知识的，但都是蜻蜓点水，老师根本不多讲的，就叫我们自己看书，但书上也写得模模糊糊。小孩子没地方去学这些知识，当然就特别好奇、特别想知道。”

“那你现在已经把这个问题彻底搞清楚了吧？”

“什么问题？”

“呵呵，就是肚子里的小娃娃的问题啊？”

他又尴尬地一笑：“哦，现在当然不会对这些事那么感兴趣了。”

“因为你自己都有孩子了？”

“啊，是的。”

“那当你夫人怀孕的时候，你有没有感到若干年前你读初中的时候，第一次近距离看到一个女老师怀孕时的那种震惊？”

“呃——这个，怎么说呢，肯定没有了。”

“你孩子很大了吧？”

“啊？哦，也不是很大，刚上小学。”

“你孩子和夫人都没跟你一起回国来？”

“没有。”

"为什么不带他们回来呢？"

他想了想，说："那边条件比较好一些，空气啊，学校啊，住房条件啊，都比这边好，所以没让他们回来。"

"那你夫人也够胆大的哈？"

"胆大？什么意思？"

"我听说像你们这样独自回国来打拼的海归男，几乎百分之百都会沦陷。"

"沦陷？"

"就是出轨啊这之类的。"

"是吗？有这么严重吗？"

"当然有啊！所以，海外的那些夫人们都不会让自己的先生单独跑回来打拼。"

"是吗？"

"难道你们海外不是这样吗？"

"哦，没注意。"

"你夫人怎么会让你独自一人跑回来呢？"

"没办法啊，我爸病了，需要人照顾。"

"你妈妈不能照顾？"

"我妈去世了。"

"哦，是这样。那你怎么不把你爸接到美国去照顾呢？"

"哪有那么容易啊？美国医疗费很贵的。"

"没有医保？"

"呃——医保吧，要等到我成为美国公民之后，才能给我爸办移民，那时他就可以享受美国的医保了。"

"那你什么时候成为美国公民呢？"

"还有几年。"

“那你成为美国公民之后，是不是就要把你爸接到美国去照顾呢？”

“是在这么想呢。”

她杞人忧天地说：“但是你爸他不懂英语，待在美国多无聊啊！”

“嗯，这也是个问题。”

“其实你可以把你夫人和孩子都接回来，那样就几方面都照顾到了。其实我们C市的环境还可以，不像北京那种大城市污染那么严重。”

“嗯，有道理。”

两人说着话，一眨眼就来到了C市商务会议大厦。蔚总停了车，从车里衣架上取下西服，提在手里，另一只手提着他的公文包，带她来到二楼的一间会议室，其他人都还没到。

他指指手里的西服说：“我去下洗手间，换衣服，你在这儿坐会儿。”

她很怕独自在那儿坐着，怕待会儿有人进来赶她走：“去去去，你谁呀？这是你坐的地方吗？”

她还真没什么能证明自己有权坐在这里。

她急忙说：“我也去！”

他一笑：“走吧。”

她跟着他来到洗手间，他进了男的那间，她进到女的那间。

她不用换衣服，就拿出化妆包补补妆。补着补着，突然想到自己没记会议室房间号码，如果蔚总先回会议室了，她还不知道找不找得回去呢。

她赶紧收拾好，跑出来，他果然已经换好衣服先出来了，不过并没走，在门口等她。

她好高兴，屁颠屁颠地跟着他回到会议室。

他让她跟他坐在同一边，说对面是外商的位置。他从公文包里拿出一叠文件笔记本什么的，放在自己面前。她啥也没带，焦急地问：“完了，我什么都没带，怎么办？”

“没事，不用带，我这是装样子的。”

“真的？”

“真的。生意都谈好了，就只是签个字。”

“这是签字文件吗？”

“不是，签字文件在裴总那里。”

“哦，听你一说，好像商务谈判真的挺简单的。”

“是挺简单啊，尤其是裴总做的这种生意，都是市面上根本见不到的材料，基本不存在货比三家的可能性，所以也没什么好谈价的，谁搞得到货源谁是大爷。”

“裴总怎么搞得到这个？”

“有路子呗。”他好像不愿意多谈这个，“你今天参加一次，就知道这事有多简单了。比较难的是找到客户，一旦找到了，其他的就迎刃而解。”

“我要负责找客户吗？”

“你不用。当然，如果你能找到，那就更好，是有提成的。”

“真的？”

“真的。”

“这个客户是谁找到的？”

“我找到的。”

“你以前在美国认识的？”

“嗯，算是间接认识吧。”

“那你回美国看你夫人的时候，还可以帮裴总找找客户呢。”

“是啊，公私兼顾嘛。”

“那你为什么要从裴总的公司跳出去呢？如果不跳出去，他可以派你常驻美国帮他联系客户，那就更加公私兼顾了。”

“他是这么说来着，但是我不是要留在国内照顾我爸吗？”

“哦，也是。”

说着说着，她突然瞥见他左手的无名指上戴着一枚戒指，她的眼神像被磁铁吸住了一样，死死地盯着那枚戒指，挪不动窝。

那枚戒指与一般的婚戒不一样，是蓝色的！

30

蔚总的蓝戒指像个魔戒一样，放大到无限量，占据了凌云的整个感官系统，其他的一切，都退缩到一个很小很小的角落里，虽然仍然存在，但只是次要再次要的存在。

她能看见裴总和外商到达会议室，还能听到两边的人通过翻译互相寒暄问好，她甚至注意到对方带的翻译是一个华人模样的年轻男生。男生两边头发几乎剃光，只剩下中间两寸来宽的一条地段，留着一寸来高的头发，喷了发胶之类的东西，全都竖在那里，指向天空。他的英语说得极为流利，流利到她跟不上、听不懂的地步，但中文却说得半生不熟，经常会停顿，靠蔚总来救他。

她还依稀听出此单生意的确是早就谈好了，裴总还去对方那里实地考察过，受到对方亲切而友好的接待，所以这次诚邀对方来中国考察，尽尽地主之谊。

但其他的，她就一点都没走心了，只是在想着蔚总无名指上的蓝指环。

就她所知，无名指是专门用来戴戒指的，英语里叫 ring finger（戴戒指的指头）。而左手无名指，是专门用来戴婚戒的。

但她还没见过蓝色婚戒，黄金的、铂金的都见过，但从没见过蓝色的。

而且蔚总那个蓝戒指，也不像是宝石类的，或者说，她不知道宝石能不能单独做成一个戒指。她见过的蓝宝石戒指，都是金银或者铂金的底座，上面镶嵌着一颗蓝宝石，而不是整个底座都是蓝宝石，上面什么也没镶嵌。

戒指戴在左手无名指上，这一点让她很沮丧，虽然早就听说他是已婚人士，但毕竟没亲眼见到，所以总存着一点侥幸心理，也许是别人搞错了呢？今天亲眼见到他的无名指上戴着戒指，所有的侥幸心理都被一扫而光了。

现在她就在戒指的颜色上纠结起来，为什么不是黄金的，不是铂金的，也不是金座子上面镶块宝石的，而就是这么一枚全蓝色的戒指呢？是想说明自己的婚姻与众不同，还是根本就不是结婚戒指？

如果不是结婚戒指，那又是什么戒指呢？

总之，这个问题太纠缠人了，搞得她什么都没法走心。

整个签字仪式，她都是处在这种灵魂出窍的状态。后来陪外商吃饭，她还是心不在焉的。那个小翻译坐在她旁边，很礼貌地用中文跟她说话，她连问别人三次，还没记住人家的名字，搞得人家索然无味，懒得跟她周旋了。

一直到大家酒足饭饱，散伙回家，她又坐进了蔚总的车，并在他的帮助下系好了安全带时，她才突然一下清醒过来。她发现刚才的那些探索都是多余的，管他戒指是干吗用的，只要坐在他车里，坐在他身边，天塌下来都无所谓。

他半开玩笑地问："今天是不是被那个小翻译萌翻了？"

"他萌吗？"

"我看你连问三次人家的名字。"

她很开心，哇，他连次数都注意到了，说明他一直在关注我呢！

她故意说："哪里有三次啊？明明只有两次。"

"呵呵，不管是几次，反正是把人家气得够呛。"

"谁叫他名字那么难记的呢？"

"是你自己没走心吧？"

她老实承认："真的没走心。"

她预备如果他问"为什么不走心"或者"你当时在想什么呀"，她就坦白说"在想你那个蓝色的戒指呢"，但他没有这样问，而是突如其来地问："你现在急着回家吗？"

"不急着回家啊，怎么了？"

"不急着回家的话，我就先去前面市场买点菜。"

"行啊，我不急着回家。"

"那太好了！"

他把车开到菜市场外面，在街边停下："这里面有家卤腊店，做的卤鸭翅我爸最爱吃，但这里没地方停车，所以不能经常来买。今天正好你在这里，可以帮我一把。"

"怎么帮？"

"你就坐车里，如果有人过来检查，你就把车开走，在附近转几圈再回来。"

她一听就慌了："不行，不行！我不敢开你这车！"

"有什么不敢的？"

"我只敢开我家的车，别人的车，我都不敢开。"

他呵呵笑起来："还兴这样啊？"

"怎么不兴呢？我就是这样，因为我从来没开过别人的车。"

"那你学车考车的时候呢？"

"那个不算。"她坦白说，"其实就我家那车，我也没开过几次，更别说你这车了。再说这块我又不熟，可别开出事来。"

“嗯，也是。”他想了想，“那这样吧，你进去帮我买鸭翅，我在这里看着车，有人来了我就开走。”

“那还差不多。就买鸭翅？还要买别的菜吗？”

“就买鸭翅吧，买多了你提不动。”

“没事，买个三五袋我还是提得动的。”

“那好吧，你量力而行。”他掏出手机，很快写了菜单，发给她，又掏出一些钱交给她，嘱咐说，“看到你喜欢吃的东西就买一些，我请客。”

“真的？那你要倾家荡产了，我可是有名的吃货！”

“还吃货呢！我看你刚才几乎什么都没吃。”

“不会吧？你忙着当翻译，哪里有工夫看我吃没吃东西？”

他没回答这个问题，而是交代说：“真的，看到你喜欢吃的东西，一定要买一些。”

“好啊，我吃穷你！”

“不至于吧？我穷是穷点，买点小吃的钱还是有的。”

“哇，你是老总啊，还会穷？那我们这样的职场菜鸟怎么办？”

“所以说，你尽管放心买。”

她拿了钱，进市场去买菜，发现他写的单子很有顺序，正好是一样一样买过去，不走冤枉路。

她正精心采买，听到身边有人说话：“没看到你喜欢吃的东西？”

她一回头，看见他站在身边，不由得吃惊地问：“你怎么跑这来了？”

“怕你提不动，过来接你。”

“那你的车呢？”

“就停在那里。”

她急了：“那不行的！当心被人抓住了罚款，或者砸你的车！”

“没事。”

她伸出一只手来推他：“快出去快出去！快到车里去！这里有我呢！”

他有点不好意思：“好的，好的，我这就出去。”

她回头去讨价还价、付账的时候，有一只手伸过来把菜拎住了，她回头一看，还是他：“你还没走？”

“没事。”

她没办法，只好让他一起去买菜。但她一直惦记着停在街边的车，说什么也不肯去找自己爱吃的东西，拉着他急匆匆地走出菜市场。

还好，车还安安稳稳地停在那里。

他把菜放进后车厢，对她说：“这下你可以安心回去买点好吃的东西了吧？我不进去了，就坐在车里等你。”

她死活不肯去：“不用买了，没什么好吃的。”

他劝来劝去都没用，只好让步说：“那待会儿一起吃卤鸭翅吧，真的很好吃的，整个C市就这一家做得最好吃。”

她听说待会儿一起吃鸭翅，马上露出吃货本色：“好啊，好啊，待会去你家吃鸭翅！”

两个人又坐进车里，他边开边说：“如果你不急着回家的话，我就先把菜送回家去。”

“我一点都不急着回家，我说了要到你家去吃鸭翅的呢！”

“那好啊，我还可以顺便回家给我爸做点菜。”他提醒说，“要不要给你爸妈报个信？”

“报信？报什么信？”

“说你要晚点回家。”

“不用，他们知道我今天陪外商吃饭，肯定以为我会很晚回去。他们肯定不会想到外商吃饭这么干脆利落，三下五除二，就解决了战斗。”

“呵呵，老外是比较简单一些，没那么多客套，叫吃就吃，叫喝就喝，吃不下了就不吃了，喝不下就不喝了，你怎么劝都没用。不像我们中国人，一方猛劝，另一方就猛推，劝的想劝赢，推的想推赢，搞到最后吵吵半天，才喝一杯，时间都花在吵吵上了。”

她突然想起什么来：“我今天好像没看到你喝酒呢。”

“是没喝。”

“一点儿都没喝？”

“一滴都没喝。”

“你不喝酒？”

“不能喝酒。”

“为什么？”

“一喝就醉。”

“洋酒也不能喝？”

“什么酒都不能喝。”

“哇，那可是个好习惯。”

“但是在中国的生意场上就有点吃不开。”

她安慰说：“那也没办法，身体总是比生意更重要。”

“我也是这么想的。”

说话间，他们已经来到了彩虹小区。他在一栋楼房前停下，说：“还没到，你先别下车，就在车里等我。”

她坐在车里等，心里有点怕怕的，主要是怕有人来赶她走，她不敢开他的车。

不一会儿，他从门洞里出来，坐进车里，把车发动了，开到另一栋楼房前停下：“我家在这栋楼里，我先把东西拿出来，你帮忙看着，我去停车。”

“你不是说你家没车位的吗？”

“是没车位，但我刚才问黄伯伯租了他的车位来停几小时。”

“他怎么有车位呢？”

“他家买车早，抢到了停车位。但他儿子跑长途，经常不在家，他就把车位租给别人。今天运气好，车位空着，我租来停停。”

“那我们一起去停车。”

“然后拎着大包小包走回来？”

“不行吗？”

“行当然是行，但那得走很远的。你穿着高跟鞋，走那么远的路——算了，你还是在这里等吧。”

她听说要走很远，也不逞能了：“那我就在这里等吧。”

两人下了车，他把后车厢里的东西都拿了出来，放在地上：“我一会儿就回来。”

有他在身边的时候，她觉得时间过得飞快。他一不在跟前，她就觉得时间比蜗牛爬还慢。

等了好一会儿，才见他一路小跑着过来了，头上都是汗。

31

凌云见蔚总跑得满头是汗，怪心疼的：“你干吗跑啊？搞得满头都是汗！”

他抱歉地一笑：“怕你等太久了。”

“我站在荫凉地里，等等怕什么？你在太阳下面跑，当心中暑！”

“不会的，我经常在外面跑的。”

“经常在外面跑？为什么？”

“锻炼身体啊。”他把手里的西服递给她，“来，你帮我拿着衣服。”

她接过来，抱在手里，像抱着个宝贝似的。

他弯腰提起放在地上的那些购物袋：“走，我们上楼去。”

“给我提两个嘛。”

“不用，没几个。”

“那我帮你拿公文包吧。”

“不用，你帮我拿着衣服就行了。”

她跟在他后面，来到三楼。他放下手里的东西，掏出钥匙打开门，向里面通报说：“爸，我回来了，还有我同事小凌。”

她听到远远的一个男声说：“哦，有客人啊？怎么也不提前告诉我一声，看这家里乱的。”

她跟着他走进客厅，没看见蔚爸，四下张望了一下，没觉得屋子里乱，只是觉得与她想象的老总家很不一样，一点也不金碧辉煌。房子有点旧，装修就是一般工薪家庭的档次，而且是很多年前的格局。

客厅墙上挂着几个镜框，其中有个大镜框，里面是蔚总小时候和爸妈的照片，貌似他幸运地继承了父母两边的优点。

她指着镜框问：“那是你和你爸妈呀？”

他正在往冰箱里放东西，听到她的问话，回头朝着她指的方向看了一眼，回答说：“是啊，很久以前的照片了。”

“是不是在彩虹中学读书时照的呀？”

“应该还在那之前。”

“怎么没看见你夫人和孩子的照片？”

“呵呵，我和我爸都不爱挂照片的，这些都是以前我妈在世的时候挂的。”

她估计蔚妈在儿子结婚之前就去世了，所以没赶得上挂儿子媳妇的结婚照，更没赶上挂孙女的照片。

她附和说：“我家也是这样，我爸是又不爱照相，又不爱挂相；我妈是又爱照相，又爱挂相；我呢，照是愿意照，但不爱挂。”

“现在也不用挂了，照了相直接放网上，放朋友圈里去。”他招呼说，

“你随便坐呀，站着不累吗？我去换件衣服。”

“快去换，快去换，穿着汗湿了的衣服不好，会感冒的。”

他进里间换衣服去了，她因为还没见到蔚爸，不好落座，先站在那里等着。

过了一会儿，她看见一辆轮椅从过道缓缓驶进客厅，上面坐着一个老人，身形瘦削，面孔清癯，满头银发，戴着墨镜，应该是蔚爸。

她赶紧打招呼：“蔚伯伯，您好！”

刚好蔚总换完了衣服回到客厅，听到她的话便笑着说：“蔚伯伯？恐怕你得叫蔚爷爷吧？”

“为什么得叫蔚爷爷？”

“为什么不是蔚爷爷呢？我上初中的时候，你还没出生，那我不得是你叔叔辈的？我爸爸当然就是你爷爷辈的了。”

她想了想，貌似是这么回事，只好改口说：“蔚爷爷，您好！”

蔚爷爷笑着说：“别听他的，他逗你呢。”

“怎么是逗她呢？真的是爷爷辈的。她妈就是以前彩虹中学的陈老师，我在那儿上中学的时候，她爸妈刚结婚，她还没出生。”

蔚爷爷说：“哪个陈老师啊？我记得彩虹中学有好几个陈老师的。”

“是好几个，她妈是最年轻的那个，她爸也是彩虹中学的老师，当时彩虹中学就他们一对夫妻老师。”

“哦，你说到夫妻老师，我就知道你是在说谁了，她妈是那个人家都叫她‘小陈老师’的，对吧？”

“是的，是的，那时陈老师多，只好加个词来区分，我记得那时有老陈老师、大陈老师，还有小陈老师。”

蔚爷爷问：“你是小陈老师的女儿？都长这么大了？时间过得真快啊！我家小然在那里读书的时候，你爸妈都才你这个年纪吧？”

她笑着说：“是的，他们那时刚分到那个学校没几年，才二十多岁。”

"彩虹中学后来就撤销了，你爸妈他们现在在哪儿教书？"

"他们都调到六中去了。"

"那离这儿不远嘛。"

"是不远，只隔几条街。"

蔚总说："你们聊，我把鸭翅拿到厨房去切短点，再端过来吃。"

蔚爷爷问："你今天去'金翅膀'了？"

"嗯，买了您最爱吃的卤鸭翅。"

"干吗跑那么远去买鸭翅啊？"

"不远，顺路，今天在那边接待老外，回来的路上就去了'金翅膀'，因为小凌跟我一起，可以帮我看着车。"

蔚总去厨房了，蔚爷爷招呼说："小凌，坐呀。"

她在沙发上坐下，蔚爷爷把轮椅开到她对面，陪她说话。

她看了看蔚爷爷的腿，没看出什么破绽，蔚爷爷穿着长裤，一直盖到脚脖子那儿，下面是一双皮鞋。

蔚爷爷见她在打量轮椅，便很骄傲地说："这是小然在美国给我买的，可好用呢。我以前那辆是手动的，他说手动的转着费劲，又脏，就给我买了这辆电动的。现在我只需要掌握个方向就行了，像你们开汽车一样。"

"您儿子真是孝顺啊！放下美国的工作和前程，回国来照顾您。"

"是啊，街坊邻居都夸他呢！"蔚爷爷往上拉了拉裤管，露出一截金属的脚杆，"我这腿是截了肢的，装的假腿，说了你就知道不是我搭架子，客人来了都不站起来。"

她想到金属假腿与真腿交接的感觉，心里一咯噔，不敢多看："我知道，我知道。"

蔚爷爷指指自己的眼镜，解释说，"我眼睛不大好，怕光，所以在家里也戴着墨镜。不知道的人，还以为我赶时髦，臭美。"

“不会的，不会的。”

两人聊了一会儿，蔚爷爷感叹说：“唉，我这个病，真是拖累了全世界的人！小然他妈就是我给拖累死的，现在又拖累小然。要依我的，早就想个办法，撒手去了，解脱了自己，也解脱了别人，但他们死活不让。”

蔚总端着切好的鸭翅膀从厨房里出来，正好听见这句话，立即批评说：“又在说这些负能量的话？小凌，你给评评理，他这种想法是不是太自私了，完全不考虑家里人的感受？”

她连忙支持：“是的是的，蔚爷爷，您可不能那么想。您要是走了，蔚总他得多难过啊！”

“蔚总？谁是蔚总？”

“就是您儿子呀，他不是老总吗？”

蔚总说：“嘿嘿，她讽刺我呢。”

“我哪里有讽刺你啊？你是总嘛。”

“几十个人的小公司，还总个什么呀！叫我蔚叔叔吧。”

“我才不叫你蔚叔叔呢！”

“那就叫我蔚然。”

“我也不叫你蔚然，我叫你小然！”

“淘气鬼！”

蔚爷爷饶有兴趣地看他们两个斗嘴，开心地说：“好了，我来做个仲裁，你们都叫对方名字算了，不讲辈分，也不讲大小。”

两人都表示同意。

蔚然把一大盘鸭翅放在客厅的饭桌上，招呼说：“来，我们吃鸭翅吧。爸，今天有客人，我给您破个例，允许您喝一小盅。”

蔚爷爷十分开心：“好好好，托小凌的福哈。小凌，你以后要经常来哦，你来我才有酒喝。”

“我以后天天来！”

“那我天天都有酒喝！”

“他为什么不让您喝酒呢？”

“对身体不好。”

她卖弄说：“但我看网上说每天喝一杯红酒对身体有好处呢！人家法国人就爱喝红酒，所以身材特别好，得心脏病的也少。”

蔚然说：“那说的是健康人群，我爸情况不一样。”然后问她，“要不要去洗个手，待会儿可以用手抓着吃。”

“好的。”她在他的指点下，找到洗手间，进去洗了洗手。回来后坐在饭桌前，没看到他，只看到蔚爷爷，她问，“蔚爷爷，小然呢？”

“在厨房做菜呢。”

“我也去厨房帮忙。”她跟到厨房去，看见他在那里做菜，扎着个围裙，把腰背勒出个倒三角，穿着短袖T恤的胳膊露在外面，能看到上面干脆利落的肌肉，使她领略了那句名言：做饭的男人最帅。

他感觉到她在门边看他，转过身来：“你怎么不去吃鸭翅？”

“看你做菜啊。”

“做菜有什么好看的？快去吧，别站在这里，当心油烟都钻到你头发里去，洗都洗不掉。”

“别吓唬我了，你这不开着抽油烟机吗？”

“开是开着，但也就声音大，抽油烟效果并不好。”

“没事，你炒菜没油烟。”

“尽量控制。”他开玩笑说，“你怕我爸？”

“不怕啊。”

“那你怎么不敢去客厅跟他一块吃鸭翅？”

“我等你。”

他回过头，很温馨地看了她一眼，没再赶她走。

好像才眨了个眼，他就把菜给做好了，盛在盘子里，一手端一盘，说：“走，现在可以去吃鸭翅了。”

两人来到客厅，见蔚爷爷面前已经堆了一小堆骨头，看见他们过来，他有点不好意思地说：“快来吃，快来吃，再不来我都吃光了。”

“您吃呀，我其实不是很爱吃这个。”

蔚然说：“你都还没尝味呢，就知道不爱吃？来，先尝尝，我保证你一吃就会吃上瘾。”他给她挑了几块鸭翅，放在她盘子里，“这个是中翅，最好吃。”

她拿起一块中翅，咬了一口，的确好吃。带点甜味，但又不是太甜，有点小辣，但又不是太辣，鸭皮软而不烂，鸭肉熟而不松，她从来没吃过这么好吃的鸭翅。

他问她：“你也来点红酒？”

“不了，不了，我不会喝酒。”

“那就喝橘子水？”

“嗯，橘子水可以。”

他给她倒了杯橘子水，自己只倒了杯白水。

她好奇地问：“你连橘子水都不喝？”

“不喝，就喝水。”

“哇，那你太节省了！”

32

坐在蔚家的饭桌前，吃着卤鸭翅，喝着橘子水，凌云感到非常惬意。她觉得眼前这一幕，跟《十年忽悠》里艾米坐在艾伦家的饭厅里吃油条和醪糟汤圆的场景有的一比，都是无比的家常琐碎，却又无比的温馨甜蜜。

她记得艾米那时的想法是：如果每天都能像这样就好了，就这么平平静静、安安逸逸地过一辈子，该是多么甜蜜。

这正是她此刻的想法，不知道是与艾米不谋而合，还是受了艾米的影响。

与艾米不一样的是，她从来没憧憬过轰轰烈烈的爱情，没盼望着谁为她打架为她死。可能她这人比较缺乏想象力和冒险精神，也可能她情窦初开得比较晚，前十八年都是在死读书读死书中度过的，爱情被老师和家长简化为“早恋”，而“早恋”又被等同于洪水猛兽，所以她那时从来没想象过自己的爱情应该是什么样的。

她的爱情是从《十年忽悠》开始启蒙的，所以她一开始就知道轰轰烈烈都是暂时的，是表象，真正的爱情，就是能把平平淡淡的生活变得温馨甜蜜。

她在戈亮那里没有感受到这一点，平平淡淡就是平平淡淡。跟戈亮在一起的平淡，还比较好忍受。但和戈亮家人在一起的平平淡淡，就让她有点惧怕，不知道是因为语言不通，还是因为跟戈爸戈妈不熟。反正她宁愿待在自己家里，也不愿待在戈家。如果非待在戈家不可，那至少得有戈亮在场，最好是只有戈亮在场。

完全没有在蔚家的这种宾至如归的感觉。

她一边吃，一边偷偷看蔚然，每次都正好碰上他的眼神。她总是很窘，好像偷东西被人发现了一样。但他很泰然自若，两人眼神一碰，他就给她夹一筷子菜，说一句“你都没夹菜嘛”，好像她看他就是为了向他讨吃的一样，而他的任务就是在她讨吃的时候满足她的愿望。

三个人吃饱喝足了，他收拾了饭桌，把碗筷拿到厨房去洗了，然后回到客厅对她说：“你要是等得及的话，我就去冲个凉，待会儿送了你就不用再跑回来冲凉，可以直接去公司。”

“你今晚要去公司啊？”

“嗯，去值班。”

“你们公司晚上还要人值班？”

“是啊，我们的服务器上寄存着好多公司的网站呢，出故障了会给那些公司造成很大的损失，所以日夜都要有人值班才行。”

“哦，是这样。但那也轮不到公司老总亲自去值夜班啊！”

“呵呵，我都对你说了，我不是什么老总，就是个打杂的，什么地方需要人干活，我就去什么地方干。”

“那你太伟大了。”

“哪是什么伟大啊，主要是为了省钱。别说晚上没人愿意跑那种地方去值班，就算有人愿意，我也不想花那个钱，干脆自己去值班。反正故障的情况极少出现，所以我基本上就是在那儿睡觉。”

“你在那儿有宿舍？”

“没有，那是租的办公楼。”

“那你在哪儿睡呢？”

“睡的地方多着呢！机房也可以睡，办公室也可以睡。”

“机房和办公室怎么睡？有床？”

“没床，但我有个睡袋。”

“哇，那你真够辛苦的！”

“没办法，创业阶段就是这样的。”

“那你快去冲凉吧，我等得及。”

“那太好了！”

他进洗澡间去冲凉了，她继续跟蔚爷爷聊天：“蔚爷爷，您去过美国吗？”

蔚爷爷摇摇头：“没有。”

“您儿子在美国待了那么多年，没接您去美国玩玩？”

“唉，我这个样子，别说去美国了，下个楼都难。”

“那您儿媳妇和孙女有没有回来看您呢？”

蔚爷爷又摇摇头。

她安慰说：“可能她们太忙了。”

蔚爷爷欲言又止：“也不是忙——”

她估计蔚然跟老婆关系不是很好，所以老婆根本不回国来看望公公。也可能原本关系还是可以的，但因为老婆不肯回国来看望他老爸，他这个孝子就跟老婆关系不好了。

不管是什么原因，都让她感到一阵欣喜，随即又很内疚，很自责，很鄙视自己，你这什么人品啊？

蔚爷爷已经把话题扯一边去了：“我儿子读书很厉害的，每次都考第一，你爸妈是没教过他，如果教过的话，肯定会记得他。有一年，我在菜场碰到他以前的班主任邹老师，那时我还没截肢，还能出去买菜。邹老师还记得小然，说她教了一辈子的书，教过的学生不计其数，就没遇到过比小然还聪明还用功的孩子。”

“那他是拿奖学金出国留学的？”

“是拿奖学金出国的，如果他不拿奖学金，我们哪里供得起他出国啊？他拿的奖学金可多呢，不光自己生活，还给我们寄钱回来。”

“您儿子真孝顺！”

“没办法呀，我跟他妈都是工薪阶层，又不会钻营，哪里能赚到钱？”

“我爸妈也是工薪阶层，他们也不会钻营，也是靠点死工资。”

一老一小两个人在那里自我褒扬，针砭时事，批评腐败，痛骂贪官，聊得很是投机。

一直聊到蔚然冲完凉，穿好衣服出来，才打断他们的热聊：“对不起，让你久等了，现在我送你回家吧。”

其实她一点都没觉得久等，但人家提出送客了，她也不好赖在那里，只好站起身说：“蔚爷爷，我回去了，您好好休息！”

“有空多来玩哈。”

“好的，好的。”

“你来了我才有酒喝。”

“那我一定经常来！”

蔚然从厨房里拿出一个装着东西的购物袋：“我留了一点鸭翅，带回去给你爸妈吃。”

她力辞：“不要，不要，留给蔚爷爷吃吧！”

“他今天已经吃过瘾了，要吃过几天我再去给他买。”

她推了半天没推掉，只好收下。

他提上自己的西服，拿起公文包，对老爸说：“爸，我送小凌回家，然后就去公司了。您早点休息，有事给我打电话。”

“好的，好的，你放心去吧，我不会有事的。反正你安了那个玩意儿的，随时可以看见我。”

她顺着蔚爷爷手指的方向看去，看见墙上有个小小的摄像头。

他解释说：“怕他一个人在家有什么事。”

“你在公司能看见？”

“联了网的，只要有手机，在哪儿都能看见。”

“哇，太高端了。”

“这很一般啊，就是装了几个摄像头而已。”

她心说要是给你也装一个就好了，你走哪里我都能看见。

他又对老爸交代说：“您明天的饭菜都做好了，放在冰箱里。”

“好的，好的，我都知道。”

“记得按时吃药打针。”

“知道知道。”

“门我从外面锁上了，您不用过来锁门。”

蔚爷爷笑着说：“你看，他总是把我当小孩，几件事交代了又交代！其实我就是腿脚不方便，又不是老年痴呆症。”

她恭维说：“您好幸福哦，有这么个细心体贴的儿子，这么孝顺。”

“唉，就是难为他了，被我拖累得——”

他笑着对她说：“看看，负能量又来了。”然后转过去对蔚爷爷说，“爸，我都对您说过好多遍了，不拖累，一点也不拖累。我又没做什么，都是您自己在照顾自己，我也没耽误什么，学也留了，公司也开了，您怎么老说拖累呢？”

蔚爷爷嘟囔说：“学是留了，公司是开了，但是——好了，不早了，我不啰唆了，你们快去忙你们的吧。小凌，如果你不嫌弃我一个残疾老头啰哩叭唆，以后就常来玩！”

“好的，我一定常来。”

他对她说：“不如你就在这里等一会儿，我去把车开过来。”

“不用了，我跟你一起去停车场。”

“那要走好一会儿的。”

“没关系。”

“也行，走不动了你再停下来等。”

两人下得楼来，一起往停车的地方走去。她并没觉得走了很久，感觉很快就到了。坐进车里之后，就更快了，才一眨眼的工夫，已经来到了她家楼下。

他问：“不用我送你上楼吧？”

她半开玩笑地说：“用。”

“呃——这个——”

“你不想去拜见一下陈老师凌老师？”

"呃——是应该去看看他们，但是这个车——"

"算了，我跟你开玩笑的。陈老师凌老师又没教过你，拜见个啥呀？"

他马上把车熄了火，钻出车来："话可不能那么说，没直接教过，也是我的老师。走，我们上楼去。"

她一路暗笑着爬上楼，来到自己家门前，敲了敲门。

她妈来开的门，看见是她，有点吃惊："是你呀？怎么还敲门，又没带钥匙？"

"带了，不过我还带来一个客人，所以敲个门，让你们有个思想准备。"

"客人？谁呀？"

她闪在一边，指着身后的蔚然说："是你们以前的学生，来拜望你们的。"

她妈一看是个帅哥，急忙整理自己："你看你，有客人来也不事先通知一声，我这都穿的什么呀，睡觉的衣服了。"

蔚然自觉地说："陈老师，太晚了，我就不进去了，改日再来拜望您和凌老师。"

"来都来了，进来坐，进来坐呀，我去换个衣服。老凌，你的学生来了！"

凌老爸闻声来到门边："学生在哪里？是来问问题的吗？这么晚了——"

"不是来问问题的，是来拜望你的，"她指着蔚然说，"喏，这就是你的学生，以前的学生。"

"哦，以前的学生！进来坐，进来坐。"

蔚然只好走进客厅，站在那里，自我介绍说："凌老师，您可能不认识我，我以前在大陈老师班上。"

凌老师果然不认识："哦哦哦，大陈老师——"

“彩虹中学的。”

“哦哦哦，彩虹中学的，呃——那有好多年了吧？”

“是很多年了。”

她解释说：“蔚总今天给我们公司的外商谈判当翻译，下午是他来接的我，现在他送我回来。”

“哦，是这样！谢谢你了，谢谢你了！”

她把装着鸭翅的袋子递给老爸：“他在路上买了些卤鸭翅，‘金翅膀’家的，特别好吃，送一些给你们尝尝，包你们一吃就上瘾！”

她爸接过鸭翅，有点手足无措：“这个这个——怎么好——”

她夺过鸭翅，放到冰箱里：“人家送了就收下呗，反正我已经收下了。来，坐呀，干吗站在这里？”

蔚然推辞说：“不坐了，车还停在楼下。”

“坐会儿，坐会儿，车没问题的，临时停停，又不过夜，怕什么？我妈专门去换衣服了呢，至少要等到我妈出来才行吧？”

他有点尴尬地笑了一下，在客厅沙发上坐了下来。

33

其实凌云也很想去换衣服，穿了大半天的西服套裙，受了大半天的束缚，恨不得立即宽衣解带，自由自在。而且她进门后就把高跟鞋换成了平底拖鞋，配着一套正规西服，要多滑稽有多滑稽。

但她怕蔚然借她换衣服的机会告辞走了，所以坚守在客厅，寸步不离。虽然她知道无论她怎么坚守，他最终还是要告辞走掉的，但她就是想尽量多留他一会儿。

从前（并没教过的）学生的到来，勾起了凌爸对往事的回忆："唉，我们那时刚毕业，一点社会经验都没有，又没后台，糊里糊涂地就被分到了那个彩虹中学。学校名字倒是很好听，去了之后才知道，那个学校的教学质量很差，主要是那边的生源非常差。"

她感觉老爸一竿子刷了一船的人，马上替蔚然打抱不平："谁说那边生源差呀？我们蔚总不就是那个学校毕业的吗？一点都不差呀！"

凌爸坚持说："我是从整体上来讲的，不排除个别学生很优秀。"

蔚然表示同意："那个学校生源是不大好，因为那里就几个工厂，当时都快倒闭了，很多学生的家长都下了岗，整天都在为生计发愁，根本没心思过问孩子的学习。"

貌似凌爸刚认识到这一点："哦，原来是这样？唉，我们当时年轻，没经验，只觉得学生不上进，也没想到他们家里正在遭遇那么大的事。你们家那时还好吧？"

"我爸是工程师，妈是会计，都没下岗，所以还算过得去，不过也就是一点死工资，奖金什么的都没有。"

"我记得彩虹中学是没有高中部的，那你后来去哪里读书了呢？"

"我后来就去 C 市一中了。"

"一中啊？那可是 C 市最有名的重点高中！"

"嗯，是重点。"

"那你挺不错的呢！"

"哪里呀，误打误撞——"

"哦，我想起来了，当时是有个学生中考考得很好，全市第一吧，去了市里的重点高中，那个事迹都上报纸了，可让彩虹中学光彩了一把。"

她立即指着蔚然欢呼说："那就是他！肯定是他！"

凌爸说："嗯，我还有点印象，那个学生的名字很大气，好像是叫蔚——蔚蓝或者蔚然吧？”

她又抢着说：“是蔚然，是蔚然，他就是蔚然！”

凌爸赞赏地说：“很不简单啊！在那样的学习环境里能考出那么好的成绩，那可真是基因好，肯用功啊！”

正说着，凌妈换了衣服出来了，不仅穿上了见客的衣服，貌似还化了点淡妆。她从老爸脸上的表情就能猜到老爸在想什么，估计等客人走了以后老两口又会来一场唇枪舌剑。

几个人接着聊当年的彩虹中学，“小陈老师”对那个学校的印象也不是很好：“那个学校的学生啊，调皮得很，我教了这么多年的书，还从来没遇到过那么不听话的学生，上课不听讲，下课不完成作业，对老师很没有礼貌，还给老师起诨名。”

她瞟了一眼蔚然，发现他满脸尴尬。

她急忙出来调和：“你怎么知道他们给老师起诨名？难道他们还敢当着老师的面叫诨名？”

“他们不敢当着老师的面叫，但他们敢在背后叫嘛。”

“他们背后叫，你怎么听得见？”

“我听不见，但是有人向我汇报嘛。”

“那说不定是汇报的人造谣呢？”

“人家为什么要造谣？”

“为了讨好老师，抹黑别的同学？”

“小陈老师”不以为然：“那都是些好学生，班上的干部，人家怎么会造谣？”

她听说是老妈班上的学生，就松了口气，因为蔚然不是老妈班上的。

“小陈老师”说：“我那时正怀着你，刚开始反应特别大，吐得昏天黑地，后来肚子越来越大，行动都不方便，还要上课，批改作业，很辛苦。但那些学生一点都不体谅，毫无同情之心，欺负我是新老师，成天调皮捣蛋，给我惹麻烦，还在黑板上画我的漫画。”

她很好奇地问：“画什么漫画？”

“哼，什么都画！青蛙呀，皮球啊，袋鼠啊，反正什么大肚皮就画什么。”

她忍不住笑起来：“那你怎么知道是在画你呢？说不定人家就是画青蛙，画皮球，画袋鼠呢？你可不要过分敏感，自动对号入座。”

“他们在那些青蛙、皮球上写了我的名字，我还不知道是在画我？”

“呃——可能他们觉得大肚子的老师很好玩吧。”

虽然几十年过去了，当年的小陈老师也快变成老陈老师了，但凌妈想起来还是很生气：“这有什么好玩的？一个女人，成为母亲，是很伟大很庄严的事，我就不懂他们为什么不理解不尊重，反而拿来嘲笑辱骂。”

她开解说：“他们都是小孩子，还没近距离见过怀孕的女人，你又是老师，上课站在他们对面，他们当然很好奇。”

“依我说，这不是什么好奇的问题，根本就是没教养！有教养的孩子绝对不会做这种事！”

蔚然脸上的表情越来越尴尬，她也越来越后悔把他叫上楼来。

幸好凌爸想起了别的话题：“小蔚啊——呃——我可以叫你小蔚吗？”

“当然可以，您叫我名字也行。”

“嗯，蔚然，这名字不错，那我就直呼其名了。你后来去哪儿上的大学？”

“A 大。”

凌爸凌妈都肃然起敬：“A 大呀？那很不简单呢！我们小云也是上的 A 大。”

她激动地说：“哇，闹了半天我们还是校友啊？我应该叫你师兄才是，或者学长？”

“不好意思，不好意思，就叫蔚然吧。”

她生怕他自己不主动交代自己的光辉业绩，越俎代庖地介绍说，“再然后，他就出国留学去了，去的美国。”

凌爸凌妈又肃然起敬一把：“是吗？去的哪个学校啊？”

“K 大。”

老两口不是很熟悉美国的大学，只知道哈佛耶鲁，一听是 K 大，都很茫然，没有虎躯一震的感觉。

她急忙出来扫盲：“K 大很有名的，特别是计算机专业，排名比哈佛耶鲁靠前多了。你们不能只看整体排名，还要看专业排名。”

老两口脸上都露出“我们连这都不知道，还要你来扫盲？”的表情，点着头说：“那是当然，那是当然。”

她看了蔚然一眼，发现他正微笑着看她，脸上的表情仿佛在说：“干吗这么急着给我脸上抹粉啊？是怕你父母不接受我吗？”

她有点不好意思，辩解说：“我说的都是事实嘛。”

凌爸关心地问：“蔚然啊，你怎么不留在美国发展呢？”

凌妈说：“我都说了，美国现在不好找工作的，很多人都是花大价钱出国留学，最后还得回国来发展，还不如一开始就留在国内，工作机会还多一些，也不会浪费那么多钱。”

她又忍不住了：“他才没花钱留学呢！他拿了好多的奖学金，多得都用不完，还寄回来给他爸妈用！”

他纠正说：“我拿的不是奖学金，是助研的工资。”

“都一样，反正都是美国的钱，不是你自己掏的腰包。”然后她对父母说，“而且他也不是在国外找不到工作才回来的，是因为他爸病了，他才回来照顾他爸的！”

凌妈将信将疑地说：“哦，是这样？”

凌爸问："怎么不把你父亲接到美国去照顾呢？"

蔚然解释说："我爸在美国没医保，看病会很贵。"

"不是说美国福利好得很吗？"

"福利是不错，但那是给美国公民和永久居民的。"

"你还不是美国公民？"

"不是，如果是的话，我就可以给我爸办移民，让他享受美国福利了。"

老两口都似懂非懂地点着头。

凌爸说："那你在美国的工作可不可以保留在那里，等你国内的事办完之后再回去继续呢？"

"哦，那不可能的。美国的工作，没什么铁饭碗。"

凌妈说："我就说吧！还不如国内呢！在国内你只要找到一个工作了，基本就是铁饭碗。"

她反驳说："国内哪有铁饭碗？还不是朝不保夕，老板说炒你就炒你！"

"谁说的？"

"你从来没在公司干过，当然不知道，只有你和爸爸这样的教书匠，饭碗才能铁一点。"

"不光是教书，像公务员啊，医生啊护士啊等，都是铁饭碗。小蔚，你在哪里工作？"

"他开公司，当老总！"

凌爸凌妈有了肃然起敬的感觉："哦，你自己开公司了？"

"啊，开了个小公司。"

"哪方面的？"

"网络方面的。"

"是吧？具体做些什么？"

“什么都做，从网络建设，到产品营销、广告设计、网站寄存等，一条龙服务，主要针对一些没有自己IT部门的小型企业和个体户。”

估计凌爸也没搞懂究竟是些什么，但仍然做出“我知道你在说什么”的表情：“哦，挺好的，挺好的！”

凌妈问：“生意挺好的吧？”

“还行，维持个温饱没问题。”

“买房了吗？”

“没有，住在我爸以前买的旧房子里。”

“车呢？”

“公司买了辆车，二手的。”

凌妈内行地说：“开公司也不是那么容易的，那要看谁开，不是谁开公司都能发财的。像我的老同学裴跃进那样，一开公司就发财的，还是不多。”

凌爸安慰说：“刚起步吧？是这样的，没关系，慢慢来，慢慢来。”

几个人大概聊了半个钟头，蔚然起身告辞，她也不好再强留，只好送他出门。

凌爸凌妈都热情地说：“小蔚，以后常来玩！”

“好的，好的。”

但她有种感觉，他以后再也不会来了。

34

凌云站在楼道里，目送蔚然开车离去。

不知为什么，她竟然觉得此情此景并不陌生，有种似曾相识的感觉。

想起来了，是在《十年忽悠》里，有这么一幕：艾伦离开艾米去南方，艾米躲在窗帘后面看他坐进出租车，看着出租车开走。那车是一溜烟地开走的，跟蔚然一样，没有诗意地“渐行渐远，渐行渐远”。

但她知道自己的故事不能跟艾米相比，人家是出租车司机开车，快慢不由艾伦掌握。但眼下这个，是蔚然自己开车，他开那么快，一点也不流连，一下都没朝楼上张望，说明他已经烦死她的父母了，急不可耐地要离去。

她感到巨懊丧，巨后悔，估计那些失手从高低杠平衡木上掉下来，因此失去决赛资格的奥运体操选手也只能懊丧后悔到她这个程度了。

这么致命的失误，却又怪不得别人，都是她自己一手造成的。

今天真不该用激将的手段把他轰上楼来的，自己又不是不了解自己的爹妈，也不是不了解他，明摆着两边会话不投机的嘛，干吗还逼着他上楼来拜望从来没教过他的陈老师凌老师呢？

这下好了，陈老师凌老师肯定给他留下了巨坏的印象，满嘴的抱怨，满身的负能量，对他的母校彩虹中学一句好话都没有，其厌恶程度，简直到了无以复加的地步，几十年都没忘记！

现在终于明白自己为什么得不到《十年忽悠》里描绘的那种爱情了！

爹妈不行呗！

瞧人家艾米的爹妈，一个是艾伦的导师，一个是艾伦翻译出书的合作者，都是高级知识分子，高端脱俗，绝对不会介意艾伦有没有车，有没有房，人家在意的，是女儿的感情，女儿爱谁，谁就是王子，他们就爱谁。

再看看自己的爹妈，一个是没直接教过蔚然的老师，另一个也是没直接教过蔚然的老师，一上来就臭骂彩虹中学，然后就问车问房。

你以为你是谁呀？

相女婿还是咋的？

她憋着一肚子气回到屋里，阴阳怪气地说："哇，今天才知道你们那么仇恨孕育我的那块土地！"

爸妈都没听懂："孕育你的土地？"

"彩虹中学啊！"

"彩虹中学怎么是——？"

"我不是你们在彩虹中学时孕育的吗？"

"哦，你在说这个！是是是，你是在彩虹中学孕育的，当时我们刚结婚，住在学校的宿舍里。"

"就是啊！就冲着这一点，你们也该对彩虹中学有种特殊的感情吧？"

"是有特殊的感情啊！"

"但是你看看你们刚才说了些什么呀！全都是在黑彩虹中学，超级黑！"

"我们怎么黑彩虹中学了？"

"又是生源差呀，又是学生调皮啊，没教养啊！好像你们六中那些学生就多有教养，生源多好似的！"

凌爸辩解说："我们也没说六中生源好啊，其实六中也不行，很多学生就是以前彩虹中学那片的人，彩虹中学撤销之后，至少有一半的学生都来了六中。"

凌妈说："不过现在的学生教养好多了，我也就是在彩虹中学看见过学生给老师画漫画的，在六中这边，从来没看见过。"

"那是因为你也就是在彩虹中学才怀过孕！"

"这跟怀孕有什么关系？"

"你不怀孕，谁给你画漫画呀？"

“那不见得吧？”

凌爸猜测说：“是不是小蔚不高兴我们说彩虹中学生源差了？”

她气哼哼地不回答。

凌爸解释说：“其实我并不是说他，我只是泛指。我后来不是还专门提了他中考第一的事吗？他怎么还不高兴呢？这也太玻璃心了吧？”

“谁说他不高兴了？我说了吗？”

“如果他没不高兴，那你怎么——”

“我就是觉得你们从头到尾都是负能量，跟个忆苦思甜会似的，哗哗地往外倒苦水。”

“我们没倒什么苦水啊！就是说当时年轻，不了解社会。”

“最夸张的是，你们居然还问人家有没有房，有没有车！”

凌爸急忙洗白：“我可没问他房和车，是你妈问的。”

“我知道是她问的，但你也好不了多少，上来就说彩虹中学生源差，这等于给今天的谈话定了基调，再怎么转都转不出来了。”

凌爸狐疑地问：“这个蔚然，他是你们公司的老总？”

“谁说他是我们公司的老总了？”

“那你怎么这么怕得罪他呢？”

“我这是怕得罪他吗？”

“那你这是什么？”

凌妈灵光一闪，开始盘问女儿：“小云，你对爸妈可要说实话，你和他是不是在——？”

凌爸肯定地说：“小云不可能跟他谈恋爱的，不是有戈亮吗？”

凌妈有点瞧不起老伴的情商，不屑跟他探讨，直接问女儿：“他是不是在追你？”

“谁说他在追我了？”

“他这么晚了跑咱们家来，还带着礼物，是什么意思？”

她气急败坏："我说你别这么自作多情行不行？传出去还以为是我在你们面前吹嘘他在追我呢！"

但爸妈已经到了"越否认越证明心里有鬼"的地步，两人对了个眼色，凌妈就说："小云啊，你也是二十好几的人了，怎么这么不懂事呢？你是有男朋友的人，可别又在外面招惹是非，这要是让左右的邻居知道了，还不得说咱们家教养不好？"

"你一心都惦记着你的左右邻居，你管他们干啥？人嘴两张皮，说事不费力，他们爱说说！"

凌妈也气急败坏了："那你是承认他在打你的主意了？"

她不耐烦地说："他没打我主意，是我在打他的主意，这样行了吧？"

两个老人被她的厚颜无耻气成了内伤，好半天才缓过气来："我知道你在说气话，是嫌我们管多了你的事吧？我们可以不管啊，但你自己要争气，把自己的事管好。他不小了吧？彩虹中学还在的时候，他就中考了，那不得比你大——"

她快嘴快舌地说："别费脑子计算了，我告诉你们吧，最少大一轮！"

"你知道还不躲他远点？"

凌爸体贴地说："肯定不是小云不躲他，是他找上门来的。这种年龄的男人，哄小女孩最在行了。"

凌妈居然没有顺藤摸瓜，把斗争大方向转到老伴身上，而是严厉地问："他这么大年龄还没结婚？"

"谁说他没结婚？我这样说了吗？"

"如果他已经结了婚，那就太无耻了！他老婆是不是在美国？"

她撇了撇嘴，没回答。

凌妈气昏了："他结了婚还来招惹你？我就知道男海归没一个好的！老婆孩子放在美国，自己跑回国来，装作未婚的样子，欺骗那些涉世不深的女孩子！你也太没脑子了。"

她冷冷地说：“我要是没脑子，也是你们生的。”

“你——”

她破颜一笑：“算了，不逗你们了。放心吧，我有脑子得很，他有老婆孩子在美国。但人家绝对没有骗你们家女儿的心思，他老婆孩子的照片放大了摆在办公桌上呢。今天我们是一起参加了外商谈判，裴总让他送我回来，我想到他是你们从前的学生，才带他上来拜望你们的。哪知道你们这么仇恨彩虹中学，早知道是这样，我肯定不会叫他上来。”

父母都松了口气，但没过半分钟，老妈又机警地问：“那他还带着礼物干吗？”

“什么礼物啊！不过就是几根鸭翅，因为他买的时候我也在场，所以他分几根给你们尝尝。”

凌爸批评老伴说：“你就是爱疑神疑鬼，有时根本就是正常的男女接触，你硬是要想象成风流韵事。”

“我看你这是在为自己埋伏笔！”

正吵着，她的手机叮咚一声，有新消息进来。她瞥了一眼，是“蔚然成疯”发来的，她马上撤退：“我睡觉去了，不跟你们说了。”

她几步冲进卧室，关上门，看他的来信，只有几个字：“我到公司了。谢谢你！”

她心情大好，摇头晃脑地打了一段话回给他：“是我把你背到公司的吗？干吗谢我？”

他发来一个脸红 ing 的表情，解释说：“谢谢你今天帮我那么多忙。”

“举例来说？”

“买菜呀，陪我爸吃鸭翅啊，余下的请自行脑补。”

“那我还得感谢你请我吃鸭翅，并送一盒给我爸妈？”

“不谢。我是替我爸谢你，我已经很久没看见他像今天这么开心了。”

她突然感到鼻子发酸，眼泪都流出来了，勉强打了几个字过去：“是因为我去了他能喝酒吗？”

他回复说：“不早了，该休息了，晚安。”

她赶紧发一条过去：“我代表我爸妈向你道歉。”

他发了一个大惑不解的表情过来，那个小人儿一直在那里抓耳挠腮，好像快把头皮都挠破了一样。

她回复说：“因为他们一直在那里黑彩虹中学。”

“但他们说的都是事实啊！”

“你不生气？”

“我为什么要生气？”

她松了口气：“你那时画我妈的漫画了吗？”

“没有。但我知道是谁画的。要不要我去把他们揍一顿？”

“哈哈，说得好像我说‘要’你就真的会去揍他们一顿似的。”

他没正面回答，只发了一个摩拳擦掌秀肌肉的小人儿过来。

她看得咯咯直笑，一边笑一边打了段话给他：“我爸妈还以为你在打我主意呢，叮嘱我要小心你这样的已婚海归，怕我上你的当，他们是不是太自作多情了？”

他很理解地说：“一点也不啊，如果哪个臭小子敢跟着我女儿上家来，我也会这么想的。”

她不无嫉妒地说：“你很爱你的女儿呀！”

他发了一张女儿小时候的照片过来，肥嘟嘟的，很可爱，如果不是想到那是他跟别的女人生的孩子，她肯定也会爱上那个小丫头的。

她夸奖说：“很像你，很可爱！能不能发张你的全家福给我看看？”

他二话没说，发了一张全家福过来。

35

蔚然的全家福一发过来，凌云的眼睛就变成斜视了，一直向右瞟着，完全不往中间和左边看，因为照片的中间是他女儿，左边是他老婆。

这种斜视，完全是生理性的，因为她再傻也知道不管她看不看，他的老婆孩子都是一种客观存在。但她的眼睛就是那么固执，总是竭力避开左边和中间那两个绿的，只看右边那个蓝的。

照片可能是前几年照的，他显得比现在年轻，但眼神没什么变化。她联想到艾米某本书里提到过的“上帝的眼神”，那是一种柔和的、爱怜的、悲天悯人的眼神，又充满了自信，仿佛在说“我知道你在受苦，但请你相信我，我一定会帮到你”。

她不知道是这种眼神使他显得很帅，还是因为他帅，所以她认为他有这种眼神。反正是令她有种想扑到他怀里，在那里安然地度过一辈子的冲动。

看了一刻钟之后，她的斜视才得到矫正，能往中间和左边看了。

女儿还是那个女儿，虽然不像前一张照片那么肥嘟嘟，但五官并没改变，还是那么精致匀称，长大一定是个迷死人不偿命的美人儿，难怪他说他会怀疑每个来他家里的男生都是在追求他女儿。

蔚太太很漂亮，是周慧敏那种中规中矩的漂亮，而不是舒淇、莫文蔚那种离经叛道的漂亮。蔚太太的五官也非常周正，比例上挑不出一点毛病来，整个人显得高雅大气，带出去进行国事访问都能为中国人争光。

她看了这三人的全家福，就觉得自己真的是低到尘埃里去了，对造物主产生了极度的愤恨。太不公平了！怎么可以把人家造得那么完美，而把我造得这么不完美呢？

说“不完美”都太自夸了，所谓“不完美”，意思是还是有很多方面很美的，只是不“完”而已，但我有什么地方称得上美？貌似都没有，应该算个完丑吧？或者对自己宽宏大量点，算个“不美不丑”“完丢进人堆里找不出来”。

她沮丧了一阵，突然想到《十年忽悠》里的一个情节：艾伦为了吓退那些对他有意思的女生，做了一张自己和ABC女朋友的合影，用的是以前为艾米拍的一张照片，那时艾米正在仰头大笑，使人看不清或者看不全她的面目。然后艾伦把艾米的头发P成红色，再把自己从抱朋友孩子照的照片上剪辑下来，与艾米的照片合在一起，由于抱孩子的那条手臂不好安排，他把自己的手P掉，只剩下半截胳膊，看上去像是他把手伸进艾米衣服里去了一样。

真是无巧不成书，蔚然跟艾伦一样，也是计算机专业的留洋博士，艾伦能P得，为什么蔚然就P不得呢？

她越想越兴奋，是啊是啊，当年艾米就是被艾伦那张P出来的照片蒙在鼓里，一直以为艾伦有个美国出生的华人女朋友，所以一直不敢对艾伦倾诉衷肠，还特意找些老外男生来冒充自己的男朋友，好让艾伦安心跟ABC结婚，结果耽误了两艾多少大好时光！

我现在有了这个前车之鉴，绝对不能重蹈覆辙！

尤其是我比当年的艾米有优势多了，艾米并没亲眼看到艾伦合成的那张照片，是室友甄涛和好友方兴看到的，艾米只能通过她们的描绘来判断图中的女生究竟是谁。但因为艾米从来没跟艾伦照过手伸进衣服里那么肉麻的照片，所以艾米只能认为照片中的女生不是自己，而是别人。

那是多少年前的事了？应该是本世纪初吧？那时P图还只是少数

专业人员的特权，艾米不是学计算机的，自然不会想到P图上去。哪像现在，P图软件遍地都是，大大降低了P图的门槛，几乎是全民皆P，不P不示人。

她自己也是经常P图的，磨个皮，削个腮，放大一下眼睛，加厚一下嘴唇，都是必须的。

在一个人人P图的年代，你不P就该你吃亏，因为观众的审美观都提高了若干个档次，或者说打分条件都提高了若干个档次。人们在网络上看到一张照片，首先就认定是P了的，然后在心里抽丝剥茧，去掉那些可能的美化成分，只剩下赤裸裸的你，才会给你打分。P过之后能打100分的，P前也就只能打70分。

即便你没P，观众还是会用这种眼光看待你，那你就亏了，人家会说：哇，P过了还这样，那么没P得有多丑，就可想而知了。

所以，她跟广大人民群众一样，严格遵循一个原则：不P不发图。

占据了这么多优势，如果还像艾米当年一样那么好骗，那就说不过去了，对不起自己这一大把P图经验。

她立即把蔚然的全家福下载了，传到电脑上，准备放大了仔细研究。因为她知道，如果是拼接的图像，不管你拼得多么严丝合缝，一旦放到最大，就能看到锯齿形边缘。

说干就干！她把那张全家福放到最大，然后一点一点慢慢观察，看头是不是接上去的，手的位置正不正常，三个人的比例对不对，等等。

但看了一通，也没看出什么破绽来，只好上网去求助。

先搜索一下“如何鉴别照片有没有PS”。

哇，不搜不知道，一搜吓一跳啊！

看来她不是一个人！

还有很多人都在研究这个问题，应该说很多人已经研究过了，因为问题和答案都贴在网上了，说明先驱很多很多。

她点开几篇，粗略浏览了一下，发现内容大同小异，基本都是从“事实不能”“物理不能”“摄影不能”“细节不能”几个方面来探讨的。

所谓“事实不能”，就是现实生活中不可能存在，或者不可能达到，比如一个人跳了十米高，或者长了两个头之类。

所谓“物理不能”，则是从光影、色彩、反射等角度来判断照片是否经过了 PS。

对于这一部分，她直接跳过，因为她这人特怕物理，虽然读书时考试成绩还是不错的。但她自己知道物理不是自己的强项，只能说学得比班上同学好一点，完全谈不上精通，更谈不上热爱，是为了分数被迫学的。一进入大学，不用学物理了，她可开心呢，立即就把物理从自己的生活中彻底清除了出去。

至于“摄影不能”，主要是讲焦距、景深、快门之类，也令她很头疼。她平时照相都是用手机对付，最不爱用单反，就是因为不懂如何调节景深、曝光度之类的。

她爸倒是很爱探讨这些，家里买了单反相机后，她爸就拿着个说明书横来倒去地读了好几天。但每次背着个单反相机和一大包配套仪器出去旅游，别的什么都不能帮着拿，还累得贼死。照个相也是调来调去调半天，她和老妈在那里摆造型摆得累死，旁边的游客等得心焦，都快出手揍她们了，她爸才匆匆拍了一张，但拍出来的照片还不如她用手机拍的质量高。

她爸被她和老妈嘲笑了几回后，也可能是实在搞不懂那些个焦距、景深之类的了，便彻底放弃了摄影。

网文说的那几条当中，只有那个“细节不能”跟她有点关系。因为她现在要弄清的，就是照片上的几个人是不是从不同的地方剪下来凑在一起的。但网上的文章除了教她把照片放大了自己看之外，也没讲出什么别的道道来。

这还用得着你教？

早就放大看过了！

正要绝望呢，她突然发现一篇文章，介绍了几个软件，说是可以鉴别出照片是否原装，是否经过处理。她想，这个还不错，如果检验出蔚然的全家福是原装的，那就没什么可说的了，如果不是，而是经过了处理的，那就大有文章可做。

她立即下载了那几个软件，冒着中毒的危险，安装在自己电脑上，然后把蔚然的全家福放进去鉴别，结果出来的是一大篇专业术语和数据，而且都是英语的，她翻着字典查找了半天，也没看出照片是不是拼接的。

还有篇网文推荐使用百度图像搜索，说如果是用的网络图片，一下子就可以搜出来。

哇，这个方法倒是挺简单的，应该也很有效，现在谁不放几张照片在网上，只要能搜出图像来源，就能知道照片中的女人究竟是谁了。

于是，她把蔚然的全家福扔进百度里去按图片搜索，搜了一大堆图像出来，像孙悟空拔下毫毛变出来的一群孙猴子一样，个个看着都挺像。这就麻烦了，因为那些人并不是同一个人，而是不一样的人，那么，蔚太太到底是哪一个呢？

百度也还挺低调，没说这就是你要搜索的人，而是说“相似的人”，看来只是相似而已。

为了检验百度图像搜索的精确度，她放了一张自己的照片到百度里去进行图像搜索。照片里她的头发束在脑后，鼻梁上架了一副大而无当的黑红边眼镜，脸上拽的是学霸的表情。

百度很快就给她搜来了一大群“相似图像”，令她哭笑不得的是，大多数是男生。

她差点笑昏了，哈哈，百度啊百度，你也太有搞笑精神了！你这是在暗示我长得像男生吗?

看来查 PS 是查不出什么道道来了，很可能他的全家福根本就不是 PS 的，而是真的。

但她死也不肯相信这一点，总觉得这个全家福不像是表面上看起来的那么简单，哪有人家一要就给人一张全家福的道理呢?即使不绷着个脸直接回绝，至少也会扯个理由婉转地谢绝，要不就开几个玩笑哈哈哈，然后就没下文了。

看他那么会用表情符号来回避重要提问或尴尬提问，他应该是个精通此道的人。

所以说，他的全家福很是令人生疑。

36

从第二天起，凌云又回到了无所事事的状态，每天按时去公司上班，但其实并没有什么工作可做。

那两人仍然是神出鬼没，有时一整天都不去公司露面，有时挨到下午才来办公室打个晃，屁股都还没坐热呢，又翩然离去，不带走一片云彩。

不过，她现在不像以前那样替公司——或者更确切地说是替自己——担心了，因为已经知道了公司的运作模式，更知道公司的生意都是暴利，靠的是后台和关系，而不是靠勤奋工作和科学管理。

本来她可以利用一下这种无所事事的工作环境，复习备考，或者钻研一下商务英语，但她却总是没那个心情。

工作这么轻松，貌似也有很大的发展空间，裴总也不像会赶她走的样子，她干吗要淘神费力去考研究生呢？跟她妈说的一样，读完研究生出来，也未必能找到比这更好的工作，搞不好连比这差的工作都找不到了。

钻研商务英语吧，她又不知道该如何钻研。从上次见外商的情况来看，貌似也没什么要钻研的，或者说光钻研英语也没用，你得拉到客户才行。一旦有了客户，就可以照葫芦画瓢，合同样本都是现成的，顶多换个公司名称，换个订单数量，换个价格，换个发货地点和日期就行了。

最主要的是，她一直都放不下蔚然和他那张全家福，所以根本就没心思复习或钻研。

她打死也不愿意相信蔚然真的结婚有孩子了，想想《十年忽悠》里的艾伦，《美丽长夜》里的陶沙，《三人行》里的老康，《山楂树之恋》里的老三，哪个不是编个初恋女友或者老婆出来，吓唬那些爱他们的女生的？

艾伦们做得来，为什么蔚然就做不来呢？

如果他真的结了婚，有了孩子，为什么他爸从来没见过？家里也没有一张老婆孩子的照片？就算跟老婆关系不好，孩子的照片总得挂几张吧？还有他老爸说到媳妇孙女时的表情，分明就是说不出个子丑寅卯来嘛。

但她也没本事证明他的全家福是假的。最后，她厚起脸皮，孤注一掷地给艾米发了个电邮，把自己的事情讲了一下，问艾米可不可以请先生黄颜这个电脑专家和 PS 高手帮个忙，看看蔚然那张全家福是不是 PS 出来的。

她知道艾米和黄颜都很忙，每天来求救的粉丝不知道有多少，根本没时间过问她的破事。但她如果不把天底下所有方法都试一遍，绝对安不下心来。

唯一让她开心的是，公司给她开工资了。

她看见自己账号里新打进了一笔钱，有好几千，比她预计的要多，比戈亮的工资都高，把她给激动的！小心脏扑通扑通地跳。

她没想到裴总会给她定这么高的工资，真是喜出望外，更不想复习考研了。

貌似她妈面子还挺大的，因为裴总对她很照顾，每次见客户，都要给她发个短信过来，说这次是见某某某，本来要叫上你的，但白云死活不愿意。看在该客户是白云拉来的分上，我只好从了她，这次就不带你去了。

切，她还不想去应酬那些个老肥秃的东南亚客户呢！

她以前总是担心如果没活给她干，裴总就会炒她鱿鱼。现在裴总还反过来向她赔不是，说明裴总根本没有炒她鱿鱼的意思，而是怕没让她去见客户，她会觉得被冷落了。

天啊，小女子何德何能，当得起裴总如此的关心体贴？

她很理解地给裴总回信说："我理解，一切以生意为重。"

但她内心还是有点嫉妒白云的，主要是白云能为公司拉到客户，连裴总都得让白云三分。根据蔚然的说法，拉到客户的人可以提成，那白云肯定也有不少提成，真是名利双收啊！

她也很想为公司拉到客户，一是要让裴总知道她也是公司不可缺少的一员。另一方面，如果能拉到英语国家的客户，就有可能见到蔚然。她可以对裴总说，我是新手，还不能应付整单生意的全流程，那样裴总就只好去请蔚然出山，她愿意把自己的提成分给蔚然一半，只要他能来参与谈判和签约。

可惜她一个老外也不认识，又没有同学在海外留学，完全没门路拉到英语国家的客户，只有干着急。

有天中午，裴总突然来到办公室，没带白云，估计又是前晚陪客户喝多了，在家休息。

裴总一进门就热情地邀请她说：“走，我们去吃午饭！”

她吸取了上次的教训，死也不肯跟裴总去：“我带了午饭的，您自己去吃吧。”

“带了午饭？带了什么？”

“快、快餐面。”

“快餐面能当午饭？你不知道快餐面里全都是防腐剂，吃多了能变成木乃伊？快扔进垃圾桶去！走走走，跟我一起去吃午饭！”

她只好实话实说：“我还是不去了吧，免得白云知道了发脾气。”

“她怎么会知道？”

“上次她就知道了。”

“是吗？你告诉她了？”

她急得嚷起来：“我怎么会告诉她，我有病啊？明知道她是个醋坛子，我告诉她干吗？”

裴总皱起眉头想了一会儿：“那就怪了，我也没告诉她，她怎么会知道的？”

“反正她知道。”

“可能她那天跟踪我了。这女人，真是疯了！”裴总关切地问，“她冲你发脾气了？”

她把那天的经过讲了一下，恳求说：“您还是自己去吃吧，我可不想再挨她的骂。”

但裴总坚决不肯：“你不说这事还好，说了我必须跟你吃这顿饭，不然她还以为我好管制呢！她是谁我是谁呀？她居然管到我头上来了！把我搞烦了，立马叫她滚蛋！”

她不想闹出这么大的事来，小声说：“那这样吧，今天我跟您一起去吃午饭，但您千万别让她知道，也别叫她滚蛋，她也挺可怜的，而且她是真心喜欢您。”

裴总打量了她一会儿，声明说：“但我对她并没有那个意思。”

她就搞不懂了，两个人都正大光明双宿双飞了，还没那个意思？

没哪个意思？

没结婚的意思？

她突然站到了白云一边，反感起裴总来。

裴总打电话叫来司机，然后对她说：“我们今天去‘天方阁’吃午饭，她不知道那个地方，绝对不会发现。”

司机开车把他们送到“天方阁”，就很识相地离开了。

裴总点了菜，两人坐在那里喝茶等候。

裴总狡黠地一笑，说：“其实今天应该是你请我吃饭。”

她一惊，心说上当了，原来是想宰我一顿！不知道这家饭店有多贵？不管了，刚发了工资，吃顿午饭没问题，遂一咬牙说：“没问题，我请你。”

“你也不问问为什么应该是你请我？”

“我知道，我领工资了，应该请您吃顿饭。”

“为什么你领工资就应该请我吃饭呢？”

“因为我的工作是你给的嘛。”

“哈哈哈哈，别瞎扯了！我给你安排了工作就要你请我吃饭？那我上辈子是饿死鬼呀？”

“那你为什么说今天该我请你？”

“是因为你赚外快了嘛！”

“我赚外快了？”

“是啊，上次签字的那单生意，对方的付款到账了，我给你发提成了！”

“为什么要给我提成？”

“因为你参与了这个项目嘛。”

“但是我什么也没做啊？”

“怎么没做呢？你帮老蔚整理了那么多文件。”

她想说“我没帮他整理文件啊”，但她怕是蔚然这样告诉裴总的，如果她说没有，那就变成蔚然在撒谎了，于是吞下了这句话，改问：“您怎么知道？”

“我怎么会不知道呢？老蔚都告诉我了，说你帮他整理了很多文件，他应该把自己的提成分给你一些。”

“那我分的是他的部分提成？”

“哪能啊？你是我的人，又不是他的人，怎么会从他的提成里拿钱给你呢？”

她又感动又诧异，想不明白蔚然为什么要想着法子分钱给她。

裴总笑眯眯地问：“开心吧？”

她老实回答：“开心！”

“该不该请我吃饭？”

“该！”

“呵呵，你跟我做，尝到甜头了吧？活不累，还有得赚，以后来了欧美国家的客户，你还可以陪着吃大餐。”裴总得意地说，“你妈辛辛苦苦工作一个月，还没你拿的钱多吧？”

她如实回答说：“没。”

“哈哈哈哈，你妈那时候学习成绩好，我学习成绩差，老师总说她是要当科学家的，而我是个扫大街的命。可惜那个老师已经死了，不然的话，真得让她看看。”

她特不愿意听人鄙薄自己的爹妈。尤其是鄙薄他们学习好但赚不到钱。

幸好菜端上来了，才打断了裴总的鄙薄，不然还不定闹出什么风波来。

裴总边吃边讲起自己的桃花运，貌似公司里的年轻女生，没有哪个不被他迷得神魂颠倒的，都对他纷纷示爱。而他只有一颗心，给了这个，就会冷落了那个，可把他急坏了。

她无心听裴总讲，心里想的是蔚然，这下总有借口去招惹他一下了吧？

吃完饭回到公司，她就给蔚然发消息："谢谢你撒谎为我争取到了提成。"

他回了几个问号过来。

她说："我都知道了，裴总今天都告诉我了，如果不是你说我帮你整理文件，他肯定不会发给我提成。"

"那怎么叫撒谎呢？"

"因为我并没有整理文件啊！"

"你把那些文件全都读了一遍，按时间顺序归档，还查了字典，在上边标注了那么多中文，那不叫整理？"

"但那不是为你整理的嘛！"

"我也没说是为我整理的呀。"

"是吗？哈哈——那是裴总自己理解成那样的？"

他发了个手舞足蹈的小兔子过来。

她说："裴总还说你提出从你的提成里分钱给我，太让我感激涕零了！"

"鼻涕流了多长？"

"一尺长！"

他发了个以手掩面的小人儿过来。

她问："我应该怎么报答你呢？"

"给我点个赞？"

“在哪儿点？”

他发了个链接给她。

她顺着链接摸过去，原来是他的微博，他在那里晒他女儿的照片。

她愣了半晌，点了个赞。

37

领到了人生第一笔“巨款”，凌云迫不及待地用微信向爸妈汇报：“我发财了！”

爸妈都好奇地问：“发什么财呀？”

她把提成的事讲了一下，然后说：“你们猜猜有多少？”

爸妈猜了半天，都没猜中，最后还是她自己忍不住把数目说了出来。

她妈死也不相信：“搞错了吧？是连工资一起才这么多的吧？”

“不可能，裴总说了，工资是月底发。”

“这不是月底是什么？”

“这离月底还有两三天呢！”

“但马上就放国庆节长假了，人家也许提前把工资发了好过节？”

这一说，把她也给说愣了，赶快跑到人事处去问刘姐：“刘姐，我们公司是几号发工资啊？”

刘姐笑嘻嘻地问：“怎么？等不及了？”

“哦，不是，是我妈在问。”

“你妈在问？那你对她说，我们是月底发薪。”

“有没有可能提前发工资？”

“提前发？”

“不是马上就放国庆节长假了吗？”

“那也还有两三天呢。”刘姐体己地问，“是不是缺钱花？我可以帮你想想办法。”

“不是，不是，我不缺钱花。”

“那是你妈在让你上交工资？”

“也不是，也不是，就是问问，看是哪天发工资。”

“财会处过两天就会把工资打到你账上去的，放心好了！”

她回到办公室，特意又登录进自己的账户，翻到总数那一页，看了好几遍，一串零的前面的确有个不是零的数字，而那个数字后面，的确没有小数点。她总算放了心，赶紧拍了个照，传给爸妈看，并汇报说：“我刚去人事科问了刘姐，她说工资还没发呢，这的确就是我的提成！”

她爸有点不放心：“这个——不算是受贿什么的吧？”

“这怎么是受贿呢？这是正大光明的提成！”

“但是不是说你们公司做的都是国家控制的物资吗？”

“是国家控制的，但又不是偷出来卖的，是经过国家批准了的。”

“我总觉得这事有点玄，你最好别沾边，万一哪天姓裴的红二代亲戚垮了台，他人头落地，你也跟着受牵连。”

“你说得也太夸张了吧？”

“反正我觉得那个公司不是个正派单位，迟早玩完，但你妈总是不相信，开口闭口‘我的老同学啊’什么什么的。”

“我又不是傻瓜，肯定会观察动静的，如果有什么不对头的地方，我立马就撤！”

“我觉得你最好不要动用这笔钱，怕万一哪天需要吐出来，至少不用到处去借钱。”

她敷衍说："好吧好吧，我不用。"

她爸还有满腹的救灾良策，但无奈要上课了，只好匆匆告辞，说上完这节课再跟你慢慢说。

她妈倒没担心人头落地的事，只是心理上有点不平衡："你都没做什么呢，就拿这么多提成！我们辛辛苦苦干一个学期，拿的课时补贴也比这多不了多少。"

"呵呵，你羡慕嫉妒恨了？"

"我不羡慕嫉妒恨哦，就是觉得这个社会完全没有一点章法，根本不是什么多劳多得。"

"我这也是蔚然帮我争取来的，没有他，裴总肯定不会给我提成。"

说到蔚然，老妈就担起心来了："我总觉得这个蔚然不是那么靠谱，都奔四的人了，还把老婆孩子放在美国，自己跑回来创什么业，结果又不好好创业，却把心思花在哄小女孩上。"

"他哄什么小女孩？"

"他肯定是在打你的主意，不然他怎么会无缘无故帮你说话？你可得防着点，不要上当受骗！"

她装腔作势地说："那我把这钱退回去吧。"

"你疯了？退钱干吗？"

"你不是叫我别上当受骗吗？"

"这钱又不是蔚然给的，是跃进发给你的，干吗要退？"

"你就不怕裴总在骗我上钩？"

"他怎么会呢？他是我的老同学。"

"还是你的追求者？"

"那是他当着那么多老同学说的，又不是我编出来的。"

"但我觉得他那说的是以前你们读初中的时候，现在他应该是在打我的主意！"

“别瞎说了。”

“不是瞎说，是真的！”

她把裴总请吃饭和饭局上讲的那些风流韵事汇报了一下，老妈还是不相信，或者说更不相信了：“他要真的在打你的主意，怎么会把那些事都告诉你？”

“他就是这样的人，根本不觉得风流韵事有什么不好，恰恰相反，他觉得那证明他很有魅力，所以他一点都不避讳。可能他的想法是：既然那么多女生喜欢我，你知道了，也应该喜欢我。”

她妈还是不相信：“我跟他是同学，我了解他，他不是那样的人。”

“你跟他是初中同学，难道这么些年过去了，他不兴变的？”

“他再怎么变，也不会对你有什么非分之心！”

“为什么？你是不是觉得他在为你守身如玉？”

“我有那样说吗？”

“你没那样说，但你心里就是那么想的。”

老妈烦了：“你怎么跟你爸一个德行？说个话总是夹枪带棒、含沙射影的！你爸总觉得我已经是徐娘全老，风韵无存，谁都看不上我了，你也跟他一个鼻孔出气！但是，事实就是事实，不是你们承认就存在，不承认就不存在的！”

她不想继续打击老妈的自尊心了，于是鸣金收兵：“算了，我跟你开玩笑的。裴总是什么样的人，暂时还没有定论，以后再慢慢看吧。”

她原以为报个喜讯会让爸妈开心的，结果搞得一个为人头落地胆战心惊，另一个为徐娘全老满心愤懑。算了，以后再也不报这种喜讯了，得了钱自己偷着乐就行了。

但她觉得必须想个办法报答一下蔚然才好，不然显得太不懂得感恩了。

要怎么报答呢？

她想来想去，最后决定去“金翅膀”买点卤鸭翅，一来那卤鸭翅实在是好吃，二来可以有个借口上他家去，说不定能碰见他。

主意一定，她就坐不住了，下班时间还没到，她就神不知鬼不觉地溜之乎也了。

出了公司大门，她叫了个的士，直奔“金翅膀”。

如果她爸妈知道她打着的去那个菜市场买鸭翅，肯定会以为她疯了，你还真以为是金翅膀？花那么多的士费穿过半个C市去买鸭翅，真是鸡蛋盘成了肉价钱！

但她认为值得，怕坐公车到那里，鸭翅早已卖光了，那才真心不合算。反正她刚得了一笔飞来横财，用起来不心疼，就当没拿到提成，对不？

她坐的士来到那个菜市场，立即回忆起上次跟蔚然一起买菜的情景，真想一辈子都这么亲亲爱爱地上这儿来买菜。在熙熙攘攘的人群中，两人靠得近近的，不时地摩个肩，擦个踵，跟这个讨价，跟那个还价，很世俗，但又很温馨。

她在甜蜜的幻想中排了一会儿队，买到了鸭翅，她让师傅分成两包，一包送给蔚家，另一包带回自己家。

这次叫的就费了一点工夫，因为菜市场门前没有的士开过来，来这儿买菜的大多数是附近的居民，他们或走来，或骑车来，或开车来，就是没有打的来的。

她只好提着两袋鸭翅往大街上走，走了十多分钟，才叫到一个的士，一口气坐到蔚家楼下。一路都没有看到蔚然的车，估计他还没回来。

她付了的士钱，提着鸭翅上楼去。

敲了一会儿门，蔚爷爷才隔着门在里面问：“谁呀？”

“是我，凌云。”

蔚爷爷把门打开，坐在轮椅里，仰头看了看她：“哦，是你呀！快进来，快进来！今天怎么有空上这儿来？”

她撒谎说：“我今天去市里办事，刚好从‘金翅膀’那里路过，买了点卤鸭翅，想起您喜欢吃，就给您送点过来。”

“鸭翅啊？小然昨天刚买了的，还没吃完。”

她感觉巨郁闷，一是人家已经买了，不稀罕她的了；二是蔚然买了鸭翅，却并没像上次许诺的那样，给她爸妈送些去，说明人家不想跟她家有什么瓜葛。

她硬着头皮说：“我买都买了，这一袋您就收下吧。”

“不了不了！太多了，我根本吃不了！”

“放冰箱里慢慢吃呗。”

“这个鸭翅吧，就是吃个新鲜，在冰箱里放几天就枯了干了，不好吃了。”

“但是我已经买了——”

“带回去给你爸妈吃吧。”

她很尴尬地站在那里，不知道如何是好。

蔚爷爷怕她不相信，特地把轮椅开到冰箱旁边，打开了门让她看：“你看，还剩一大盒呢。”

她无奈地说：“那就算了吧。我回去了。”

她以为蔚爷爷会挽留她坐一会儿，说说话，但蔚爷爷没有，只是抱歉地说：“哎呀，真是太对不起了，你跑这么远。唉，小然也真是的，买了鸭翅也不给你说一声。”

她急忙声明：“不远不远，我今天是路过那里——”

她仓皇离开蔚家，越想越后悔，干吗要买鸭翅呢？买个别的，就不会重样，蔚爷爷就没理由不收了。

但她又不是算命先生，怎么知道蔚然昨天已经买了鸭翅呢？都怪他，买了也不吱个声。

她提着两袋鸭翅走了好一会儿，才叫到的士。

刚坐进车里，她的手机就响了，是她妈打来的："怎么给你发微信都不理呀？"

"我在路上，又没 Wi-Fi。"

"怎么今天搞这么晚还没回来？"

"有点事。"

"快回来吧，家里来客人了。"

她一惊，然后一喜，哇，家里来客人了，肯定是蔚然！他昨天买了鸭翅，但没时间送我家去，今天就抽空送去了！

哈哈，我们这真是心有灵犀一点通啊！我在这里想着送鸭翅去他家，他在那里想着送鸭翅去我家，世界上还有比这更巧的事吗？

38

凌云到了自家楼前，下了车，先四处张望一通，看蔚然的车停在哪里。

楼前停着好几辆车，她每一辆都看了，就是没看见蔚然的车。心说可能他知道没地方停车，就没把车开来，直接留在公司那边了，说明他今天是准备在她家多待会儿的。

太好了！

她提着两袋鸭翅往楼上爬，边爬边后悔，刚才怎么不把鸭翅留一袋在蔚家呢？这下好了，人家把鸭翅送上门来，而我却把鸭翅从人家里拿回来了。

但蔚爷爷那时的态度，的确让她不好意思把鸭翅强留在蔚家，虽然强留肯定能成功，因为蔚爷爷腿脚不方便，要追她是追不着的，至少蔚爷爷不能下楼梯吧？只要她把鸭翅往客厅茶几上一放，转身就跑，蔚爷爷肯定抓不住她。

但那就不是送礼，而是强人所难了。

没办法，只好让蔚然待会儿把鸭翅带一包回去，当然是她买的那一包，而不是他送来的那一包。虽然两包鸭翅是一样的，都是在“金翅膀”买的。但一包是她为他家买的，另一包是他为她家买的，从心意上来讲，就不一样了，一包代表她的心，另一包代表他的心。

想想，两人不约而同地选在今天去买鸭翅，又不约而同地为对方买了一包，多温馨甜蜜啊！

她兴冲冲地爬上楼，来到自家门口，因为两手不空，只好用脚轻轻叩了叩门。

没人理她。

她脚下加了点劲，又叩了叩，这回有人来应门了。她听见里面的人把门锁转来转去，拉了又拉，还是没打开。

她估计是蔚然在开门，才会左拉右拉拉不开，因为不熟悉嘛。可能她妈在厨房忙活，她爸上厕所了，就剩蔚然在客厅，他听到敲门声，知道是她回来了，所以急忙跑来开门。

如此说来，她爸妈已经没把他当成客人了，一点也不见外，陪都不用陪，而且他肯定是答应留下吃饭了，不然早就告辞走了。

她的心情愈加激动了，大声说：“这门锁有点松了，你要往外拉着点再转！”

有她支招，门一下子就打开了。

只听开门人欣喜地说：“哇，你终于回来了！”

听声音，她已经知道是谁了。但她的大脑不愿意相信，瞪着眼睛看了一会儿，不得不对自己承认：这不是蔚然，而是戈亮！

她的心扑通一声沉到了底，问出一句很不礼貌的话来："你怎么跑到这儿来了？"

戈亮得意地说："开车来的！"

"我不是问你坐飞机来还是开车来，我是问你怎么这个时候跑来了。"

"不这个时候跑来还什么时候跑来？"

她正要发作，突然瞥见楼上有人站在栏杆边，很八卦地俯身往下看。她赶紧进屋，反身把门关上，不高兴地问："你什么意思？"

"这不马上就要放国庆节长假了吗？"

"是要放国庆节长假了，但是——"

她想说的是"我们不是吹了吗"，却说不出口，因为他们谁也没说出"吹"这个字。但她至少说过不扯证了，他也生气地说了"你玩我啊？"，所以她完全没想到他会跑到她这里来。

正尴尬着，她妈从厨房出来了，腰里系着个围裙，貌似在做饭，看到她就说："哎呀，终于把你等回来了！小亮都等了半天了。"

她一听"小亮"二字，就觉得头皮发麻。她妈从来没这样称呼过他，她自己也从来没这样称呼过他，都是"戈亮戈亮"地叫的，怎么眨个眼就变成"小亮"了？

她妈还在接着数落："给你发微信你也不回。"

"我不是说了吗？在路上，没 Wi-Fi。"

"现在好多公车都有 Wi-Fi 了。"

"我今天又没坐公车。"她埋怨地说，"怎么你打电话也不说是谁来了？"

"小亮叫我保密。"

她本来还想继续埋怨，但觉得埋怨也没用，难道她妈告诉她是谁来了，她就躲在外面不回来了？

她妈说："唉，好不容易把你等回来，你爸又跑出去了！算了，不等他了，我们几个先吃吧！小亮肯定饿了。"

"我爸去哪儿了？"

"你爸停车去了。"

"他今天把咱家的车开出去了？"

"没有啊。"

"那停什么车？"

她妈像个同谋似的看着戈亮，戈亮也像个同谋似的看着她妈，两人脸上都是那种心领神会的表情，仿佛在说："哈哈，我们都知道，就她蒙在鼓里！"

她不知道这两人之间分享了什么秘密，搞得她反而像个外人似的。她一直以为老妈是把戈亮当"驴"看待的，也一直认为见了面她妈肯定不会喜欢瞧不起C市的戈亮，上次因为房证的事她妈还说了戈亮很多坏话，怎么今天一见面就结成了统一战线？

她有点不耐烦地问："到底是停什么车？"

戈亮笑眯眯地说："停你的车。"

"我的车？我哪儿有车？"

"现在有了。"

她想了一会儿，有点明白了："你爸妈让你提车了？"

"是啊。"

"你开着新车过来的？"

"是啊。"

她妈对她说："你跟他去停车场看看吧，怎么你爸搞这么半天还没回来，可别让你爸把新车剐了蹭了。"然后又很不好意思地对戈亮说，"我们这里车位少，停个车跟抢似的，而且停得一个挨一个的，我平时都不敢开进开出，怕蹭了两边的车。"

戈亮居然没嘲笑C市的贫穷落后，而是很理解地说："现在到处都难停车，我们那里刚开始也是这样，谁抢到车位谁停，后来才开始卖车位，那样就好多了。"

"是的，是的，我们小区也说要卖车位，但是要抽签，所以我们这些抢到了车位的住户都不答应，谁知道抽不抽得到啊？"

她估计戈亮是靠一辆车把她妈给拿下了，看眼下这架势，就算现在就让她嫁到戈家去，她妈也不会反对。

切，这眼界也太狭小了吧？难道我就只值一辆车？

她想质问戈亮在搞什么鬼，但她不愿意当着她妈的面跟他争吵，便说："那我们去停车场看看吧。"

戈亮很随和地说："好的。"

她带着戈亮来到楼下，往停车场走，走到没人的地方，才数落地问："怎么你跑过来也不跟我说一声？"

"说了还有惊喜？"

她心说惊你个头哦！我问你要惊喜了吗？你连我是不是还爱你都不知道，你就开着辆新车跑了过来，就不怕我不让你进门，赶你回去？

但她瞥了一眼兴致勃勃地走在她身边的戈亮，根本说不出赶他走的话来。

她闷闷地问："你还没放假就跑了？"

"嗯。"

"还兴这样？"

"扣钱呗，我不要公司的钱，公司还有什么资格不放我走？"

"你刚进公司就翘班，这样好吗？"

"不是翘班，是请了假的。"

"那你干吗不等到放假，要提前跑掉呢？"

"如果等到放假，各个部门都放假了，还上哪儿去扯证？"

她站住脚步："扯什么证？"

戈亮用了个很黄的说法："扯 XX 的证。"

她恶心至极，义正词严地说："别瞎说八道了，我已经对你说过了，不扯证了，你怎么像没听见似的？"

"你还当真啊？"

"当然当真，难道我会在这种事情上跟你开玩笑？"

"那你当初答应扯证呢？那就不是当真？"

"当初是当初。"

"那你凭什么突然就变了？"

"我凭什么？"她又好气又好笑，"不凭什么，就凭你领证只是为了提车。"

戈亮委屈地说："提车还不是为了你吗？真是狗咬吕洞宾，不识好人心！"

"你不是说你爸妈不让你提车的吗？"

"他们是怕我一个人跑去提了车，结果你又不喜欢我选的样式和颜色，所以想等我们结了婚，再两个人一起去提。"

她突然感到鼻子发酸，喉头发紧，使劲吸了几口气，才让自己喉头放开，竭力平静地说："那他们怎么又让你一个人去提了？"

"我把我们上次的对话都对他们讲了，他们说肯定是你误会了，以为我扯证就是为了自己开车，他们都怪我没把话和你说清楚，要我向你解释一下。"

她老实承认："我的确是那么想来着，那你干吗不对我说清楚呢？"

"什么说清楚？"

"就是买车的事。"

"那不都是明摆着的事吗？房子没办法等你看了再买，但车可以啊。"

她越听越觉得自己人品很差，总是以小人之心度君子之腹。

两人来到停车场，转了半天，也没看到她爸。

她推测说："可能我爸在这里转半天也找不到车位，就开到外面找收费停车场去了，等我给他打个电话问问。"

她给老爸打电话，只听老爸很兴奋地说："哇，到底是奥迪！开起来太过瘾了！特别是爬坡的时候，一超一个，一超一个！"

"你现在在哪里呀？"

她爸显然是意识到了什么，小心地说："我在——这个——我在找停车场呢。"

"那你怎么还爬上坡？"

"哦，我那是说——我说的是刚才来的路上。"

"来的路上也不用爬上坡吧？"

"那个——"

"你到底是想去哪里停车啊？"

"不就是罗汉街那边吗？"

"到罗汉街那边哪里需要爬上坡呢？你以为我没去过？"

她爸不好意思地说："我可能走错路了。"

她听见另一个声音说："老凌，当心！"然后是吱吱的踩刹车声。

她吓坏了，大声嘱咐说："好了，你别打电话了，好好开车！"

"我知道！"

戈亮问："爸怎么了？"

她听得直起鸡皮疙瘩，纠正说："我爸（！）在找地方停车。"

戈亮死不悔改地说："叫爸（！）小心点。"

"我知道。"

她的心都提到嗓子眼了，这个老爸！怎么能开人家的车出去兜风呢？貌似车上还带了个什么人，这要是出了事，赔车赔人不得赔一辈子？

39

凌云心急如焚，又不敢再打电话，怕老爸分了心更容易出事，只好干忍着。

她自顾自地往小区入口那边走，好像去那里就能离老爸飙车的地点近一点，就能看个究竟似的。

戈亮跟在后面问："我们去哪里呀？"

"去街边吧。"

"去街边干吗？"

"等我爸。"

"干吗等他呀？我们回家吃饭吧，我早就饿了。"

"我觉得他不是在停车，而是在兜风，我怕他开车出事。"

戈亮听见"兜风"二字，也开始紧张了："兜风？在哪儿兜风啊？"

"我怎么知道？"

"但是你去街边等也没什么用啊！"

她想了想，也觉得没用："那倒也是，唉，算了，我们回去吧，你也饿了。"

两人掉头往家走，她边走边问："你的车上保险了吧？"

"应该上了。"

"上的什么险？"

"我也不太清楚，是我爸妈办的。"

"至少要上交强险吧？"

"是吗？"

“不是吗？交强险就是强制要上的保险嘛。”

“哦，那可能上了。”

“那万一我爸开车出了事，保险公司应该会理赔的吧？”

戈亮更紧张了：“怎么，你爸开车不行啊？”

“也不是什么不行，只是他平时也没怎么开车。”

“为什么？你家不是有车吗？”

“是有车，但是抢个车位不容易，所以很少开。”

“那你们家的车买来就是为了占位的？”

“可不是吗？”

她勉强笑了两声，但没得到回应。戈亮已经没心情笑了，只是紧张地说：“那我打个电话给我爸妈，问问他们到底理赔不理赔。”

她不想把戈爸戈妈也牵扯进来，急忙阻止：“算了算了，你现在打电话也没什么用。赔也好，不赔也好，都是早就定了的，问不问都一样，也不可能改变什么。”

“但是问一下放心些嘛。”

“包赔你问了才放心，如果不包赔呢？问了不是更着急？”

“但是如果不包赔怎么办？”

她咬紧牙关地说：“你放心，如果你的保险不包赔，我会赔你的，绝对不会让你吃亏。”

“你拿什么赔我？”

“我家不是有辆车吗？”

“我听你爸妈说了，你家的车才十几万。”

她烦了：“我说拿我家的车抵你的车了吗？我说了赔，就是一分一毫都不会少你的！”

戈亮见她发火，有点发怵：“现在又没确定保险不包赔，你发什么火啊？”

她也觉得自己的火发得太早了，太没道理，连忙宽慰地说：“其实我爸开车挺小心的，应该不会有什么事。”

“开车小心就不会有事？刚好相反！有时就是太小心才会出事。”

她也杠上了：“小心怎么还会出事呢？”

“怎么不会呢？该走不走，该闯不闯，犹犹豫豫，进进退退，等到决定闯过去的时候，别人的车已经过来了，结果正好撞上！”

“那怎么能叫小心呢？”

“不叫小心叫什么？”

“那叫判断失误！”

“但那还不是小心引起的吗？”

“那就不叫小心了！”

他们正吵着，有个邻居迎面走过来，嘴里在跟她打招呼，眼睛却一直盯着戈亮看。她只好停止争辩，怕邻居看见他们在吵架，传出去不好听，丢了爸妈的脸。

但戈亮浑然不觉，依旧大声说：“你爸说把车开到停车场就回来，怎么开到街上去了？”

她没吭声。

戈亮又说：“说起来还是个老师，怎么说话不算话呢？”

她一直忍到邻居走远了，才气冲冲地说：“你没长眼睛啊？停车场有地方停车吗？他不开到外面收费停车场去停，还能在哪儿停？”

“那他走之前怎么不说清楚呢？”

“什么说清楚？”

“那他就说要到外面停啊。”

“他走之前怎么会知道停车场没空位呢？”

“他在这儿住了这么久，还不应该事先就估计到？”

“估计到了又怎么样？”

“那我就不会让他动我的车！”

她冷笑一声：“哼，说好的我的车呢？”

“我只说了给你开。”

“就是说车主没我，只有你自己？”

“也不是我自己。”

“那车主是谁？”

“是我爸妈。”

她更烦了：“你都没问我一下，就自作主张把你爸妈的车开过来给我开，我这边连停车的地方都没有，你让我买个神龛把车供起来？”

“我哪知道你们这里这么差，连个车位都没有？”

“你怎么会不知道呢？你不是一直都说我们C市是农村吗？”

“我就是想到你们这里是农村，才把车拿来给你开的！”

“这算什么逻辑？你有病啊？”

“你才有病呢！我的逻辑清楚得很，谁不知道农村到处都是空地，有大把的停车位？”

她没话反驳了，只是坚持说：“反正我没让你把车开过来，是你自己要开过来的。”

戈亮很委屈：“你这人怎么这样？我好心好意把车开过来给你开，你还这么不领情！”

“不是我不领情，实在是天大的麻烦。你看，这不就闹得这么麻烦吗？”

“我又没说什么。”

“那是因为你还不知道我爸到底出事了没有。”

“你怎么咒你爸出事呢？”

“我这是在咒吗？”

两人气鼓鼓地回到家，凌妈上来询问：“没接到你爸？”

"他不在停车场，应该是去街上找地方停车去了。"

貌似凌妈还挺相信丈夫的车技，一点儿没有担心会出事："那我们不等他了，先吃饭吧，小亮肯定饿坏了。刚才我叫他先吃点垫底，他又不肯，说要等你回来一起吃。"

她真不知道是该感动还是该继续生气了，生硬地说："吃吧，吃吧，我们先吃吧。"

三个人在饭桌边坐下来吃饭，戈亮果真是饿了，吃得很香甜。凌妈妈看到自己做的菜这么受欢迎，也很高兴，边吃边跟戈亮拉家常，气氛很是融洽。

只有凌云，完全没心思吃饭，一直在心里盘算要是老爸开车出了事，该怎么办。

不知道戈爸戈妈给车买的什么保险，对车主以外的人开车时出的车祸赔不赔。如果包赔，那就还不算太可怕，虽然以后会涨保险，但应该不是天文数字，她到时候认罚就行了，负责支付涨上来的那部分保险费。

但如果保险公司不包赔，或者赔付的款项不够支付车祸损失，比如对方开的是玛莎拉蒂或者兰博基尼之类的豪车，那保险不够赔的部分就该自己赔。一辆奥迪，再加一辆玛莎拉蒂或者兰博基尼，得要几百万吧？够她赔一辈子了！

听说最可怕的，还不是赔车，而是赔人。如果老爸把对方的人撞伤了，撞成了终生残疾之类，那就是个无底洞了。

现在她很理解《山楂树之恋》里静秋想要卖身救母的心情了，没有别的办法，只有把自己卖掉。

问题是卖给谁呢？卖给戈亮也没用啊，顶多只能赔那辆奥迪，但赔不了被撞方的损失。只能把自己卖给玛莎拉蒂或者兰博基尼的车主才行，但人家开得起玛莎拉蒂、兰博基尼，会要她以身抵债？她又不是倾城倾国的女神，就一扔进人堆找不见的平凡小女子，卖过去做用人还得看人家要不要呢。

她真是烦死她这个老爸了！死要面子，爱慕虚荣，不开人家的奥迪你会死啊？

说到底，这事应该由老爸来负责，一人做事一人当。

但如果她老爸也撞伤了呢？还负个鬼的责啊？

想到老爸撞伤，她还是很心疼的，但还没疼到无须问责的地步，谁叫你擅自开车出去兜风的？撞伤也是你自找的！

就怕老爸撞成个终生残疾，那就该老妈受苦了，又要上班，又要侍候瘫痪在床的丈夫，太可怜了。搞不好老妈劳累过度，在老爸之前就撒手而去，那就该由她来照顾瘫痪在床的老爸。

想到那种情景，她马上就想到蔚爷爷身上去了。搞不好蔚爷爷就是车祸致残的，不好意思说是自己开车兜风惹出来的祸，就说是生病导致的，但生什么病会把腿给生断了呢？完全不靠谱嘛！

蔚然真是太不简单了，一点也没有怪罪老爸，而是放弃了国外的舒适生活，远离了自己的妻儿，回到C市来照顾自己的老爸，又要创业，又要伺候老人，忙得团团转。看蔚爷爷的样子，除了腿脚不方便以外，身体貌似还不错，那就不是一天两天的事，可能要照顾几十年。

她眼前突然浮现出这样一幅画面：几十年后的某一天，她和蔚然各自推着自己的瘫痪老爸去外面兜风，在某个街角相遇了。那时，她和蔚然都老了，头发花白，皱纹爬上了额头。而轮椅里坐着的两个老人，当然更老了，都老年痴呆了，脑袋歪歪的，口水滴滴的，但都还坚持活着，活得比谁都更顽固。

她和蔚然认出了对方，站住说话："你还好吗？"

"还好，你呢？"

"我也还好。"

“离婚了吗？”

“早离了。你呢？”

“结都没结呢。”

“怎么不结呢？”

“拖着这么一个老爸，跟谁结啊？”

“跟我结啊！我不嫌弃你，你不嫌弃我。”

她想到这里，兀自笑了起来，忍都忍不住。

她妈和戈亮都发现了，好奇地问：“你笑什么呢？”

她掩盖地说：“没什么，想起一个笑话。”

40

吃过饭，戈亮就坐在客厅沙发上看电视。

凌云平时基本上也是这么个程序，吃过饭，看会儿电视，再去干别的。

她家的规律一向是妈做饭，爸收碗，她只负责读书学习。现在虽然不用那么争分夺秒地读书学习，但这个规律已经根深蒂固，再加上她回到C市还不久，还在享受客人的待遇，所以仍然是妈做饭，爸收碗。

但今天她见戈亮吃完饭，碗一推，筷子往桌上一丢，就悠闲自在地坐在那里看电视，却让她觉得特别刺眼。

这不成了饭来张口，吃完丢手了吗？就算做个样子，走个过场，你也应该说一句“凌阿姨，我来帮你收碗”之类的客气话吧？凌阿姨肯定不会让客人收碗的，她会叫你去看电视，那时你再去看电视，不就两全其美皆大欢喜了吗？

想当初，我去你家的时候，每次吃完饭都积极请求收碗，是你家请着女佣，你妈不让我收，我才没收的。你怎么这么没眼力见呢？是不是把我妈当用人呢？

她闷声不响地站起身，乒零乓啷地收拾碗筷，仿佛在说：姓戈的，看这里，学着点！

但戈亮并没注意到她的光辉榜样，继续看着电视。

她妈拦住她："放下，放下，让我来吧，你陪小亮说说话。"

"说什么话？人家在看电视呢！"

"那你就陪他去看电视。"凌妈强行把女儿手里的碗筷夺走了，朝戈亮的方向努努嘴，小声说，"去吧，去吧。"

她妈拿着几个脏碗到厨房去了，她却仍不愿意放弃努力，又从桌上端起两碗菜，特意从戈亮面前走过，拿起来放到冰箱里去。她以为挡住了戈亮看电视的视线，他一定会注意到她，会站起来说声"我也来帮忙"。

但戈亮就是不明白，见她挡住了自己的视线，就把头歪到一边去看电视。

而她妈已经从厨房来到客厅了，看见她在往冰箱里放菜，便制止说："先别放冰箱里，找个东西盖上就行了，等你爸回来吃了以后再放冰箱。"

她这才意识到老爸还没吃饭，有点尴尬地说："这都一个多小时了，他还没回来，真不知道在干什么！"

戈亮说："何止一个多小时！"

"是吗？我爸他什么时候出去的？"

"四点多吧。"

"什么？已经出去那么久了？我还以为就我回来之前一会儿出去的呢！"

“才不是呢！我刚来他就出去了！”

凌妈也意识到老伴出去很久了，急忙对女儿说：“给你爸打个电话，看他去哪儿了。”

“打过了，他在飙车！我现在不敢打了，免得他光顾着接电话，把车开翻了。”

“别说这些不吉利的话！你爸怎么会——”

“他不会吗？刚才我打电话给他的时候，就听见车上有人在叫‘老凌，小心！’，我还听到他踩刹车的声音。”

凌妈的警惕性上来了：“车上还有别人？”

“是啊。”

“谁啊？”

她知道她妈在关心什么，但她故意不说破：“我怎么知道？”

“你至少知道是男是女吧？”

“就说了那么一句，我哪儿听得出来是男是女？”

她妈果然不高兴了：“他去停个车，怎么还带个人呢？”

母女俩都气呼呼的，如果凌爸此刻进门，肯定要被大刑伺候。

戈亮从沙发上站起身，说：“我还是给我爸妈打个电话吧，问问他们上的什么保险，如果你爸开车出了事，到底包不包赔。”

凌妈吃惊地问：“这个你都不知道的吗？”

“车是我爸妈买的，保险也是他们上的。”

凌妈有点不安了：“那你拿来给小云开，他们知道不知道？”

“呃——我对他们提过的。”

“你提过，他们同意了没有呢？”

戈亮不答话了，拿着手机往门边走去。

凌妈紧张地问：“你——要到哪里去啊？”

“我去外面打个电话。”

“打电话干吗跑外面去？就在家里打呗。”

戈亮看着她们母女俩，一副怕人偷听的警惕模样。

她讥讽地说：“你们那儿的话又没人听得懂，干吗还躲到外面去打？”

戈亮大概想起了自己的方言优势，重新坐回到沙发，开始给他爸妈打电话。

她不知道他们在说什么，但从戈亮脸上的表情来看，肯定不是什么好消息。

打完电话，戈亮一声不吭地把手机放回口袋，也不汇报一下电话内容，便木然地坐在那里看电视。

她忍不住问：“他们怎么说？”

“没怎么说。”

“那到底是包赔还是不包赔呢？”

“看情况吧。”

“什么叫看情况？”

“就是看是谁的责任，要赔多少。”

凌妈急了：“那如果不是我们的责任，是不是就不包赔了？”

“应该是吧。”

“如果是对方的责任呢？”

戈亮脸上是不屑一答的表情。

她插嘴说：“是对方的责任当然该对方赔了。”

她妈稍稍放了点心：“按说我们老凌开车还是很仔细的，从来没有出过事故。”

戈亮讥诮地说：“那是因为你们家的车总是停在那里占位，根本不开的。”

凌妈脸上有点挂不住了：“谁说我们家的车根本不开？前段时间小

云从A市回来的时候，我们还开到火车站去接她了。”

“也就开过那一回。”

“当然不止啊！还有一回——”

她打断老妈，再次向戈亮保证说：“你放心，如果我爸开你的车出了事，我全权包赔！”

凌妈生怕自己的女儿一言既出会驷马难追：“你开这么大口干吗？我听说奥迪要好几十万的，你赔得起吗？”

她嘿嘿一笑：“你还只是想到了个奥迪，你还没想到如果对方开的是玛莎拉蒂、兰博基尼呢。”

“那车更贵？”

“最少比奥迪贵十倍！”

她妈吓呆了：“那你还说你包赔？”

“我不包赔你包赔？”

“我上哪儿找钱赔呀？”

“就是啊。”

“那你也没地方找那么多钱来赔啊！”

“那怎么办？谁叫老爸开人家车出去的呢？”

凌妈越想越生气：“赔不出来让你爸去坐牢抵债！”

“就怕人家不依。”

“但是——这个——保险公司一点儿都不包吗？小亮，保险公司总要包一些吧？”

戈亮有点不耐烦地说：“包也包不了多少。”

“到底包多少呢？”

“我怎么知道？”

“你的车，你怎么会不知道呢？”

“我已经说了，不是我的车，是我爸妈的车！”

“你爸妈的车，你怎么就开过来给小云呢？”

戈亮冷笑一声：“哈，这都成我的错了？我开过来是给小云开的，又不是给你老公开的，我哪里知道你老公会这么为老不尊，一点儿教养都没有呢？”

凌妈不高兴了：“我们老凌也是一片好心，帮你去停车。”

“他是去停车吗？”

“当然是去停车啊！他问你拿钥匙的时候，不是对你说了‘这楼下不能停车，我帮你拿到停车场去停’吗？”

“那就说明他当时在撒谎！我恨就恨他这一点！如果他当时直截了当地说要开我的车去兜风，我根本就不会把钥匙给他，那就啥事都没有了！”

“他哪有开你的车去兜风？”

“没兜风吗？那怎么会到现在还没回来？”

“那不是因为他在到处找地方停车吗？”凌妈气急败坏地命令说，“小云，你把我们自己的车开着，出去找你爸，叫他别停什么车了，开回来还给人家。咱们自己又不是没车，稀罕谁的车啊？”

她没动。

她妈又说：“去啊，去啊，还站在这里干啥？”

“我到哪里去找我爸？”

“还不就那几个收费停车场吗？你一个一个找过去，还愁找不到他？”

“我爸会在停车场？”

“他不在停车场还能在哪里？”

“他要是停了车，还不赶快打的回来，难道还待在停车场等饭吃？”

凌妈终于领会过来，愣在那里没话说了。

戈亮倒是动了心：“我们开车出去找你爸吧。”

“上哪儿去找？”

“他电话里不是说在爬坡吗？我们就到有坡的地方去找。”

“有坡的地方多了去了。”

“那你说怎么办？就这么干等着？”

“不干等着还能怎么着？”

“你给你爸打个电话吧，问问他到底在哪里。”

“我现在给他打电话，不怕分了他的心？”

戈亮发狠了：“你把他的手机号码给我，你不打我来打。”

她想了想，把老爸的手机号码给了他。

他拨了号，听了好一阵，然后沮丧地放下手机，汇报说：“没人接，让我留言。”

凌妈慌了神：“怎么回事，怎么回事？他怎么会不接电话呢？”

戈亮烦躁地说：“肯定是撞车了！”

“撞车了就不接电话了？”

“撞都撞死了，还接个屁的电话！”

“你怎么能说这么不吉利的话呢？”

“那你说他为什么不接电话？”

“他在开车呗。”

“开车就不接电话？”

凌妈都快哭了：“小云，你快给他打电话呀！看看你爸是不是出车祸了！”

“我给谁打电话？”

“你不是说他车上还有别人吗？”

“我又不知道是谁，怎么知道人家的电话号码？”

“那你——”

她镇定地说：“你别慌，等我给交警队打电话，看看他们有没有接到事故报告。”

“快打！快打！哎呀，真是急死人了！”

41

交警队的电话可不是那么好打的，凌云打了刻把钟才打通，刚问了一句：“请问今天C市发生交通事故了吗？”

人家就不客气地回答说：“C市哪天不发生交通事故？”

她也觉得自己的问题问得很白痴，赶紧报上老爸的姓名，说这是我爸，想请您帮忙查查有没有哪个事故牵涉这个人。

人家又不客气地说：“现在都忙着救人灭火呢，哪有时间查户口？”

她把担心的原因说了一通，恳求对方能帮忙查查。

对方说：“如果你爸出了事，我们调查清楚之后自然会通知你们的。我们有我们的工作程序，如果家属都像你这样找上门来打听情况，那我们还怎么正常工作？”

她感觉再问下去就要犯“妨碍公务罪”了，只好放下了电话。

到了这份上，她反而平静下来了。用《山楂树之恋》里静秋的绝招，做最坏的思想准备，就当老爸出了车祸，不光撞坏了戈亮的奥迪，还撞坏了一辆玛莎拉蒂，而玛莎拉蒂又撞上了一辆兰博基尼，兰博基尼又撞上了一辆法拉利，老爸被撞成了终生残疾，其他车主撞成了残疾终生，保险公司一点也不赔。

最坏也只能坏到这个地步了吧？

她可以把家里的车卖掉，房子卖掉，钱都用来赔偿。还不够她就慢慢挣钱慢慢赔，如果人家不让她慢慢赔，要一次赔清，那她也没办法。

要钱没有，要命有一条，坐牢也好，偿命也好，也就那么回事。反正她这一生也没什么精彩之处，喜欢的人早已经有了老婆，以后顶多跟戈亮这头驴结婚，那日子没有一点吸引力，比坐牢好不到哪儿去。

俗话说，出来混，总是要还的。今天这件事，可能就是对她“骑驴找马”的惩罚。一个一心想得到真爱的人，怎么可以用这么功利主义的方式来对待自己的婚恋呢？你骑着驴，眼睛还在四处滴溜溜地转，希望能找到一匹马。一旦找到了马，就把屁股下坐的驴一脚踢开，这不仅耽误了驴的青春，也耽误了你自己的青春啊！

记得艾米的《山楂树之恋 II》里就有这样的字句：你闭着眼睛，又拖着错误，真爱来临时，你要怎么才能留得住？

她现在不也是闭着眼睛，还拖着错误吗？

她的错误，就是“骑驴找马”，而所谓驴，就是那个她并不爱但又抓住不放留作备胎的戈亮。即便有个真爱她的人与她相遇，人家也会绕道而行，因为她骑着一头驴呢！

哼，凌云啊凌云，你以为你很聪明，为自己找好了退路。但其实你很愚蠢，因为你大张旗鼓地骑在驴上，会让真正的马产生误会，以为你已经有主，那就把他给吓跑了！

她突然想到，蔚然会不会是因为知道她和戈亮的事，才故意回避她的？

她一到公司，就被白云怂恿着，把戈亮的驴照摆在案头，那不等于向世人宣布“谁都别靠近我，我是有主的人”？

裴总他们都看见过那照片，还问过她那是不是她男友，她都直言不讳地承认那是她男友。蔚然跟裴总是好朋友，又有生意上的来往，肯定很快就知道她有男朋友了。他是那么温良恭俭让的人，自然不会夺人之好，就算对她有感情也会埋在心底。

但他对她肯定是有好感的，不然不会暗地里帮她，还让她去他家，自己也上她家来拜望她父母。

也许今天他原本是去了她家的，打算给她爸妈送鸭翅来。但他到这里的时候，正好看见戈亮来了，于是他知趣地闪开了，还打电话告诉他爸，别再接待她了。

肯定是这样的！

不然没法解释他态度上的忽冷忽热、明冷暗热啊！

她唯一解释不了的，就是他在认识她之前就在办公桌上摆着小家庭的合照。

但只要把脸皮稍微放厚点，那个也是可以解释的：他的确有过小家庭，但回国后就解体了。白云看到照片的时候，他的小家庭还在，但白云有可能是在很久以前看到他的全家福的。或者他虽然离了婚，但还没遇到合适的人，所以仍然把全家福摆在桌上，直到遇见她。

那么，问题又来了。

他用微信发给她全家福，还请她为他女儿点赞，又作何解释呢？

别慌，这仍然是可以解释的，答案就是戈亮！

她想了一大通，最后得出了一个结论：我之所以找不到真爱，是因为我不配；我之所以不配得到真爱，是因为我人品不好；而这个人品不好，主要表现在“骑驴找马”上；而我“骑驴找马”的原因，一是听了老妈的撺掇，二是我害怕一辈子都找不到对象结不了婚。

其实真正应该怕的，不是一辈子结不了婚，而是一辈子陷在一桩不幸的婚姻里拔不出脚来。哪怕婚姻不算不幸，只是平庸，像爸妈这样，也是一种不幸。那样还不如一个人过，至少还有希望和憧憬。

她打定了主意，就对戈亮说：“你到我房间来一下，我有话对你说。”

她妈和戈亮都惊愕地看着她。

她对老妈说：“你要不放心，我就在这里说也行。”

戈亮说：“还是上你房间去吧。”

“好的。”

两人来到她的房间，她让戈亮坐在写字桌前的椅子上，她自己坐在床上，平静地说：“今天这件事，我先向你道歉。我爸虚荣心太强，看到好车就走不动路了，如果有邻居熟人在边上，那他就更是忍不住要炫耀一下。”

戈亮没吱声。

她又说：“你也看见了，我家就是这么个状况，爹妈就是这么个人品，我自己也就这么个人品。今天如果我爸没出事，你明天就把车开回去；如果我爸出事了，我会履行我的诺言，赔你的车，赔对方的车和一切损失。”

“如果对方真的开的是玛莎拉蒂，你拿什么赔？”

“这个就不用你操心了，我卖身也好，卖命也好，总之都是我的事。”

“你怎么能这么说呢？”

“我不这么说还能怎么说？”

“我可没叫你去卖身。”

“我没说是你叫我卖身的，我也不一定非得卖身不可。我的意思是，你不用为车的事担心，我会承担一切责任的，也会向你父母说清楚的。”

“那我们的事呢？”

“我正要跟你说这事呢。坦率地说，我当初找你，动机就不纯，因为我并不爱你，但又觉得自己年纪不小了，家里催得紧，又怕今后找不到更好的了，就对你采取了骑驴找马的做法。意思就是先跟你处着再说，如果我找到更好的了，我就不要你了，如果找不到，那就还是你。我这人很卑鄙，是吧？”

戈亮咕噜说：“现在谁不是这样啊？”

“那你也是？”

戈亮撇撇嘴，没有回答。

她又追问一句：“你对我也是骑驴找马？”

“都一样。我那时候刚失恋，班上也没什么别的女生了。”

“那你这一两年当中，还找过马吗？”

“你找过吗？”

她想了想，坦率承认说：“没刻意找过，也就是说，没相过亲，没约过炮，但心里那扇门也没为你关上过。”

“找到马没有呢？”

“找是找到了，但那马早已有主了。”

“你不想当小三？”

“不是我不想当小三，而是人家根本不要小三。”

“不可能！哪有男人不想要小三的？可能人家只是不想要你。”

“也可能吧。你呢？”

戈亮想了想，坦白说：“我也找马。”

她心里还是痛了一下：“是吗？找到了吗？”

“没找到比你强的。”

“那就是说，没找到马，只是找到了一些跛脚驴。因为我是驴嘛，她们连我都不如，那就只能是跛脚驴了。”

戈亮有点伤感地说：“也不是说她们各方面都不如你，有几个颜值肯定比你高，还有的家庭背景比你强，但她们都是别人介绍的，感觉很陌生，在一起有种怪怪的感觉。不像咱俩，同学四年，知根知底。”

几句话，说得她也伤感起来：“其实我们在很多方面还是很般配的。”

戈亮恳求说：“那我们明天就去领证吧！我戒指都买好了。”说着就从旅行箱里找出一个精致的天鹅绒盒子，递到她的手里。

她打开一看，是一枚钻戒，她不懂钻，但也能猜出价值不菲，真心有点舍不得还回去。

但她咬咬牙，把戒指还给了戈亮：“经过了这一切，你还觉得我们有必要去领证吗？”

“为什么不？”

“我都已经告诉你了，我对你是‘骑驴找马’！”

“我不是也告诉你，我也一样吗？”

“是啊，既然大家都是在骑驴找马，干吗还要去领证呢？”

“不是还没找到马吗？”

“谁能担保以后不会找到？”

戈亮无语了。

两人沉默了好一阵，戈亮说：“那这样吧，现在我们都去找马，如果三年以后，你我都还没找到马，我们就去领证，行不行？”

她哭笑不得：“你觉得那样有意思吗？”

“人生也不能总讲有意思，到了一定的年龄，总是要结婚要成家的，尤其是你们女生，难道你还能一辈子做剩女？”

“我也不知道，但我知道我不会跟你结婚。”

“为什么？”

“因为我不爱你。”

“你怎么知道你不爱我？”

“因为我有对比。”

“什么对比？”

“我不是对你说了吗，我遇到了我的马，我跟他在一起的时候，感觉是不一样的，无论做什么，我都觉得很开心。”

“跟我就不开心？”

“也不是完全不开心，但不是那种开心。”

又沉默了好久，戈亮问：“这是什么时候的事？”

“也没多久，是回到C市之后。”

“你怎么不早点告诉我呢？”

“早告诉你能怎么样？”

“早告诉我，我根本就不用跑这一趟，也就不会有这些麻烦。”

她无力反驳，只是懒懒地说：“反正这事从一开始就是我错了，我承担全部责任，你想怎么惩罚我就怎么惩罚我吧。”

42

快十点的时候，凌爸终于回来了，兴冲冲的，完全不知道那三个人差点都急出病来，更不知道那三个人都准备了大刑要伺候他，还以为自己立了多大的功，准备领取大红花呢。

凌云见老爸安然无恙且兴致高昂，知道没出车祸，一颗心终于放回了肚子里。

凌妈见到丈夫就开始拷问：“你今天带谁去兜风了？”

凌爸满脸的无辜：“我没带谁去兜风啊。”

“你还敢狡辩？小云都听见了！”

“小云听见什么了？”

“她听见你车上带着一个人！”

“哦，你说他呀？那不就是二楼的老李吗？”

“你带着老李干吗？”

“我去停车的时候碰见他，他听我说要去罗汉街那边停车，就说他正好要去那里拿车，问我能不能让他搭个顺风车。”

“那你就让他搭了？”

“难道还好意思不让人家搭？我们以前去拿车，也不是没搭过人家的顺风车。”

她见她爸避重就轻，压根不提飙车的事，气就上来了，质问道:“你停车就停车，怎么又跑去飙车呢？”

“我哪里有飙车啊？”

“你没有吗？我明明听你在电话里说爬坡的时候一超一个，一超一个。”

说到超车，凌爸的劲就上来了:“你还别说，真是这样的，在平路上吧，还看不出区别来，反正你也不能超速，对不？但到了上坡的时候，咱们这车的优势就显露出来了，那些国产车啊日产车啊什么的，都拼不过咱家这车！”

她更生气了:“你别一口一个咱家咱家的了！这车是谁的，你搞清楚了没有？”

“我当然搞清楚了，是你没搞清楚吧？也难怪，小亮来的时候，你不在家。”

“我不在家也比你更清楚，这是戈亮爸妈的车，他也只是拿过来开开而已，他根本就不是车主。你自己扳着指头算算，看这是不是‘咱家’的车。”

“小亮已经说了，这车是送给你的。”

“但我说我收下了吗？”

“你不是不在家吗？”

“那你是代替我收下了？”

“我——这个——”

她伸出手:“把车钥匙给我。”

老爸恋恋不舍地拿出车钥匙:“你们现在还要开车出去兜风啊？你们不熟悉这里的路，等我吃完饭了带你们出去！”

“谁要兜风啊？是叫你把钥匙拿出来还给戈亮！”

老爸不解地拿出车钥匙和一张停车牌:“我找了好几个地方，才找到这个车位，不靠墙，也不靠边，绝对安全，没人擦剐。”

她一把抓过钥匙和停车牌，看了看，交给戈亮：“是罗汉街那家，离这儿不远，我明天带你去拿车。”

凌妈狐疑地问：“明天拿车干吗？”

“他明天开车回去。”

“干吗开车回去啊？”

“他家有事，叫他尽快赶回去。”

凌爸说：“他刚开了这么久的车，也不休息几天，就又往回开？”

“那有什么办法，他家有事。”

凌爸自告奋勇地说：“小亮，马上就是国庆节长假了，要不你干脆等两天，我放假了就送你回去。”

她不等戈亮答话，就插嘴说：“你怎么送他回去？开他的车送？难道送到了再把人家的车开回来？”

“他不是家里有事吗？回去处理完了再回来呗。”

“你别异想天开了，他回去了就不会再回来了。”

“为什么？”

戈亮求助地看着她，她毫不动摇地说：“我们已经吹了。”

两个老人都叫了起来：“为什么？”

她耸耸肩，没答话。

那两个老的已经开始内讧了。

凌妈责怪老伴说：“还不都是因为你！”

“我怎么了？”

“你把小亮的车开出去兜风，搞这么半天不回来，到底是跑到哪儿去了？”

“去机场了。”

“你去机场干吗？”

"接老李的女儿。"

"他的女儿要你去接？你是为了多开会儿新车吧？"

"我又不是没开过新车，至于吗？是老李的车停太久，打不着火了，他急得要死，说女儿就快到了，车却打不起火来，怎么办怎么办。都到这份上了，我能袖手旁观吗？当然就说我送你去机场啰。"

"他车坏了，不会叫个的吗？"

"叫的跑去机场，那得多少钱啊？"

"人家要你帮着省钱？"

她见她妈越扯越远，便插嘴说："你至少可以打个电话，告诉我们一声，也免得我们着急啊。"

凌妈也帮腔说："是啊，我们几个都快急死了！"

凌爸不以为然地说："那是你们爱着急，我又不是女司机，开个车你们急什么？"

"怕你出事啊！"

"我怎么会出事呢？"

"你电话也不接——"

"我手机掉到车座下面去了。"凌爸发现绕远了，赶快绕回来，"你们吹台是因为我？"

凌妈抢着说："不是因为你还是因为谁？当时我们几个都很着急，小亮说话就比较直，对你不是那么尊重，小云听了就不高兴了，所以就跟他吹了。"

凌爸狐疑地问："他说我什么了？"

"也没说别的，就是说你没教养什么的，小云就生气了。"

戈亮急忙辩白："我好像没说凌伯伯没教养吧？凌伯伯是我长辈，我怎么会这么说呢？"

凌妈坚持说："你就是这么说的，但是我知道你也不是有意的，只是因为着急，口不择言。”

她打断了那两个人，一锤定音：“好了好了，都别扯了，我证明，戈亮的确是说了我爸没有教养，而我爸在这件事上的确是做得不好，挨几句骂也是活该。但我跟戈亮吹并不是因为这个，而是因为我们彼此不相爱，我找他是骑驴找马，他找我也是骑驴找马。”

戈亮申明说：“我可没说我找你是骑驴找马。”

“好吧，那就只有我一个人是骑驴找马，但这就够了。我想明白了，知道自己这样是不对的，耽误了自己的事，也耽误了戈亮的事。我知错就改，从现在起，正式宣布吹台。”

“那我们说过的三年之后。”

“是你说的，我可没答应。”

凌妈急忙问：“三年之后怎么啦？”

戈亮求助地对凌妈说：“我说三年之后如果两个人都还没有找到马，就去领证。”

凌妈很同意：“好啊，好啊！小云你怎么不答应呢？”

她苦笑一下：“妈，骑驴找马也是你给我的建议，现在你又建议我同意这个三年之约，你是不是就怕我嫁不出去？”

凌妈咕噜说：“这是他提出来的，又不是我提的。”

“我知道是他提的，但我不希望这样！我决心从今天起，严肃对待我的爱情和婚姻，爱就是爱，不爱就是不爱，有爱就结婚，没爱就不结婚，你们不要催我逼我，催我逼我只会弄出不幸福的婚姻来！”

凌爸吃了戈亮一记“没教养”的重锤，已经怀恨在心，极力支持女儿吹台：“就是就是，嫁给这么一个没礼貌没教养的人，还不如不结婚，一个人过一辈子。”

凌妈呵斥说：“你又在瞎说些什么呀？到时候老胡外孙都抱上了，你连个女婿都没有，我看你在人家面前怎么抬得起头！”

凌爸想到那个情景，立即泄了气，但那口“没教养”的气还是咽不下去：“我就不信我女儿离了这个姓戈的就嫁不出去！”

她不理爸妈两个，只是小声对戈亮说：“瞧瞧，如果我们俩结婚，保不住就是这个样，说不定连这个都不如。”

戈亮苍凉地叹了口气：“唉，我在我爸妈面前，总是为你说话，但你在你爸妈面前，全都是说我坏话。”

“正好多一个不应该跟我结婚的理由。”她好奇地问，“你在你爸妈面前为我说什么了？”

“你以为我爸妈就十分满意你？他们还不是有很多不满意的地方。”

“是吗？不满意我什么？”

“算了，现在说这些也没什么意思了。”

她想想也是：“那正好，双方的父母都不满意，又多了一个分手的理由。”

“但我不想明天就开车回去，一个是刚开了这么久的车，人都快累死了。再一个，这个长假，好多亲戚要上我家来玩，我爸妈都不愿意我跑到你这里来，是我自己偏要跑到你这里来的。现在他们已经对那些亲戚说了，我国庆节要上女朋友家，如果明天我开车回去——”

她很理解：“那是那是，那你就在这里玩几天，我带你到C市和周边的景点转转，等假期最后两天你再开车回去。”

“我们就没有一点转机了吗？”

“什么转机？”

“现在你爸平安回家，车也没事，我们干吗还要闹到分手的地步？”

“我不是和你说了吗？我们分手跟我爸没关系，跟出不出车祸也没关系，是我们两个彼此不相爱。”

“你敢说如果没你爸这个事，你也会想要跟我分手？”

她认真地想了一下，自己也说不清：“可能暂时不会分手，但我也不会跟你去扯证。”

“我又没逼你去扯证！还不都是由着你的吗？”

“也不是扯证的问题。”

“那到底是什么问题呢？”

“就是因为我们之间没有爱情。”

“谁说我们之间没有爱情？咱们连床单都滚了，你敢说没有爱情？”

“滚了床单就是有爱情了？那叫鸡的都成了爱情了！”

“我们那是叫鸡吗？你也太把自己不当人了。别忘了，那可是你自己找上门来求着我滚的！”

她气急败坏地说：“不错，是我找上门的，我承认我瞎了眼，可以了吧？难道你还不许我改正错误了？”

43

那天闹到最后，戈亮的牛脾气也上来了：“我求也求了，劝也劝了，既然你还是要分手，那我也没什么好说的了。你做你的小三去吧！我有车有房，名校毕业，人长得也不差，还愁找不到个女朋友？到时候你别哭着求我原谅你就行！”

话都说到这份上，凌云也没啥气好生的了，心平气和地说：“放心吧，我不会哭着求你的。”

戈亮当场就拖着行李箱往外走，凌妈着急地说：“小云，你劝劝他呀！”

“我劝他什么？”

“劝他别走啊！你们这都是气头上说的话，怎么能当真呢？再说，他这么一肚子气跑出去，也不安全啊！怎么说人家也是来看你的，如果气鼓鼓地开车出了事——”

戈亮说：“凌阿姨，您别担心，我不会现在就开车上路的，我会找个地方住一夜再走。”

“那又是何必呢？就在咱家住不就得了？我房间都给你收拾好了。”

“没这个必要了，我一分钟都不想在这里多待！”

凌妈讨了个没趣，不吭声了。

凌爸动了恻隐之心：“要不我开车送你去罗汉街拿车吧。”

“算了，你的车还是留着占位吧，免得到时候没了停车位，又怪我一头包。”

凌爸也讨了个没趣，不吭声了。

她好心提议说：“那我帮你叫个出租车吧。”

“不用，我自己叫。”

“你知道出租车公司的号码吗？”

“切，有手机，还愁找不到号码？”戈亮说完，就拉着行李箱出了门。

她也不想再讨没趣，就没送他出去，只是走到窗口往下望。半明不亮的灯光和月光下，她看见戈亮从楼里出来，站在那里低头看手机，大概是在找出租车公司的号码。几个邻居好奇地看着他，很快就围上来嘘寒问暖。

她爸妈也想到窗口来看，但被她拦住了。她知道他们如果看见戈亮站在那里招人耳目，肯定会觉得丢了脸面，豁出命也要把他给拉回来。

几个邻居都往小区大门方向指，大概是在告诉戈亮，走到门口就能叫到出租车。戈亮拉起行李箱，头也不回地往小区门口走去，几个邻居都抬起头往她家的方向张望。

她急忙从窗口闪开，回到客厅。

爸妈同时问："走了？"

"走了。"

她妈已经哭了一会儿了，抽抽搭搭地说："你们这些年轻人啊，办事太儿戏了！这么大的事，怎么能说吹就吹呢？"

她冷冷地说："那你说应该怎么吹？一哭二闹三上吊了再吹？"

"你要慎重考虑嘛！"

"我当然慎重考虑过了。"

"你考虑什么了？"

"我什么都考虑了！"

"但你考虑过我和你爸吗？"

"当然考虑过了。"

"你考虑个屁！我们的同事朋友还有这里的邻居，都知道你有男朋友了，A大毕业的，爹妈都是干部，车啊房啊都买好了，马上就要结婚。现在倒好，你问都不问我们一声，就跟他吹了，你让我们的脸往哪儿搁？"

"你们爱往哪儿搁往哪儿搁。"

"有你这么说话的吗？我一把屎一把尿把你拉扯大，图的什么呀？就图你这么气我？"

她最怕她妈说这句，因为她不敢长篇大论教导她妈，说你养孩子就不应该想着"图"什么。即便她这样教导了，她妈也不会明白，更不会同意。

凌爸插嘴说："这个戈亮是不怎么靠谱，吹了也好，但是你一开始就应该知道他不是个靠谱的人啊！"

"我一开始怎么会知道他不是一个靠谱的人呢？"

"你们是同班同学，在一起这么多年，难道看不出他是这么个没教养的人？"

她讥讽地说："我那时哪里知道你会把人家的新车拿出去开那么久呢？"

"这跟我开他的车有什么关系？"

凌妈终于找到了罪魁祸首："怎么就没关系呢？如果不是你把车拿出去开了那么久，他会说你没教养吗？"

凌爸一时语塞，但很快就想到了辩护词："小云自己都说了，不是因为我开车的事吹的！"

她不客气地说："但你这事是根导火索！"

"我什么导火索？你们自己不相爱，怪得着我啊？"

"怎么怪不着你呢？我一看你跟我妈的婚姻生活，就知道自己跟戈亮结婚也好不到哪儿去。"

凌妈惊愕地问："我和你爸的婚姻怎么了？"

"你们之间老早就没有爱情了，彼此都看不惯，还要死守在一起，何必呢？"

"谁说我们之间没有爱情了？老凌，是你这么说的吗？"

"我可没说。"

"那是谁说的？"

她说："这还用得着谁说吗？我有眼睛，自己还看不出来吗？你自己说说吧，你还爱他哪一点？你成天说他不求上进，不会挣钱，不爱干家务，在外面跟女同事女学生打情骂俏，这就是爱他的表现？你是因为没有比他强的人来追你，才跟他死守在一起的。"

"你瞎说！"

"我瞎说？你自己扪心自问一下，如果裴跃进现在来追你，你敢说你不会跟爸离婚去跟裴跃进结婚？"

凌爸好像掌握了真理一样，气势汹汹地看着凌妈。

她接着说："爸，你也一样，你成天说我妈胖，说我妈老，嫌我妈这不对那不对，说要不是你怜悯我妈，我妈会一辈子做剩女。你也是因为年轻漂亮的女生不会要你这么一个又老又穷的老家伙，才会跟我妈守在一起的。你那能叫爱情？”

凌爸咕噜说：“老夫老妻的了，谁不是这么——”

凌妈悲愤地说：“我们死守在一起，还不都是为了你吗？”

“什么为了我？你们不离婚是为了我？这话我从小就开始听，一直听到了今天。但我有哀求你们不离婚吗？”

“还用你哀求？我们自己不知道什么是对你好？”

“算了吧，你们根本不是为我才守在一起，而是你们自己找不到更好的了，只好守在一起！所以你们也教我这样，骑驴找马。但我不想过这样的生活，我要去寻找真正的爱情，找得到就结婚，找不到就不结婚！”

“你这都是图个嘴巴快活，等再过几年，你们这一拨的都找到了对象，都结了婚，有了孩子，就剩下你一个，我看你还说不说这样的话！”

“到那时候再说。”

“怕到时候就晚了！”

“我相信只要我想结婚，不管多晚都能找到一个人结婚的，无非就是把条件降低了再降低呗，现在中国是男多女少，我还愁嫁不出去？我也相信，只要我愿意，就能把婚姻生活过好，至少过得不比你们差。但我不会现在就放弃我对真爱的追求，跟个我不爱的人结婚，捆住自己。”

老两口面面相觑，凌妈最先转过脑子来：“你是不是看上那个蔚——什么了？”

凌爸帮腔说：“肯定是，肯定是！我听见戈亮说叫她去做小三。那个蔚然是有老婆的，咱们小云要是跟了他，那不就是小三吗？”

凌妈骇然：“这是真的吗？你——”

她怕把老妈气出病来，赶紧鸣金收兵：“你们别听他瞎说！我脑子有病啊，年纪轻轻去做小三？你们放心好了，我这辈子绝对不会做小三！”

她逃回自己房间，关上门，躺在自己的小床上默默地流泪。

这就是我的生活！

太没意思了！

回忆所有的爱情故事，就没有哪一个是像她这样的。她宁愿像那些女主人公一样，生活在社会底层，没爹、没妈、受苦、受穷、做苦工、生绝症，但就是别像现在这样，上不上、下不下的，有这么平庸的小市民父母，过这么平庸的小市民生活，写在小说里都没人看！

提到小说，她又想起写小说的艾米来，急忙登录自己的邮箱，第一百零一遍地查看有没有艾米的回信，但仍然是第一百零一次的失望。没有，一个字都没有。

她知道艾米和黄颜都很忙，要上班，还要照顾一家老小，向他们求助的人一定也很多。但她一直以来都存着一线希望，希望他们会在百忙之中抽出空来，回她只言片语，哪怕只是说一声“来信收到，因为忙，不能帮上你的忙”也行啊！

她看着自己邮箱里那一大堆垃圾邮件发了一会儿呆，突然想到自己写给艾米的邮件会不会被系统扔进垃圾箱里了？如果是的话，那就不怪艾米不回信了。

她跑到艾米在新浪的博客翻阅了一会儿，都是一些转帖。艾米已经很久不在新浪连载新小说了，只在海外艾园连载，要搭梯子才能翻过去。她有时能翻过去，有时又翻不过去，看小说都是看得断断续续的，搞得她非常郁闷，所以干脆等到出版之后再买书来看。

她不知道艾米本人上不上新浪艾园来转悠，本着死马当作活马医的原则，她在新浪给艾米发了个字条，说曾经给你写过电邮，但没有收到你的回信。

她发出字条之后，又很后悔，怎么说得像是在责备人家呢？人家要是收到了，会不给你回信吗？肯定是没收到嘛。

于是她又写一个字条，为自己上个字条的口气而道歉。

第二个字条发出后，她又觉得后悔，怎么这么啰唆啊？一个字条已经占用人家宝贵的时间了，还发两个字条，这不是要占用人家更多的宝贵时间吗？

没承想还不到一个小时，她就收到了回音：“很抱歉，我没有收到你的电邮，可能被扔进垃圾箱，又被系统清空了。请再发一遍。”

是吗，是吗？艾米给我回信了？

或者是艾友友？十年忽悠？艾园的管理员？

网上一直有人猜测，说这几个ID还有艾米、黄颜等，其实都是同一个人，就是《山楂树之恋》里的静秋。

那也好啊！该有多少人想跟静秋说句话呀！我能跟静秋通信，太难得了！静秋至少是跟艾米、黄颜同一个级别的人生专家，能得到静秋的指点，也是人生一大幸事啊！

她马上把上封邮件的存底找出来，又花大力气加了一下工，发到艾米的邮箱里。

这次很快就得到了回音，艾米说：“你这封信又被扔到垃圾箱里去了，不过因为我知道你会写信来，所以特意查看了垃圾箱，从那里把你的信捞了出来。”

她被艾米的“捞”字给逗笑了，仿佛都能看见艾米弯着腰，在一个垃圾桶里捞来捞去一样。

哈哈，这就是艾米的风格！

不是捡，不是找，不是拿，更不是取，而是捞！

不过艾米说蔚然的照片是他的个人隐私，外人不好插手过问。不仅如此，即便黄颜能证明蔚然的照片是 PS 的，你也不能找上门去兴师问罪啊！

艾米建议她把自己的故事写出来，贴在一个蔚然能看见的地方，然后就听其自然了。

44

真是听君一席话，胜读十年书！

哪怕艾米君的一席话只有寥寥几句，也让凌云觉得醍醐灌顶、茅塞顿开了。

是啊，是啊，干吗要纠缠于人家照片是不是 PS 的呢？是也好，不是也好，你又能怎么样？难道你还能找上门去兴师问罪，问人家为什么要 PS？

人家只要回答一个“我乐意，咋啦？”，你就得灰溜溜地落荒而逃。

要说她一直都不明白这个道理，那也太冤枉她了。这又不是什么尖端科学，她也不是弱智儿童，这么浅显的道理，她还是明白的。

实际上，她在第一时间就想到过甄滔的那段名言：“是不是女朋友其实也不重要，既然他当作女朋友拿给大家看，那就说明是想让大家那样认为，那不就是变相地拒绝我们这些暗恋他的人吗？难道还要在床上把他们捉住才算是他女朋友？”

但她却不能像甄滔那样在第一时间就彻底死心，总是存着一线希望，希望蔚然摆在办公桌上的全家福照片不是用来吓她的，而是用来吓退白云那样的烂桃花的，因为那都发生在她登场之前。

后来，他把全家福发到她信箱里来了，她又安慰自己说，他有可能是在报复我办公桌上摆着的驴照。

谁说恋爱中的女人智商最低？

智商低的人能想出这么千奇百怪的理由来吗？

正确的说法应该是：恋爱中的女人脸皮最厚，最自作多情！

现在被艾米一个当头棒喝，她终于猛醒过来，决定不再纠缠照片是不是 PS 的了。

因为纠缠根本没用。

艾米是个行动派，不爱纠缠于那些没用的东西。她自从读了艾米的《十年忽悠》，也力争做个行动派，只要有行动可以采取，就积极地去行动，宁可在行动中输掉，也不在冥想中意淫。

现在要采取的行动，就是码字，要码得让蔚然明白她的心意，明白她已经跟戈亮吹了，明白她对他一见钟情，只有跟他在一起，她才会感到幸福。

至于明白之后人家怎么回应，那就不是她能掌控的了，只能像艾米说的那样，听其自然。

至此，她不得不再次佩服艾米用词的高妙，如果用“听天由命”，那就是个捧出一颗心任人决定收不收的被动场面，用张爱玲的话来说，就是低到尘埃里去了。但艾米用了个“听其自然”，就彻底扭转局势，变得极具大将风度，泰山崩于前而色不变，麋鹿兴于左而目不瞬，乘风扶摇而上，飞抵泰山之巅，俯瞰人世间悲欢离合，我且心静如水。

你还别说，词语真能影响一个人的心境，有了这个“听其自然”垫底，她顿时觉得整个事情都容易多了。反正我负责把我的心意对你剖白，至于你欣赏不欣赏，接受不接受，那就是你的事了，接受，那是你的幸运；不接受，那是你的损失！

爽快！

她绝对相信艾米的锦囊妙计，因为该计已经有过成功的先例——

艾米自己就是用这个方法打开黄颜心结的。

当艾米和黄颜在美国相遇时，一个以为对方有了女朋友，另一个以为对方有了男朋友，双方都竭力忍住心痛，成全对方。黄颜竭力疏远艾米，让艾米安心地和美国学生“小白”谈恋爱，而艾米为了让黄颜安心跟红头发 ABC 女朋友结婚，也想方设法表明自己已经有男朋友。两人就这样一厢情愿地为对方着想，结果阴差阳错，导致黄颜毕业后回到中国，两个人分隔在大洋两岸。

很多人都责怪艾黄，说他们太爱面子，太胆小，干吗不大刀阔斧地冲上去，问个青红皂白呢？这不耽误了两人的大好时光吗？

但她非常理解艾黄，看《十年忽悠》的时候就非常理解，现在则更加理解了。她能冲上去问蔚然到底爱不爱自己吗？肯定不会嘛，蔚然也不会冲上来问她，能冲上来的，就不是蔚然了。

艾黄之间的误会，是因艾米的文字而解开的。

黄颜回国之后，艾米为了排遣思念的痛苦，开始在网上写《十年忽悠》，那是艾黄两人自认识以来近十年的故事。

故事里，艾米敞开心扉，把一切都据实写了出来，终于让黄颜知道那些什么日本同学啊，小昆啊，小白啊，南美火爆帅哥啊等，都不是艾米的男朋友，有的是“暧昧着他的暧昧”的日本追求者，有的是被艾米收留的落难公子，还有的根本就是艾米找来冒充男友的老外。

最后的最后，两个人当然是不远万里来到加拿大见面，重修旧好。

她想到自己的故事也在向着这个方向发展，心里就一阵阵激动。恨不得立即就把自己的故事全部写出来，贴在一个蔚然能看见的地方，然后两人误会尽释，约在某个地方见面（最好是机场，比较高大上）。她向他走过去，他向她迎过来。

她说：“让我们开始吧！”

而他说：“早就开始了！”

虽然比不上《十年忽悠》里的“从来就没有结束，为什么要重新开始”富有哲（忽！）理（悠！）性，但也挺不错的，暂时还想不出比这更好的开场白。

好了，停止胡思乱想，开始行动。

第一个问题：在哪儿写呢？

如果在微信朋友圈里写，蔚然倒是能看见，但圈里其他人也能看见，不用人肉就知道她在写谁，会不会一下搞成八卦新闻，把他气昏了、吓跑了？

如果跑到天涯百度新浪那样的论坛去贴，又不能保证蔚然会去那里看，连她这种“博览群卦”的人都不会去那些地方跟读连载，他那么忙，就更不会去那里跟读了。而且那里发帖的人多，一个新帖子出来，瞬间就被后来的帖子压到水下去，永世不得翻身。

想来想去，貌似只有微博符合条件。那次因为给他女儿点赞，他们已经在微博上互粉，任何一方发篇新微博，都会立即反映在对方微博首页上。

就怕他连自己的微博也不会去访问。

她自从那次给他女儿点赞之后，几乎每天都要去他的微博里逛一逛。但他很少更新，以前的帖子也都是些转帖或链接，现在连转帖和链接都没有了，好像自从跟她互粉之后，就再也不来微博似的。

她心里有点凉，但立即想起自己也是自从和他互粉之后就没更新过微博。现在微信这么热门，除了那些微博大V之外，谁还跑微博里来发帖子啊？

微博还有个问题，就是字数有限，一篇只能写一百四十个字，参照艾米写的故事，一集得有三四千字，那不得发几十篇微博？

不行不行，微博不行。

她想来想去，最后还是决定在博客里写，因为那里可以贴长文，发表的时候，选择“同步到微博”，就会同时发表在自己的微博里。不过微博里只有最开始的几句话和一个链接，如果蔚然真的想看她在写什么，也能顺着链接找到她的博客里来。

对，就这么办！

她一刻也不能等了，立马到博客里去码字。博客是很久以前开的，差点连密码都忘掉了，鼓捣了半天才登录进去，打开新的一页，开始码字。

结果发现码字并不是那么容易的事，眼睛看着屏幕，手放在键盘上，却不知道从哪里下手。

写什么呢？

写自己的故事。

自己有什么故事？

全都是鸡毛蒜皮的琐事。

那就剖白自己对他的爱恋之心？

那还不如写封情书算了。

艾米说了“把你自己的故事写出来”，说明在艾米看来，她还是有故事可写的。既然艾米都认为她有故事，那她当然就是有故事了。

从哪里开始写起呢？

她决定模仿艾米的方法，从后往前推。

这个“后”，就是她跟戈亮之间的分手。

必须先写这个！

不然的话，蔚然跟读几集，全都是她骑在驴上东张西望，那他还跟读个啥呀？肯定扭头就跑。

所以，第一集就必须是她跟戈亮的分手戏。

这个应该好写，刚发生的事，记忆犹新。咱就一五一十从头到尾地写出来，不隐瞒，不美化，把一个真实的我展现在他眼前。他要是喜欢，那就是真喜欢，他不喜欢，那也没办法。

她决定也像艾米一样，用第三人称来写，而且给每个人物都起个假名，那样既浪漫又保密。如果某人发现了来兴师问罪，我可以说我没写你，我这是创作！

为了起几个人的假名，又耗费了她不少精力。戈亮的很简单，随便给他起个“刀明”就行了，但她自己的假名，可不能太随便，她爸妈当初就是太随便了，给她起了这么个大众化的名字，是她一辈子的心头痛。她得在小说里替自己出口气，起个别具一格、优雅浪漫的名字。

花了大半夜时间，也没想出一个能盖过“凌云”的名字来，能盖过“蔚然”的就更是想不出来，最后只好先用字母代替，等以后想出好名字了再说。

接下来的几天，她脑子里全都是码字的事，完全没感觉到分手的痛苦。连蔚然她都没时间去猜想了，一门心思就是码字码字，码了改，改了码，晨昏颠倒地码了整个长假，还是没码出令自己满意的第一集来。

少不得又深深佩服一通艾米，人家怎么就能码出一大篇一大篇的文字来呢？那还是别人的故事呢，我连自己的故事都码不出来！

一直到长假的最后一天了，她觉得再不贴一篇就对不起整个长假了，才硬着头皮贴了一篇在博客里，连标题都没写，系统帮她加了个当天的日期，就算是标题了。

45

整个国庆节长假，凌云是大门没出，二门没迈，一直躲在自己的卧室里，埋头码字。

她爸妈以为她是因为跟戈亮分手而心情沮丧萎靡不振，既担心又同情，但不敢走近她，只是时不时地敲敲她的门，查看一下她是不是还活着。

她不胜其扰，干脆让卧室门虚掩着，便于父母查看。

刚开始她还能感觉到父母在门外走过，探头往里张望，后来就习惯了，潜心码字，如入无人之境。

只有在一日三餐的时候，她才会出来跟父母一起吃饭。不知为什么，她码字不像是脑力劳动，而像是体力劳动，虽然成天坐在那里，屁股都没挪窝呢，但就是很快又感觉饿了，一顿赶不上一顿。

但即便是出来吃饭，她的心思也全都在码字上头，完全不知道自己吃的是什么，只是在为自己的身体充电而已。

她爸妈见她蓬头垢面，神思恍惚，都担心得要命。

她妈终于忍不住了，壮起胆子说："小云，那个——你也别太把这事往心里去，咱不是还小吗？又不是二十七八的剩女，怕啥呀？东方不亮西方亮，我就不信离了戈亮咱就找不到个合意的人了。"

她一点都没听进去，抬起头茫然地问："你说什么？"

她妈又重复了一遍，她爸也帮腔说："戈亮这事啊，还很难说就是件坏事，很可能是件好事，弃旧迎新，旧的不去，新的不来。我早就说了，戈亮这小子不地道。"

她妈一直都存着破镜重圆的念想，立即制止说："你瞎说些什么呀！"

"我怎么是瞎说呢？"

她见父母又要干仗，终于意识到他们是在说什么，赶紧解释："你们别瞎操心了，我根本不在乎跟他分手的事。"

"那你这是——"

"我忙着呢。"

“大过节的忙啥呀？”

她诡秘地一笑：“我忙着写小说。”

“你在写小说？”

“是啊，那你们以为我躲在卧室干吗呢？”

“以为你躲在那里哭呢。”

“我哭啥呀？笑都来不及呢！”

老两口都眼巴巴地说：“那你把你写的小说拿来我们看看。”

她想了想，不行！小说里的父母形象，可不是什么高大上，虽然改名换姓了，但父母肯定还是能看得出来：“算了，算了，良工不示人以璞，还是等我写完了再给你们看吧。”

父母还是知道“良工不示人以璞”的说法的，只好作罢。

凌妈打探道：“你小说写了能出版吗？”

凌爸内行地说：“那要看是长的还是短的，长的才叫出版，短的那个只能叫发表，对不对？”

她也搞不清出版和发表的区别，而且她压根就没想过出版或者发表的事，便支吾说：“我……那个……是写了贴在网上的。”

“是啊，是啊，我知道的，现在很多小说都是先贴在网上，然后再拿到出版社去出版的。”

凌爸补充说：“还可以投稿给杂志社，让他们发表。”

她推托说：“等写完再说吧。”

凌妈憧憬地说：“如果你写的小说出版了或者发表了，那你就是作家了吧？”

凌爸说：“我早就说过了，小云有文采，搞不好也是天上文曲星下凡。我当时就说让她读文科，但你们死不愿意。”

她也懒得端出当年选科时的事实来驳老爸的谎了，只是声明说：“你们别做春秋大梦了，我不是什么文曲星，也没想过发表的事。”

“你不想发表，那写了干啥？”

“练练笔呗。”

“练笔还不是为了今后发表？”

凌爸说：“练笔的时候写的那个叫习作。”

作家梦做到这里，貌似没什么可以继续做的了，只能静等女儿练笔。凌妈转而问道，“那个戈亮他没什么事吧？”

“他能有什么事？”

“我是说他一个人气鼓鼓地开车回去，会不会路上出什么事？怎么说也是从我们家出去的，要是出了事，我们多少也得负责吧？”

凌爸铿锵有力地说：“他一个成年人，自己做的决定自己负责，关我们什么事？我们又不是没留他。”

她打断老爸说：“你们放心好了，他没出事，就是遇上了堵车，其他没什么，现在已经到家了。”

凌妈的希望又上来了：“他给你报平安了？”

“谁说他给我报平安了？”

“那你怎么知道他已经到家了呢？”

“他在朋友圈里更新了嘛。”

凌妈很失望：“哦，是这样，我还以为——”

凌爸安慰老婆说：“你没听说是朋友圈里更新的？那就说明他们还在一个圈，没有互相拉黑嘛。”

凌妈满怀希望地问：“那是不是说你们还是——”

她毫不留情地泼冷水：“别瞎展开了。你以为现在还像你们那时候一样，不成爱，便成仇？我们这代人不一样了，成不成，就那么回事，该做朋友照样做朋友，该发朋友圈照样发朋友圈。”

“那他说的那个三年之约——”

“你还在指望那个呀？我说了不会跟他结婚，就肯定不会跟他结婚的，不管是三年前还是三年后。”

凌妈咕噜说：“但是有个三年之约——又不用管它饭吃，答应下来怕什么？”

“那不又成了骑驴找马？我都说了，坚决不搞骑驴找马那一套，你就别瞎指望了。再说现在也不是个遵守约定的年代，别说是口头之约，就算签了字画了押的东西，还不是要改变就改变？人家那些扯了结婚证的，还不照样离婚？你怎么还相信口头上的三年之约呢？”

“但是有时候——”

“这么说吧，三年之后，如果他还没找到对象，那他自然就单在那里，我要是想把他弄回来，肯定是手到擒来！”

“但如果他找了别人呢？”

“那就说明他不是我的，是别人的。”

凌妈真是恨铁不成钢：“你怎么能这么说呢？如果你不跟他吹，他就和你结婚了，还有别人什么事？”

“那也不见得，现在结了婚又在外面找别人的男人还少吗？”

凌妈狠狠剜了老伴一眼。

凌爸像被剜疼了一样叫起来：“你看我干吗？我又没在外面找别人！”

然后两个老人都认识到自己的老伴算得上这个污浊世界里一朵出淤泥而不染的白莲花，于是都感叹道：“唉，现在这个世道，真的不如我们那时候。”

于是那两人就开始数落谁谁谁搞婚外情去了。

上班之后，她以为会有个清净的环境码字。但没想到，第一天上午裴总就来了，而且一来就一屁股坐在她的办公桌上，开始跟她闲聊。

她好奇地问：“白云呢？”

裴总得意地眨眨那只好眼：“我给她放大假了。”

“放大假？”

“是啊，让她回老家看她父母。”

“那她愿意？”

“拿着钱放大假，有什么不愿意？”

“我的意思是——她怎么舍得跟你分开？”

裴总得意地笑起来：“哈哈哈哈，你眼力真好！一下子就看出她有多黏人了吧？不瞒你说，她是舍不得跟我分开，一定要我陪她回老家。但我工作这么忙，哪有时间陪她回老家啊？”

她心说你忙什么呀？忙着耽误我码字！

裴总继续说：“这孩子，就像没断奶似的，我走到哪儿，她就要跟到哪儿，完全没有自己的生活。像我这次去省城，她都闹着要跟我一起去。”

“你去省城了？”

“国庆节长假，老婆眼巴巴地等着我去呢，我能不去吗？”

她假意奉承说：“哇，那你可是驼子跌在街心里——两头俏（翘）啊！”

“可不是嘛。唉，可惜我只有一颗心，一个人。心还可以掰开了分，但身——那可真是分身无术啊！”

她心说那你就别惹那么多狐骚了呗。

裴总指了指她的案头：“你男朋友呢？”

她今天上班第一件事就是把她和戈亮的合影从案头拿掉，她正愁裴总注意不到，不给她往蔚然那里传呢，现在得了机会，立即通报：“我们吹了！”

“是吗？怎么吹的？”

她把吹台的过程简单说了一下，希望裴总能尽快把消息通报给蔚然，那样的话，即便蔚然不去她的博客看故事，也能知道这一消息了。

哪知道裴总竟然以火辣辣的眼神盯着她，眼圈都有点湿润了，还拍了拍她的手，低声说：“小云，我懂的。”

她一惊，迅即把手抽开："您这是什么意思？"

如果没有这个拍手，她或许会理解为裴总知道了她对蔚然的心意，但有了这个拍手，人物关系就大不相同了。

裴总机密地眨眨那只好眼，体己地说："古人不是说了吗？心有灵犀一点通！有些事你们女孩子不便直说，如果遇到那种榆木疙瘩，那就会很苦。但是我在这方面还是比较有灵性的。"

她心说灵性你个头哦！你这脸皮也太厚了不是？

她还没想好应该怎么说，裴总便又续上了："唉，我这辈子，就是吃了这个灵性的亏！你说我要是麻木一点，也就感觉不到那些女孩子的那种心意了。感觉不到，就不会烦恼了嘛。"

"烦恼什么？"

裴总悲悯地摇摇头："你没法理解的，一个是你还年轻，还没经历过生活。另一个嘛，你是女生，女生是不会在乎有多少人在爱她们的，越多越好，越多越光荣。但是我们男人——尤其是像我这样有灵性又善心的人——唉，人非草木啊，每个人都是有血有肉的生灵，爱一个人，如果得不到他的回应，真是一件很痛苦的事！"

一席话，把她说得心有戚戚焉，而且只顾着戚戚焉了，完全没心思去理解裴总这番话的含义。

46

裴总的一席话，说得凌云心如乱麻。

为什么裴总会提到"爱一个人，如果得不到回应，那是一件很痛苦的事"？

裴总肯定不是在说他自己，他这么自恋的人，没有回应都可以意淫出回应来，还会觉得自己爱一个人却得不到回应？

那裴总这句话是在说她？

是不是蔚然对裴总说什么了？

以她对蔚然人品的了解，应该是不会对裴总说什么的，但有没有可能是因为担心她，所以让裴总来开解她呢？

天哪，他怎么会想到让裴总来开解她？

裴总这种大嘴巴，肯定会搞得人尽皆知！

她不就成了大家口中的笑料？

爱上一个有家室的人，也就算了，反正现在插足的多，大家都见怪不怪。但是，人家那个有家室的人还不许你插足，一把抓起你的足，使劲往外推，唯恐推不出去，叫上你的老板一起推，那就太丢人现眼了！

她借口上厕所，匆匆离开办公室，跑到公司的洗手间，关上门，坐在马桶上，恨不得大哭一场。

坐了一会儿，她稍稍冷静了点。

按说蔚然应该不知道她的心思，因为她没对他说过，也没对任何人说过，除了艾米。

不会是艾米认识蔚然，把她的小心思捅给他了吧？

但艾米远在海外，连蔚然的真实姓名都不知道，怎么可能联系上他呢？艾米又是那么尊重他人隐私的人，连鉴定一下蔚然的全家福是不是 PS 的都不肯做，怎么可能对他泄露她的内心机密呢？

那还能是谁？

她自己虽然坦率地把自己对他的感情都写了出来，但她还没完稿，更没有贴出去。而且仅仅贴了一集，是关于她和戈亮吹台经过的，难道蔚然从这么一小篇里就能推测出她对他的意思了？

那也太神机妙算了吧？

也许他是从别的蛛丝马迹里推测出来的，比如她去他家送鸭翅，施展诡计让他去她家，等等。

但他也不能根据这么一些推测就得出结论，更不能直通通地叫裴总来开解她呀！

她屁股都坐麻了，也没能理出个头绪来，只感觉到自己很矛盾。一边在那边码着字，要把自己对他的感情原原本本都写出来，还要贴在他能看得见的地方；另一方面，却又担心他从蛛丝马迹中看出了她的心意。

凌云啊凌云，你有多纠结啊！

她开始后悔刚才不该匆匆忙忙跑到厕所来了，应该跟裴总继续聊下去，那样就能探出裴总那句话究竟是什么意思。

于是，她又匆匆回到办公室，但裴总已经不在那里了。

还不知道裴总哪天才会重新单独出现在办公室，如果他跟白云一起来，那是没用的。

回到家，吃过晚饭之后，她习惯成自然地躲进自己的卧室，打开电脑，开始码字。

但码着码着，她就像泄了气的皮球一样，没心情码了。我这么辛辛苦苦地码字，到头来都被蔚然拿去炫耀，搞得人尽皆知，我干吗要码字啊？他值得我这么呕心沥血地码字吗？

她关了电脑，躺在床上生闷气。

蔚然同学，我是想把自己的心思全都吐露给你的，但那是有前提的。前提就是你必须是一个像黄颜那样的人，即便你不接受我的心意，你也不会把我对你的爱恋当成吹牛的资本。如果你知道了我的心意，就跑去告诉别人，那么，不管你是出于什么好心，我都很反感。

她决定无限期地搁置码字，一定要先弄明白蔚然究竟有没有对裴总说过什么才行。

但这些天形成的码字习惯还真不好改呢，就像吸毒一样，上瘾了！每天一到点就犯瘾，不码就难受。

她跟自己斗争了一夜，觉也没睡好。

第二天快到中午的时候，裴总又来了，叫她跟他一起出去吃午饭。

她虽然很想从裴总那里得到更多的信息，但又不想跟他出去招摇过市，便推辞说："我还是别去了吧，让白云知道——"

"你放心，她不会知道的。我不是告诉过你，她回老家了吗？"

"但是——"她心说干吗要搞得这么鬼鬼祟祟的，好像我跟你有什么似的。

裴总保证说："你别怕，我已经对她放了狠话，叫她别干涉我的生活。所以从现在起，她知道不知道都不敢闹的。"

她一愣："你叫她别干涉你的生活？"

"是啊。"

"但是，我们出去吃饭怎么是你的生活呢？"

裴总抓抓头："你别咬文嚼字嘛，我读书少，没文化，哪里比得上你们大学毕业生呢？我的意思就是她不敢再干涉我们了。"

"不敢再干涉我们？干涉我们什么？"

裴总又抓抓头："我都对你说了，我这人说话不兴咬文嚼字。这么对你说吧，你放心跟我一起出去吃饭，别管白云什么的。"

"但是我们干吗要一起出去吃饭呢？"

裴总咂摸了一会儿这句话，狡黠地一笑，点头说："对，对，你说得对！我们不用跑出去吃，可以叫些东西在这里吃！"

她还想解释，但裴总已经去打电话了。

她为了进一步探听消息，也就没再推辞。

不一会儿，饭菜送来了，她见屋子里没别人，也就不客气，坐下来跟裴总一起用餐。

她还在挖空心思想着怎么把话头扯到“爱一个人，却得不到回应”上去，裴总的话匣子已经抢先打开，滔滔不绝地讲起了自己的情史，都有名有姓有地点有时间，不像是即兴发挥，更不像是编造。因为编造这事，她不是没干过，技术含金量还是比较高的，搞不好就会牛头不对马嘴，前言不搭后语，所以她不到万不得已，绝对不撒谎。

但裴总讲的故事，每个细节都经得起考证，地点都是真地点，时间都是真时间，车怎么开的，路怎么走的，都清清楚楚。人物姓名她虽然不是每个都熟悉，但很多都曾经从别人口中听到过，绝对是真人。

再加上前几次裴总也讲到过其中几例，每次讲的都一样，对话都没变，细节也一样，如果是撒谎，应该撒不到这么天衣无缝的地步。

概括地说，裴总的情史都是沿用同一个套路：

先说背景。

背景就是裴总已经结婚，虽然早就不爱老婆了，或者说从来没爱过。但两人之间的感情已经转化为亲情，并育有一女，老婆又死心塌地地爱着他，而他又是一个有善心的人，所以离婚是不可能的。

在这个前提下，裴总就太难了！名副其实的高富帅，对各个年龄段的女人都极富吸引力，与一般高富帅不一样的是，裴总又是个有善心的人，最不忍心看着那些娇弱的女生为了他而心碎万片。

那些女生，基本都是本公司的，情路历程基本都是一个套路：

一个新人来到公司。女的。很年轻，不超过 25 岁。

来的时候都是有男朋友的。校花级美女嘛，哪能没有男朋友呢？

但新人见到了裴总，都会不由自主地坠入情网，感觉自己的男友太不上档次了，立马移情别恋。

裴总对公司所有员工都是一样地关心照顾，但这些新人免不了自作多情，把裴总的关心照顾当成了对自己的特殊感情。

于是，有的放肆追求，有的苦苦暗恋。

放肆追求的，裴总还是好对付的，兵来将挡，水来土掩。然后，给人家在别的公司里找个更好的工作，把人家送走。

苦苦暗恋的，就让裴总很伤脑筋了。拒绝吧，伤了人家一颗心；接受吧，又不能给人家婚姻。

最终的结果，就是开门见山说清楚了：我能理解你的情，我能满足你的性，但我不能给你婚姻。

女生都接受了。

于是，裴总把自己的心分一块下来给那女生，把自己的性也分一块下来给那女生。

两人沐浴在爱的阳光雨露中。

但裴总知道自己不能永远陪在那女生身边，所以都是从一开始就循序渐进地为其断奶。

断奶时间长短，要看个人的奶瘾大小。

但最终都会断奶成功。

也就是说，女生离了裴总也能活下去。

于是，裴总就帮那女生物色到适合结婚的男朋友，或者一直就把从前的男朋友保留在备胎的位置上，然后裴总给那女生一笔嫁妆，把那女生交到男朋友手中。女生从此过着安稳幸福的生活，而我们的裴总，则带着胜利的微笑，继续安抚下一个花痴他的女生。

她听了几个女生的故事，就明白昨天只是一场虚惊，肯定是自己脑子进水了，连裴总这么明目张胆的自吹自擂都没听出来，还草木皆兵，差点冤枉了艾米和蔚然。

裴总边吃边讲，把一桌美味讲成了残羹剩饭，才讲了整个情史的三分之一，许诺说以后接着再讲。

然后，裴总用牙签剔着牙，意味深长地看着她，缓缓地说：“其实你应该让我看看你的男朋友之后再吹的。”

她一愣，怎么扯到我和戈亮吹台的事上来了？

裴总接着说：“我上次不是对你说过，叫你男朋友过来的时候，一定通知我一声，好让我给你参谋参谋吗？”

“哦，那个——我事先都不知道他要来。”

“是吗？那他跑过来是没有经过你允许的？”

“呃——这个——因为我前段时间跟他闹矛盾了。”

“为什么闹矛盾？不会是因为——”

她想了想，决定把整个事情都告诉给这个传声筒，说不定能比码字更快地传到蔚然那里去。

她把房证上写谁名字之类的事说了一下，裴总很理解地说：“他家在这点上真的做得不好。两个老人能活多久？最终房子还不都是留给你们下一代的。”

她感觉裴总没听到点子上，但她也懒得纠正或解释，只是声明说：“但这不是我跟他吹的原因。”

“我懂，我懂。”裴总拍拍她的手，“相信我，这些我都懂的。”

47

连着被裴总拍了两次手，凌云才敢相信自己已然被列入了裴总的花痴名单。

惨了！这人可不是传声筒，明明就是个潜在的变声器、造谣机，如果指望他把“我单身了”的信息传给蔚然，肯定会适得其反！

她都能想象出裴总对蔚然是如何描绘她的：

某年某月的某一天，我公司来了个A大毕业的女生，叫凌云（裴总一般都是用真姓名的），长得还行，六七分吧（这是裴总给人打分时的最低分数线，低于这个数的根本不考虑），我是看在她妈的面子上才招她进公司的，对她也比较照顾。

但你在我公司干过，肯定知道我这人的特点，就是特有善心，对公司里上上下下、老老少少，都照顾得很好，哪怕是对人事科刘姐那样相貌平平的大妈，我也不会亏待。但这只是我一贯的行事作风，绝对没有别的意思。

可是，小凌她误会了，以为我这是对她另眼相待，结果一下就跌进情网里去了！

我上次对你说过，她来我公司的时候，是有男朋友的。在我这个外人看来，她男友条件还是挺不错的，名校毕业，听说父母都是干部，颇有实权。但真不知她是怎么想的，自从来我公司之后，就怎么也看不惯她那男朋友了，觉得他太幼稚，太没男人气。

这个我也不怪她，一个大学刚毕业的小男生，长得又比较娘，怎么可能像我这种在社会上摸爬滚打了几十年的人那样有男人气呢？再说我本来就生得高大，他生得矮小，顶多一米七。这个都是爹妈给的，没办法改变的，虽然我爸妈从小就把我给了别人（此处省略三万字）。

她一来我就叮嘱她，叫她男朋友过来玩的时候通知我，让我亲眼见一见，参谋参谋。因为我知道现在的女孩子做事不靠谱，一旦爱上一个人，就不管不顾，完全不考虑后果。但她不听我的话，国庆节长假她男朋友不远万里开着车上她家来看她，结果她在人家踏进她家门的第一时间，就跟人家吹了！

你说，现在的女孩子，到底是怎么了？人家可是开着豪车、带着钻戒过来求婚的！我一个老头子，怎么可能比人家强呢？但她就是这么拽，硬是为了我跟她男朋友吹了！

唉，真没办法，我这人就是惹桃花。不知道的人，还以为我跟那些不检点的霸道老总一样，对手下的女员工搞什么潜规则。但你是从我公司出去的，你肯定知道事情完全不是那样的。

都怪我，都怪我，事先没把界限划得更清楚点（说得好像一直都划着界限似的），事情到了这个地步，我也没办法了。你肯定也看出来了，这孩子可是个烈性子，这事要是处理不好，真不知这孩子会干出什么来！我是一朝被蛇咬，十年怕井绳，以前那个小X，就是因为我再三再四拒绝她才疯掉的。

想到这里，她的肺已经要气炸了。

世界上怎么有自我感觉这么好的老男人？

她可是读着艾米的一系列爱情小说长大的人，喜欢的是书中那一系列因为爱到极致所以对自己极为不自信的男人，哪怕女主都钻到怀里来了，还以为人家是来取暖的。因为他们实在想不出自己有什么地方值得女生爱，哪里会像裴总这样，扇他一耳光，都能当成是爱的表达。

她觉得蔚然就是艾米小说中男主那样的人，自身条件是杠杠的，比裴总不知要强多少倍，但从来不自作多情，甚至到了自作无情的地步，要是听了裴总的描绘，肯定会以为自己就是那种没头脑的小女生，迷上了自己高富帅的上司。

她越想越着急，必须抢在裴总之前把事情真相全部告诉蔚然。不然的话，裴总这么先入为主地一宣传，她再写自己的版本就变成洗白了，就算她有一支生花妙笔，也很难改变自己在蔚然心目中的形象。

说干就干！

她等裴总一走，就开始上网码字，回家后匆匆吃了晚饭，又接着码字。

这次她不花那么多心思斟酌字句、构思排版了，重要的是内容，是赶在裴总之前向蔚然表明自己的心意。

奇怪的是，一旦她不在乎遣词造句、段落布局之类的事，写起来也就容易多了。就是按照整个事情的发生和发展过程，原原本本地写出来，写完一件事，就结束一集，贴出去，然后再写下一集。

要是整个国庆节长假都按这个速度写，早就完工了！

现在这样写也不迟。

裴总那边，她也想了个办法来对付，那是受《十年忽悠》的启发。她像黄颜一样，用蔚然那张全家福，这里修修，那里剪剪，抹掉蔚然的女儿，再用自己的头像盖住蔚然老婆的头。

成了！

亲亲爱爱的男女朋友照！

她把照片放进镜框里，摆在办公桌上显眼的地方，等着裴总来发现。

第二天快中午的时候，她听到裴总的开门声，就拿出手机，装作在打电话的样子，低声细语鬼鬼祟祟地交谈，脸上是一种羞怯幸福的笑，那是她假设通话对象是蔚然才成功装出来的。

裴总刚一进门，她做出一个想要挂掉电话的样子，裴总大度地挥了挥手，意思是让她接着通话。

她也不客气，侧身对着办公桌，继续机密地打电话。

裴总照例坐在她的办公桌上，东张张，西望望，一下就看见了她新摆出来的相框，无声地对她做了个“我能拿起来看看吗”的姿势，她点了点头，裴总就拿起相框看起来。

她不想让裴总看太久，怕会被看出破绽。于是急忙放下电话，从裴总手里把相框抢走了。

裴总问：“那是谁呀？”

她以一种自己都肉麻的语调说：“不告诉你！”

“呵呵，你不告诉我，我就不知道了？”

“你怎么知道？”

“我会查呀。”

“你查他干什么？”

“我要对你负责嘛，万一是个骗子呢？”

“不会的，他是我妈以前教过的学生。”

“是吗？他现在在哪儿？”

“在C市。”

“你们是什么时候认识的？”

“从小就认识。”

裴总显然心有不甘：“那你以前那个男朋友——？”

“是我赌气找的。”

然后，她就编了一套故事，说照片里的男主是她妈妈的学生，比她大不少，以前只把她当老师的女儿看待，从来没往那方面想过，所以交了个别的女朋友。而她因为心灰意冷，也赌气找了戈亮这个男朋友。前不久，两人在C市重逢，把一切都讲清楚了，所以各自甩了各自的男女朋友，两人走到了一起。

裴总听了她的故事，还是那句话：“什么时候让我见见他，我帮你参谋参谋。你们这些小女生，社会经验少，容易被人骗。这事你爸妈知道吗？”

“知道。”

“他们都同意？”

“有什么不同意的？自己的学生，知根知底，人家又是海归，高富帅。”

“他是海归？”

她有点后悔提到“海归”二字，裴总可别联想到蔚然身上去了。

裴总还真的就联想到蔚然身上去了，不过不是她惧怕的那种联想："海归你可别招惹，你根本不知道他们在外面干过什么，很多都是结了婚成了家的，然后把妻儿丢在海外，自己跑回国来哄骗你这样的小女生。"

她咬着牙说："他不是这样的人！"

"我刚才看那照片，觉得他也不像是二十啷当岁的小青年，少说也三十多了。这个年纪的男海归，会没家没室？"

这话真的戳到了她的痛处，但她仍然咬紧牙关不承认："真的没有！我爸妈都托人打听过了。"

"那就是在外面混得很差，不然怎么会连个老婆都没混上？"

"他在外面混得差不差跟我没关系，只要他在国内混得好就行了。"

"他在国内干吗的？"

她撒谎的技能还是很有限的，逼急了就没法凭空捏造，只能口不择言地说："搞互联网的。"

裴总舒了口气："我还以为什么了不得的海归高富帅呢，搞了半天是个搞互联网的。我以前公司里的那个蔚然，你认识吧？也是个海归，现在搞互联网的。"

"他怎么了？"

"你看他混得多惨！背了一屁股的债搞开发，开到现在都还在起步阶段，一辈子都发不了财！我看你那个男朋友——他叫什么来着？"

"他叫W——成疯。"

"吴成峰？我劝你趁早跟他吹了！"

"为什么？"

"这名字就不吉利！姓吴的，就没几个能成功的。还成峰，别搞到最后搞疯掉了！"

"哈哈，裴总您还迷信呢。"

“不是迷信，我是有根据的。互联网曾经是个摇钱树，但发展到今天，钱都被人摇光了，也就是说，能赚的钱都被人赚光了，他这时才醒过来搞互联网，已经晚了。如果他就老老实实待在国外打工，说不定还有碗饭吃，像他这样跑回来开公司，到时候赔得精光，还背一屁股债，连饭都没得吃。”

她开玩笑说：“如果他真的赔得精光，连饭都没得吃，我就来求你帮忙呗。”

裴总玩味地看了她一会儿，说：“你觉得我会给你帮这个忙？”

“为什么不？你这么有善心的人。”

“我的善心也是有条件的。”

她不想再往这个方向引申，匆匆说：“我去上个洗手间。”

晚上，她回到家里，再一次上网去查看自己的博客，还是门可罗雀，什么留言都没有。

她着急了，怕裴总会把她有个海归男朋友的消息传到蔚然那里去，只好孤注一掷地给“蔚然成疯”发了个微信：“我在微博上写了点东西，能不能去那里给我点个赞？”

他很快就回信说：“没问题。”

48

凌云简直不敢相信，蔚然这么快就看完了！

她连查了几遍，看两人的信是什么时候发的，没错，就是这么快，还不到十分钟！

她是没写多少，为了尽快让他看见，她把很多枝蔓都给删剪了，只写了她跟戈亮认识和分手的情节，再就是跟蔚然认识以来的点点滴滴，但那也有八集啊！每集都有几千字，全都是她的呕心沥血之作。

难道他一分钟就能看完一集？

嗯，有可能，因为他看的是微博，每篇只有100多个字，十来行的样子。世上不是有“一目十行”的说法吗？他每篇看一目，八篇看八目，再点八个赞，十分钟绝对多剩有余。

不应该叫他去微博点赞的，应该叫他去博客点赞，那里每篇就不只十行了，他肯定不好意思这么短时间就跑来汇报“搞定”。

她当时叫他去微博点赞，主要是因为他俩在微博互粉了，他知道她的微博地址。她以为他会顺着微博给的链接，到她的博客去看整篇内容的。但显然他没这样做，只看了微博节选的内容。

这人也太死板了吧？

她厚着脸皮说：“可不可以到我的博客里也点个赞呢？”

他回答说：“没问题。”

然后，也没问她要博客地址，就忙着点赞去了，充分说明他知道微博链接的用法。

她以为他这次会花个半小时一小时来读她的博客呢，但仍然是不到十分钟，就上来报喜：“搞定！”

她去博客检查了一下，八篇都点过赞了，每篇都是孤零零的一个赞，只可能是他点的。

她意识到被他钻了空子！

你叫我点赞，我就点赞；你没叫我阅读，我干吗要阅读？

哼，这是要气死我的节奏啊！

她想让他把八篇内容都读一下，但怕被他拒绝，说很忙还是客气的，要是直接说“我没兴趣”，那就太打脸了。

她又想，也许可以转弯抹角地让他读，比如“你觉得我写得怎么样啊”之类的。但还是怕他拒绝，或者敷衍了事地说“写得好写得好”，那比不让他读还可怕。

算了，还是别逼他了。

这种事，靠的是自觉自愿，逼着人家读，逼着人家谈读后感，那就没意思了。

那就这样吧，只能到这个地步了。

她发信谢谢了他，就黯然收场。

但她真的是心有不甘，怎么回事？艾米的锦囊妙计怎么不灵了？说好的手到擒来呢？

她仔细一想，觉得不能怪艾米的锦囊妙计，因为艾米也没说只要你把自己的故事写出来，他就妥妥地是你的了。艾米只是说你把自己的故事写出来，贴在一个他能看到的地方，其他的就听其自然。

重点就是这个“听其自然”！

现在看来，艾米的“听其自然”其实是这个意思：人家看不看你码的字，看了之后喜欢不喜欢、响应不响应，都不是你能操控的。你能做的，就是尽自己的能力做到最好，把一切可能的方法都试一遍。但那不保证你就一定会得到你希望的结果，到那时候，就要大气点，放手！

她不知道自己对这件事要多久才能做到“听其自然”，反正现在是不行的。她不停地猜测蔚然到底看没看她码的字，一会儿希望他看了，一会儿又希望他没有看。

翻来覆去很多次，最后决定还是没有看最好。

没看，就说明他不知道她的心意，那么他没反应就没什么大不了的，多少还有点希望。但如果他看了还是没什么反应，那就彻底绝望了。

想到这里，她急忙跑到博客去，唰唰地把那八篇文字全都删了。

没看见，没看见，他一点都没看见！

俗话说“福不双至，祸不单行”，落到她身上，就成了“福不单至，祸必双行”：她这边的码字战术以失败告终，而那边的合影战术也没奏效。

不知道是她PS的技术太差，被裴总看出了破绽，还是裴总的脸皮太厚。一张合影已经无能为力，反正裴总照样是坐在她的办公桌上，跟她私聊。

现在的套路略有改变，不再是裴总独唱“爱我的人”，她也时不时地插个嘴，来一曲“我爱的人”。

裴总的“爱我的人”是复数形式，应该叫“爱我的人们”，歌中女主一大串，张三李四王二麻子，五十六个民族五十六朵花，有几个是反复吟哦，还有几个是穿插出现。今天是ABCDE组合，明天是AGCFE组合，花样翻新，层出不穷。

而她的“我爱的人”是单数，就“吴成峰”一个人，今天是吴成峰，明天还是吴成峰。不过她唱的是吴成峰变调曲，今天攫取艾米《十年忽悠》里的情节，明天盗用艾米《三人行》里的故事，反正裴总也不会看这些书。就算裴总知道了出处，她也可以咬紧牙关辩驳说：世界上同名同姓同故事的人多了去了！

不过，他俩都是在对牛弹琴。

裴总每天唱着“爱我的人”，也没能感动她，越多越不能感动，因为她不是个从众的人，不会因为别的人都爱谁，她就去爱谁。刚好相反，她这人有点反众，骨子里追求特立独行，别人都说某个星长得帅，她就对那星产生了反感，总能找出一些不帅的地方来。别人都说谁的歌唱得好，她就觉得其实唱得并不好，干脆就不听那人的歌了。

更何况是爱情！

既然那么多人爱你，而你又回应了那么多人的爱，那你不成了“人尽可妻”？还有什么值得我爱的呢？

她不知道裴总对她和吴成峰的故事是怎么看的，感觉是把裴总吊在了半空，成了停摆的钟。因为裴总并没收手，还是每天找她私聊，点餐到办公室来吃，但是也没有进一步的行动。

她心说聊就聊，吃就吃，只要你不动手动脚，不设套害我，我还怕聊怕吃不成？咱“话痨”和“吃货”的光荣称号也不是谁拱手送来的。特别是想到吃是白吃，聊算上班，更加大无畏了。

有一天，裴总下午才来到办公室，一来就通知她：“今晚跟我出去应酬。”

她一愣：“应酬谁？”

“市里的几个人。”裴总说了几个耳熟能详的名字，都是市里的头面人物。

她从来没跟这些人打过交道，感觉遥远得很，不由得问：“那我去干吗？”

“应酬啊。”

“你的意思是三陪？”

裴总呵呵笑起来：“你想到哪里去了！人家都是市里的头儿，正经人，有名的模范丈夫，出门都跟夫人十指紧扣的，怎么会要你三陪？再说，我舍得让你去做三陪吗？”

“那我去干吗？”

“应酬啊。哦，对了，用你们知识分子的话来说，就是公关，懂了吧？这是你工作的一部分。”

她推辞说：“等我问下我爸妈。”

“工作上的事还要请示你爸妈？”

“我晚上去任何地方都要请示我爸妈。”

“哇，你可真是个乖乖宝宝啊！我来帮你请示吧。”裴总说完，就掏出手机，以迅雷不及掩耳之势拨通了老同学的电话，“超英啊？我跃进！”

老同学肯定是受宠若惊，忙不迭地表达自己的喜悦心情，因为裴总很受用地说：“哪里哪里，我这不是怕打扰你吗？知道你们当老师的忙。”

她生怕老妈自作多情，说出什么丢人现眼的话来，急忙阻止说：“裴总，我妈在上班，不方便打电话，等我自己发微信给她说吧。”

裴总不理会，大声说：“是你的宝贝女儿，让我来向你请示，看她能不能出席今晚公司的商务活动，我们请了市里的 ××× 和 XX 来指导工作，这是公司的传统，每年都请的。我让小云也参加，见见世面，算加班的，请你看在老同学的面子上，让她参加今晚的活动。”

她老妈肯定是一口答应，就听裴总大包大揽地说：“你放心，交给我了，十点以前保证把人给你送回家！”

裴总打完电话，一脸胜利的表情看着她。

她装作如释重负地说：“我生怕我妈会不答应呢。”

“我出面，还能有不答应的？”

“我可不可以提前回去换套衣服？”

裴总上下打量了一下：“这套就挺好的啊，清纯，自然，学生妹。”

“那我去下洗手间。”

说完，她就离开办公室，躲在洗手间给蔚然发微信：“裴总让我今晚跟他出去应酬，说是市里的 ××× 和 ×× 来指导工作。第一次啊，怕怕！你比较了解他和公司情况，觉得可行吗？着急 ing，在线等。”

他很快就回了信：“没事，放心去吧。”

她像得了尚方宝剑一样，雄赳赳气昂昂地去了。

晚上的活动并没有她想象的那么污浊不堪，市里的几个领导都挺正派的样子，有的还带着夫人。大家在一起吃饭聊天，没说脏话，没讲黄色笑话，饭后没去色情场所，连洗脚城都没去，只是唱了 K，也没叫陪唱小姐，就是裴总和几个麦霸领导麦霸夫人在那里争锋，她都没机会一展歌喉。

想不到裴总的嗓子还不错，一首《草原之夜》唱得高亢如云，势如破竹，大有腾格尔原唱之风范。有位市领导不自量力，拿着另一支麦克风想同唱，结果只唱到“草原上只留下”，就倒在“我的琴声”那里，唱不上去了。

裴总一路都很照顾她，给她夹菜，跟她交谈，一点没让她有“圈外人”的感觉，但也没热络到令她不自在的地步。

席上其他男人也都挺礼貌规矩，没有谁上来套近乎，但也都跟她打了招呼，有的还跟她闲聊了几句。

她心说难怪白云那么爱跟着裴总出来应酬呢，既没失财，也没失色，见了世面混了吃喝不说，还算加班，能拿双倍的工资，何乐而不为啊？

49

裴总没有食言，果然赶在十点之前把凌云送回了家。

是严格意义上的送！回！家！也就是说，不是送到楼下，更不是送到小区门口，而是一直送到楼上，送到凌家的门口！

她本来是坚决不让裴总送上楼的，但裴总坚决要送上楼，说接你的时候答应过你父母的，要在十点之前把你送！回！家！我不能食言。

她怕闹闹喳喳的让邻居产生误会，只好让他送她上楼。

凌爸凌妈都还没睡，在看着电视等女儿，见裴总亲自把女儿送上楼来，都受宠若惊，急忙邀请裴总进来坐坐。

裴总也不客气，丢下司机在下面死等，自己就坐在凌家客厅里叙起旧来。

她出于礼貌，不好马上就躲进自己卧室去，只能坐在饭桌边上，听沙发那边的裴总和老妈讲那过去的事情。

老爸刚开始还是有点硌硬的，但裴总很善于搞关系，很快就把老爸也拉入了聊天圈。而且聊着聊着，就聊出了当年的小学校门，聊到C市，聊到中国，聊到全世界，绝对是浑然天成，无缝对接。最后，越聊越广阔，越聊越遥远，聊的全都是老妈找不着北的话题，就变成两个男人对聊了。

等裴总聊够了告辞走后，凌爸意犹未尽地说："咱们应该请跃进上家来吃顿饭才像话，怎么说人家也是小云的老板，以后小云的前程全靠他了。"

她妈自然很赞成："是啊是啊，我早就想请他来吃顿饭的。"

"那你怎么没请呢？"

她以为老妈会借题发挥，说"还不是怕你吃醋"，但老妈没那么说，而是很客观地说："怕他嫌咱家窄小啊。"

"那就上饭店请呗。"

"饭店我也不是没想过，主要是觉得便宜点的又拿不出手，拿得出手的又太贵。"

老爸自信地说："我觉得在家请没问题，你今天也看见了，人家跃进像是会嫌弃咱家窄小的人吗？"

"不是不是，肯定不是。嗯，如今这世道，像跃进这样发了财还记得老同学的，真是不多见了。"

凌爸讥讽地说："看看，真是给你二两颜料就要开染坊！又做你那春秋大梦了吧？难道你就看不出来，他跟谁才有共同语言？"

她心里好笑，很想对老爸来一句："你也别做你那春秋大梦了！你以为他是来跟你聊天的？”

但她什么也没说，知道说了他们也不会相信。如果她有理有据地让他们相信了，那他们肯定会担惊受怕，把她管得死死的，连班都不让她上了，还不如就让他们继续做他们的春秋大梦。

她对父母道个晚安，就躲进自己的卧室里，给蔚然发微信。

她先汇报了一下今晚的盛宴，然后说：“今天要不是你的话，我就该错过这么好的白吃白喝白拿的机会了！”

他发了个流口水的小人儿过来。

她说：“希望以后天天都有应酬！”

他回复说：“也不是每个应酬都这么人畜无害的。”

“是吗？”

“要看是应酬谁。”

“那应酬谁是人畜有害的呢？你说了我好避免应酬那些人。”

他说了几个名字，然后说：“说多了不好记，还是到时候再说吧。”

“好的，到时我先问你，你说能去我就去，你说不能去我就不去！”

他发了个笑脸过来，就跟她道了晚安。

没几天，裴总又来通知她：“今晚有应酬哈。”

她先来一个拖延大法：“哎呀，我跟闺蜜约好今晚有活动的，等我跟她说说，看能不能改期。”

“肯定能改期，你们女孩子的活动，还不就是逛街扫货之类的，哪天去都行。”

“谁说就是逛街扫货？”

“那还能是什么？”

“不告诉你！”她拿出手机，装作漫不经心地问：“今天应酬谁呀？”

“山田。”

她心里一咯噔：“山田不是白云的客户吗？”

“怎么是她的客户呢？是公司的客户。”

“但是她带过来的呀。”

“那就成她的客户了？再说也算不上是她带过来的，只不过是她先认识山田而已。”

“我是怕她知道了会不高兴。”

“你不告诉她，她怎么会知道呢？”

“切，她神通广大得很，上次出去吃午饭的事，我没告诉她，她不还是知道了吗？”

“这次不会了，她回老家了。”

她有点不高兴，这分明是拿我当备胎嘛，白云不在这儿了，才让我去顶班，如果白云在这里，肯定没我什么事。

她指指手机：“等我跟我闺蜜商量一下。”

“快商量。”裴总没动窝，坐在她办公桌上等她商量。

她侧过身去，给蔚然发了个微信：“裴总让我今晚跟他去应酬山田，能去吗？”

他立即回复说：“别去！”

“为什么？”

“一句两句说不清。不过请你相信我，真不能去！”

她本来就不想去，又听他也这么说，立马决定不去：“裴总，我今晚不能跟你出去应酬。”

“为什么？”

“我闺蜜的妈病了。”

“你闺蜜的妈病了跟你有什么关系？”

“怎么没有关系呢？”她胡编乱造地说，“她妈从小看着我长大的，我们两家亲如一家，小时候我妈没奶，我都是吃她妈的奶。她妈就像我的亲妈一样！”

裴总非常失望，满脸的不高兴："这次就算了，下次可不能这样，要以公司的利益为重。"

"好的。"

她有点怕因为这事得罪了裴总，所以当她爸妈提出请裴总来家里吃饭的时候，就没有坚决反对。

那是个周末，她一家三口使出浑身解数，终于弄出一大桌好菜，荤素搭配，咸甜俱全，算上冷盘热汤什么的，整整十六个菜。

裴总如约前来，貌似狠狠地打扮了一番，不知道使了什么魔法，脸上的褶子都少了很多。如果不知道在场每位的年龄的话，硬是会以为裴总比老爸老妈年轻个十来岁。

这番忙碌再加上裴总的豪车，惊动了整楼的居民，一部分人围观豪车，另一部分人就以借东西问问题为由，来她家打探，一拨又一拨，络绎不绝。

裴总是见过场面的人，一点也不怯场，任人围观，还广撒名烟名糖，笼络人心。而且发挥他的功力，无论老少，都能聊上几句，还许诺帮这个的忙，帮那个的忙，一下就成了楼里的明星，不经常来都会让人想念的那种。

如果不是凌爸觉得那些邻居太喧宾夺主，终于端起主人架子，把那帮人哄散，裴总就要把大家都拉进来入席了。

等那些人都走了，裴总才把带给主人的礼物拿出来，孝敬两位老人。

她见事情弄成这个样子，非常后悔，坚决不让父母收礼物。但她父母早就被裴总洗脑了，一个认为是老情人送的一片心意，另一个认为是新知己送的一片心意，都认为应该收下，大不了咱今后回个礼呗。

那天又是相谈甚欢，还是从小学出发，一直聊到全世界，听得她耳朵都起茧了，但那三个人貌似都很开心。

她生怕有了这一遭，裴总就会理直气壮逼着她做小，心里很是害怕。但有可能自作多情的不是裴总，而是她自己。因为裴总并没逼她就范，还是像以前那样，只是坐在她办公桌上聊自己的过往情史，再就是叫餐进来一起吃。

慢慢地，她就不再自作多情担心裴总在打她主意了，很可能只是找个人聊聊天而已。

不过，这种干聊天白吃饭的日子并没有过多久。因为白云回来上班了，还像以前那样，跟裴总形影不离。

但裴总变得跟以前不一样了，像个被黄脸老婆盯牢的丈夫一样，脸上是一副身在曹营心在汉的表情。从她办公桌前经过，都要趁着白云转身的工夫，对她像地下情人似的挤个眉，弄个眼，嘴巴嗡动嗡动，好像在跟她眉目传情打暗号似的。

她知道白云的醋劲有多大，可不愿惹麻烦，所以对裴总的挤眉弄眼一律当作没看见，像根木头一样，毫无反应。

而白云则像一个怀疑老公有小三的大奶一样，进进出出都拉长着一张脸，对她怒目而视。

她懒得理，就当白云天生一张屁股脸，本来就那么难看的。

但有一天，她上洗手间的时候正好碰见刘姐，刘姐见四周无人，便悄悄地对她说："小凌，你刚来这里不久，对公司的事还不熟悉，我好心提醒你一句，别选在这个时候跟裴总好，不然会有大麻烦的！"

她急忙申明："我没跟裴总好啊！"

"没有就好。"

她觉得刘姐脸上的表情分明就是"我拿你当知己，你还跟我玩闪避，那我什么都不告诉你了"，赶快追问道："你听谁说我在跟裴总好？"

刘姐闪烁其词地说："没听谁说，我自己乱猜的。"

"不可能！你这么成熟厚道的人，怎么会乱猜呢？"

成熟厚道的刘姐只好承认："是听白云说的。"

她很生气："她自己瞎吃醋也就算了，怎么还对别人乱说呢？"

"她就是这种人。我这么一把年纪了，她还不是照样这么说我，搞得我差点丢了工作，所以我才叫你小心点。"

"但是我——我跟裴总什么都没有，而你是跟裴总有过一腿啊"，她本想这样说，但她马上意识到刘姐也未必跟裴总有过什么，也许是裴总自作多情认定的，或者是白云醋海翻波想出来的，或者二者兼而有之。

她听到"差点丢掉工作"这几个字，觉得不能掉以轻心，急忙追问道："白云到底对你说什么了？"

"她没说什么，就是跑来查问她不在的这些天里，裴总是不是天天跟你在一起。"

"那你怎么说？"

"我还能怎么说？当然是说不知道，我本来就不知道嘛。"

她略微放心点了。

50

但凌云的心放得太早了点。

白云的敌意行为很快就升了级，她不知道是从哪儿打听到了什么，还是从哪儿都打听不到什么，反正是从外围调查变成了正面交锋，直接上来跟她短兵相接。

那天早上，白云破天荒地没和裴总一起出现，而是一个人先行来到办公室，径直走到她办公桌前，很没礼貌地说："喂，想问你个事。"

她很反感，但竭力压住火气："什么事？"

"我不在的这些天里，跃进有跑到这儿来吗？"

她想了想，如实回答说："有啊，怎么了？"

"他跑这儿来干吗？"

"那你得去问他。"

"是你叫他来的吗？"

"我吃饱了撑的？"

白云想了想，问："那你跟他干吗了？"

她极为反感："我能跟他干吗？"

"你又把他拉出去吃饭了？"

"我是饿死鬼变的？怎么会拉他出去吃饭？你还'又'！我从来就没拉他出去吃过饭！"

"那你们有叫外卖送进来吃吗？"

她不好当面撒谎，也觉得没必要撒谎，咱又没做什么亏心事，撒什么谎？

她堂堂正正地说："是他叫的。他叫我跟他一起出去吃饭，我不肯去，他就叫了外卖进来。"

白云发作了："哼，我就知道会这样！别看你整天装个老实巴交的样子，满口都是不要不要的，但其实你肚子里装的都是坏水，一股一股往外冒！"

她也发作了："你别奈何不了葫芦，扯着藤子出气！明明是他点餐硬要我吃，你怪我干吗？"

"他是个有善心的人，叫了餐好意思不叫你吃吗？但你又不是没长嘴，不会推掉？"

"你最好去问问他，看我推了多少次！"

白云愣了愣，说："我还用问他？只要不是傻瓜，都能想得到！如果你不在他面前发骚，他会请你吃饭？”

她听到“发骚”这样的词，真的不知道该怎么回应。说“我没发骚”，听着还是档次很低，好像自己有骚，只是没发而已；说“你才发骚呢”，更像是两个泼妇在吵架。

她深吸了几口气，竭力让自己平静下来，冷冷地说：“是不是他最近冷落你了，你才像个弃妇一样到处找人闹？”

“他敢冷落我？”

“感情的事，没什么敢不敢的，如果你不是傻瓜，肯定能感觉出来。如果他没冷落你，你能不跟他在一起，却跑来找我闹？”

白云只好承认：“我回来这么久，他一次都没有去看我，说好每个星期都去的。”

“那你还不醒悟过来？”

“醒悟什么？”

“他就是这么个花心大叔，玩厌了就会甩掉你的。”

“他敢！”

“也许他暂时还不敢跟你分手，但他迟早是会抛弃你的。”

“为什么？”

“你真以为他爱你？别做梦了！你不过就是他情史上的一个过客而已！在你之前不知道有多少这样的过客了，在你之后，也会有无数的过客！”

她把裴总讲的那些情史一件一件地讲给白云听，不过每一件都只是提个头，白云就会插嘴说：“这个我知道，他还说什么了？”

说到最后，每一段情史白云都知道，但都不以为意：“那都是以前的事了。自从有了我，他就再也没喜欢过任何别的女人。如果不是你来勾引他，我就会是一个终结者！”

“切，别以为每个人的眼光都像你这么低！坦白告诉你，我对他一点兴趣都没有，他根本不能入我眼！”

“不可能！”

“为什么不可能？”

“他那么出色，你会对他一点兴趣都没有？”

“他有什么出色的？”

“至少比你的男朋友要出色！”

“我的男朋友？”

白云朝她办公桌上的相框努努嘴，但突然发现换了个人，就一把抓过相框，看了看，说：“这不是从前那个了？”

“当然不是。”

“那个呢？”

“吹了。”

“为什么？”

“不喜欢，当然就吹了。”

白云恍然大悟：“难怪他这次态度大变，原来是因为你跟你男朋友吹了！哼，女人的直觉真的是没错！请你老实告诉我，你是不是为了跃进才跟你男朋友吹的？”

她冷笑一声：“我已经实话告诉你了，像他这样的，我根本不拿正眼瞧！现在都什么年代了，还这么自吹自擂，自我感觉良好，自恋情结这么严重，我特瞧不起这种人！”

“谁说他自恋？”

“我说的。”

“你凭什么说他自恋？”

“他不自恋吗？不自恋会把那些过往情史拿出来吹？”

“他有吹吗？”

“他要是不对我吹，我怎么会知道他跟那些女生的事？他要是不对你吹，你又怎么会知道他跟那些女生的事？天知道他还跟多少人吹过，而且每次还都说是女生追的他！”

她把裴总说白云的那些话一五一十地学了一遍，说得白云顿时愣在那里。

她居高临下地说：“你读书少，知识面有限。我告诉你吧，现在时代不一样了，他这种自恋男人已经落伍了。现在已经到了用讽刺与幽默来表达真情实感的年代，真正有内涵的人，都是善于自嘲的，都懂得幽自己一默。哪里还有像他那样，自作多情，成天以为每个女生都在爱他的？”

“本来就是每个女生都爱他嘛。”

“谁说每个女生都爱他？我就不爱他！”

“你是不敢承认。”

“才不是呢！我看得上的人，比他要强十倍！”

“谁？”

她指指照片。

白云又拿起相框，仔细看了一会儿，说：“我怎么觉得这人挺面熟的呢？是我认识的人吗？”

她慌忙抢过相框，放进抽屉里。

白云想了一会儿，说：“是蔚然吧？”

“谁说是蔚然！”

“你有种就把照片拿出来让我再看看。”

她想了想，说：“是又怎么样？”

白云突然变了口气：“唉，说起来我们也是同病相怜！”

“什么同病相怜？”

“蔚然不也是有老婆的吗？”

原来是这个意思，她没吭声，做出一副同病相怜的样子。

白云说:“我以为就我这种读书少的人才会走这条路，哪知道你名校毕业的也还是要走这条路！只怪我们出生太晚了，这世上的好男人都被那些黄脸婆给抢走了霸占了。”

这下她真的有了同病相怜的感觉。

白云说:“我实话对你说，小三不是那么好当的！你别看那些大奶都一把鼻涕一把泪地控诉她们的男人抛弃她们，其实那是因为她们什么都没有！像跃进老婆这种有实权的，你想她们的老公要抛弃她们，可不是那么容易的事！”

“是吗？”

“当然是啦。跃进这么爱我，从看见我的第一天起，就想跟我结婚，但真到了要跟老婆离婚的地步，还是下不了手。”

“为什么？”

“因为他的事业全靠他老婆，如果离了婚，他这个公司就得关门。”

“关门就关门，你也不是贪图钱财的人，对吧？”

“我是不贪图钱财，哪怕他就是一个普通的打工仔，我也不会离开他。”

“是啊，那他还怕什么呢？就干干脆脆离了婚，跟你在一起，做贫贱夫妻。”

白云摇摇头:“你完全不懂男人。你以为男人像咱们女人一样，只要有爱情就满足了？根本不是这样的！男人必须要有事业才行。如果事业和爱情让他们选一样，他们肯定会选事业，因为有事业就有爱情，但有爱情不等于有事业。”

“你的意思是有钱就有女人吧？裴总那个能算事业？顶多就是赚钱而已，他追求的也不是爱情，顶多就是女人。”

“我不跟你玩字眼。”

“那你就想这么没名分地跟着他？”

“他不会永远靠他老婆的，等他赚够了钱，我们就移民到海外去生活。”

“那你就安安心心等他赚够钱呗。”

“但我不希望等了这么久，最后被你把他抢跑了！”

“我都跟你说了，我根本看不上他！他算老几啊？还要等赚够钱办移民才能去海外生活，我的男朋友本来就是从海外回来的，随时都可以再回去！”

白云被震住了，好一会儿才说：“但是蔚然在海外不是有老婆吗？”

她也被震住了，想了一会儿才说：“他老婆在美国，我们会去加拿大！”

白云骄傲地说：“我和跃进是要去美国的，美国比加拿大好！”

她不想再往下扯了，做出一副心服口服的样子。

白云又问了一下蔚然离婚的可能性，等到听说是跟裴总一样，也需要等待等待再等待，就心满意足了，痛骂了一番黄脸婆，告辞离去。

白云一走，她马上给蔚然发微信，把今天的事情经过大致讲了一下，然后请求他的原谅：“对不起，我那时也是没办法了，不拿出一个过硬的男朋友来，就没办法打消她的疑心。”

他还是那句口头禅：“没问题。”

她谢了他，但还是不放心：“如果你夫人知道了，会不会影响你们之间的关系？”

“她不会知道的。”

“但是我怕白云或者裴总会到处乱说。”

“他们不认识我夫人。”

“但他们知道她在美国，托人打听肯定能打听出来。”

“她知道了也不要紧，我会对她解释的。”

“我就怕她不相信你的解释。”

"会相信的。"

"你这么有把握？"

"是啊，我信誉好嘛。"

"有多好？"

"这么说吧，如果是你，你会不相信我的解释吗？"

她尽可能地设身处地了一番，还是找不到感觉，只好发了个笑脸过去。

他说："我这边，你就不用担心了，倒是你那边要好好防范一下。"

"怎么防范？"

"最好辞掉工作，别再去那个是非之地。"

她觉得事情没那么严重："辞职？没这么可怕吧？只要你不对人揭穿我的谎言，白云就不会再吃我的醋了。"

"但愿如此。"

51

幸好凌云及时给蔚然打了招呼，不然肯定会闹出大麻烦。因为白云在第一时间就把这事告诉了裴总，而裴总则在第一时间就开始了求证。

这次裴总和白云如影随形地来到办公室，然后哼哈二将一般坐在她办公桌上，两个人，四条腿，齐刷刷地从办公桌上挂下来，一边两条，正好把她夹在中间。

她尽力把座椅往后退，一直到退无可退才停下，总算跟那两人拉开了一米左右的距离，免得那两人说到得意之处，腿一甩一甩的，会碰着她。

白云果然得意得两腿一甩一甩的，没头没脑地对她说：“我对他说了，他还不相信！”

“对谁说了？”

白云朝裴总努努嘴：“他呀。”

她已经明白了几分，但仍然问：“说什么了？”

“你和蔚然的事啊！”白云对裴总唆使道，“喏，你不是要亲自问她的吗？快问啊！”

裴总没有立即发话，而是四下里寻找着什么，找了一会儿没找到，才开口问道：“咦，前天摆在这里的那个相框呢？给我看看，她说她一眼就认出是你和老蔚的合影，但我也看了那张照片，怎么没觉得那是老蔚呢？”

白云说：“肯定是老蔚年轻的时候照的，跟现在不一样了，不仔细看根本看不出来。”

“老蔚年轻的时候？不可能吧！那上面的小凌跟现在一个样。”

“那有什么？女人比你们男人爱保养呗。”

裴总不理白云，转而问她：“你很早就跟老蔚好上了？”

她硬着头皮说：“嗯。”

“是吗？那他的嘴还挺紧的呢，从来没听他说过。”裴总不甘心地说，“你那张照片呢？再给我看看，看我认不认得出来。”

“照片不在这里。”

“在哪里？”

“我拿回家去了。”

“拿回家去干吗？”

“放这里不好。”

“有什么不好的？”

她故作忸怩地说："呃——他是一个有老婆的人，让别人看见，不骂我是小三？"

"你知道他有老婆啊？我还以为你不知道呢！"

"这种事，我怎么会不知道呢？"

"这种事，刚好就是处在你这个位置的人不知道！"

"为什么？"

"切，男人有几个老实的？他会对你说实话？还不是能瞒就瞒，能混就混！"裴总很有点恨铁不成钢的意思，摇着头说，"你呀，真是叫我怎么说你好呢？既然你知道他是有家室的人，怎么还跟他搅在一起呢？"

她不答话，只是看着白云。

裴总不解，也看着白云："是你撮合的？"

"哪里是我撮合的啊？我昨天才听她说的。"

"那她怎么看着你？"

"我怎么知道？"

她提醒白云说："你昨天不是还说我们是同病相怜吗？"

白云终于悟出来："对呀，就是同病相怜！"

裴总问："什么同病相怜？"

白云幽怨地说："你不是也有家室吗？"

裴总好像刚发现自己有家室似的，愣在那里，好一会儿才说："我有家室怎么了？"

"所以我跟她是同病相怜！"白云体己地对她说，"算了，也不怪他们，只怪那些黄脸婆，把我们的真爱抢走了！"

她忍俊不禁："怎么是她们抢走的呢？应该是你我抢走她们的真爱吧？"

"她们才不是真爱呢！都一把年纪的黄脸婆了，懂个什么真爱？"

“但她们当初谈恋爱的时候，肯定也是跟我们一样年轻的。”

“但是——反正她们都不是真爱，她们贪图的是别的东西。不信你可以问跃进，看他老婆对他是不是真爱！”

她问裴总：“是不是啊？”

裴总皱起眉头，愠怒地看着白云。

白云毫无觉察：“他是个有善心的人，才不肯对外人说老婆坏话呢。但我不怕，我敢说，事实嘛，有什么不能说的？他那个黄脸婆根本不是真的爱他，而是奉父母之命！跃进也不爱她，只是为了事业，才忍辱负重。”

裴总呵斥道：“小云，别在这里瞎说了！”

“谁瞎说啊？你自己不是这样对我说的吗？”

“你别管我怎么对你说，你自己说话注意点，别不分场合。”

她挑拨说：“白云，我觉得你说得不对，咱们裴总这么高富帅的人，那还不是人见人爱，花见花开？他老婆还能不真爱他？”

“他结婚时哪里是高富帅呢？根本就不是！”

“那他是什么？”

“穷人一个！”

“不会吧？”

“是真的！他那时高还是高的，帅也是帅的，但是他不富，一分钱都没有，连正式工作都没有。”

“那不正好说明他夫人对他是真爱吗？不然怎么会嫁给他？”

白云恼了：“我对你说了，她那不是真爱，你怎么不相信呢？”

裴总打断她俩：“这个老蔚啊，我真没想到他会是这样的人，平时装得挺老实的，出去应酬连酒都不肯喝，拉他去洗个脚推个油按个摩什么的，他也总是推三阻四不肯去，搞得客户都很扫兴。每次都是由我来给他打圆场，说他老婆管得紧啊他是基佬啊什么的。哪知道他是闷头鸡吃白米，一点也没闲着，在暗地里勾引我的手下！”

她怕裴总因此对蔚然怀恨在心，影响了他们生意上的合作，急忙说：“不是这样的，是我主动找的他。”

“你呀，真是乱来！你以为他会爱你？他不过是趁着老婆不在身边的机会，打打野食而已！这种男人，千万不能相信！”

她禁不住笑起来：“呵呵呵呵，裴总，你说的‘这种男人’包不包括你自己？”

裴总一愣，半晌才说：“我是在跟你说正经的，你瞎扯个什么呀？”

她挑拨说：“白云，裴总在叫你别相信他呢。”

白云说：“跃进不是那样的人！他跟他老婆早就没感情了。对吧，跃进？”

裴总哼哈着说：“我们这不是在说老蔚吗？你别扯远了。凌云啊，你爸妈知道这事吗？”

她没跟爸妈通气，怕裴总立马就打电话问爸妈，只好坦白说：“还没告诉他们。”

“但他们迟早是会知道的呀。”

“到时候再说。您可别跑去对我爸妈说这事。”

“我可以暂时不告诉他们，但你要把一切都如实告诉我。你跟他是怎么认识的呢？”

她把第一天上班时跟蔚然的奇遇讲了一通，裴总不相信地问：“就这么点事，你就喜欢上他了？”

“当然不只这点事，我跟他从小就认识的。”

她又把“在妈妈肚子里”的事讲了一番。这些都是真事，她又都写出来贴在了博客里，所以讲起来一点也不困难，瓜熟蒂落，水到渠成，呱啦呱啦，讲得绘声绘色。

白云也毫不示弱，不断地插嘴，讲自己跟裴总是怎么认识的。

裴总则不断地阻拦白云：“你扯这些干吗？”

“那她不也是在扯这些吗？”

“她不一样，她需要我给她把把关。”

白云撒娇说：“人家的事，干吗要你把关啊？”

她立即抓住时机，拉大距离：“因为裴总是我妈初中时的同学，相当于我的干爹，他当然可以帮我把关。”

裴总不高兴地说：“你就是这么看的？”

“难道不是吗？”

“我什么时候认你做干女儿了？”

“这还用认？天经地义的事嘛，最少也是我的干伯伯。”

白云欢呼说：“哇，那太好了，你得叫我干婶婶了！嗯，这个‘干’不好听，就叫‘婶婶’得了！”

她毫不犹豫地叫道：“婶婶！”

白云指着裴总说：“那你以后就叫他伯伯！”

“什么以后啊，现在就叫，伯伯！”

裴总正色道：“我们现在是雇主和雇员的关系，别搞这些个干亲戚，让其他员工知道了不好，还以为我任人唯亲呢。”

她没答话，白云说：“本来就是任人唯亲嘛，如果她不是你老同学的女儿，你会招她？她又不是学这个的，招来坐在这里白拿钱。”

裴总辩解说：“哪里是招来坐在这里白拿钱？以后欧美的客商来了，都是由她负责接待。”

白云不高兴了：“为什么是她接待？”

“因为她懂英语。”

“我也懂英语！”

“你懂个屁！”

“你才懂个屁！”白云恼了，嘟起嘴唇撒娇说，“你给我好好记着！

你今天说了我懂个屁，我要让你好瞧！”

裴总也不示弱：“我在说公事，你别在这儿瞎搅和了！”

白云一愣，旋即跳下办公桌，拿着自己的小包，转身就往门边冲：“好吧，你说你的公事，我不掺和。你有种今晚别回家！”

“那是我买的房子，我想回就回！”

白云跑出办公室，“砰”的一声把门关上。

她提醒说：“裴总，你还不快去追她？”

“我追她干什么？”

“你不追她，她生气了，就不理你了！”

“不理我正好！这个女人的脑袋肯定是被门夹过、被驴踢过，一点都不正常，成天闹三闹四的，烦死个人！”

她替白云担起心来。

裴总说：“别管她，我们接着说你的事。”

“说我什么事？”

“你跟老蔚的事呀。你先别急着做决定，等我在美国那边调查调查再说。”

她一惊：“在美国调查？”

“是啊，他应聘的时候，交过简历的，上面什么都有，他在哪里读的书，在哪里工作过，都有的，好查得很。”

“你要去美国出差吗？”

“不啊，怎么了？”

“那你怎么在美国调查？”

“我可以让别人调查嘛。”

“谁？”

“就上次那个客户。”

“那个客户不是蔚总联系的吗？他会不会把调查的事告诉蔚总？”

“我会交代他别走漏风声的。”

“还是算了吧，我又不是不知道他有老婆。”

“不光是这个。”

“那你还想查什么？”

“各方面。我得对你负责！”

52

裴总要托人在美国调查蔚然，让凌云感到又喜又愁。

一方面，她巴望裴总能调查出蔚然的根底来，因为只要是跟蔚然沾边的东西，事无巨细，点点滴滴，她都很感兴趣。特别是他的婚姻状况，更是她魂牵梦萦的主题，真恨不得能打听出一切的一切来。

凭她个人的感觉，蔚然的婚姻不是那么美满，夫妻俩一点也不如胶似漆。因为这段时间，他肯定没回美国探过亲。

这个可以理解，因为他工作忙，资金有限，为了少雇人，他晚上都去公司值班，吃在那里，睡在那里，平时还要照顾行动不便的老爸，哪有时间回美国？

而他的妻子女儿，也肯定没回国来看望过他。因为在C市这种小地方，如果有谁的老婆孩子从外国回来探亲，肯定会传得家喻户晓。尤其是像他家住得这么近，中转两三站，就能传到她耳朵里来。

这个也可以理解，因为现在非年非节的，孩子要上学，妻子要上班，哪有时间回来看他？

不好理解的，是他的词汇里几乎没有“老婆”“孩子”这两个词，平时没听他讲起过，微信微博里也没提到过。除了那次晒女儿的照片之外，其他什么都没有。

她自从知道了他的微博，就每天跑到那里去逛，一天去好几次，反正她上班也没什么事，就是上网消磨时间。他在微博贴任何新东西，她肯定都是第一个知道，第一个拜读，第一个点赞。她还把他以前在微博贴过的所有文章都翻了个底朝天，每篇都仔细看过了。

根本就没有关于妻子女儿的只言片语！

估计他跟他妻子的关系不是那么亲密，要么是曾经亲密过，现在破裂了，要么从来都不曾亲密过，只是“形婚”。也就是说，他是同性恋，但为了掩人耳目，也要找个女性结婚，但只是形式上的婚姻，事实上彼此并不相爱，也不同床共枕。

不管是哪种情况，都让她看到了一线希望。

如果是感情不好，那他迟早会离婚的。就算他愿意拖，人家还不愿意拖呢，青春多宝贵啊，谁愿意浪费？如果是同性恋，就比较棘手一些，以她的条件和本事，应该不可能掰直他。但她愿意做他“形婚”的妻子，只要能天天跟他在一起，只要能帮到他。

问题是她不知道他究竟是哪种情况，就觉得自己正悬在半空中，上不沾天，下不着地，束手无策，表白都不知道朝哪个方向表。

如果裴总真的请人在美国打听出蔚然的底细了，那她就知道该怎么办了。

但她站在蔚然的角度一想，又觉得应该阻止裴总去打探蔚然的隐私。既然蔚然不愿意别人知道他的婚姻状况，那自有他的道理，外人拼命挖出他的隐私来，只会伤害他，说不定他会因此而记恨她。因为裴总是为她去打听的，确切地说，是因为听了她撒的谎，才想到派人去打探蔚然的隐私的。

想到这里，她急忙劝阻说：“裴总，我觉得这样不好。那个客户是蔚总介绍的，肯定跟他关系不错，你请他去打听蔚总的底细，他能不告诉蔚总？如果蔚总知道了，肯定会很不高兴的。”

裴总一点也不在乎：“他要不高兴也是不高兴我，又不是不高兴你，你怕什么？”

“不是怕什么，但你是因为我的缘故才去打听他的事情的。”

裴总好像受了侮辱一样，不高兴地说：“谁说我是因为你的缘故才去打听他的事情的？我是那种小心眼的人吗？”

“你刚才不是说要帮我把关吗？”

裴总一愣，辩解说：“把关是要把关，但也用不着去美国调查他呀，我现在就能说出他的十大罪状来。”

“什么罪状？”

“第一条，隐瞒自己已婚的身份，勾引未婚女性。”

“我已经对你说过了，他没勾引我，是我勾引他，行了吧？”

裴总异样地看着她，半晌才摇着头说：“你呀！真不知道怎么说你才好！这是人生大事，怎么能赌这种气呢？”

她丈二和尚摸不着头脑：“我赌什么气了？”

裴总不失宠溺地说：“我办事有我的程序，有我的安排，你不要操之过急。”

她丈四和尚更摸不着头脑了：“我怎么就操之过急了？”

“你看你吹掉B省那个男朋友，多突然啊，事先也没跟我商量一下，搞得我很被动。这次找老蔚，又是这样，不声不响地就找下了。”

她丈八和尚连腰都摸不到了：“这跟你又有什么关系？怎么就让你被动了？”

裴总推心置腹地说：“我早就对你说了，我对白云只是一种利用，但利用完了，也不能随手一扔啊。毕竟人不是工具，不能想使就使，使完就放一边。而她刚好又是那种爱寻死觅活的人，所以这事急不得，一定要妥善处理，不然会出大事的。但你放心，我迟早会安排好的，你着什么急啊？”

她已经是丈十六和尚只能摸脚趾了：“着急？什么意思？”

裴总拍拍她的手：“好了，别着急了，对我有信心一点行不行？相信我会把所有事情都处理好的。你从现在起，不要擅作决定，一切都包在我身上。”

她懒得琢磨裴总话里的含义了，直接说：“我没别的意思，就是希望你别找人去美国翻蔚总的老底。”

“我已经说了，这事你别操心了，我会处理的。”

“我希望你能答应我这一点。”

“答应哪一点？”

她极为光火，口气也不那么礼貌了：“说了半天你怎么还不明白呢？就是要你别去美国调查蔚总！”

裴总的口气也强硬起来：“别的问题，我可以听你的，但生意上的事，请你不要过问！”

“什么生意上的事？”

“我在老蔚的公司投了资的，我不该查清楚他的底细吗？”

她一愣，反驳说：“你不是应该先查清楚底细再投资吗？”

“原则上是这样的，但他那时刚起步，急需资金，我跟他那么熟，我能不帮他一把吗？”

她听裴总这样说，就没办法再阻止了，只好安慰自己说：反正我已经尽力阻拦过了，他为了自己的生意要去美国调查蔚然，我也没办法。

不过她还是及时地把这事告诉了蔚然。

他一点也不慌张，更不气愤，还是那句老话：“没问题。”

她很好奇：“你一点都不怕他在美国调查你？”

“干吗要怕？”

"人正不怕影子歪？"

"人歪也不怕影子歪！"

"我就怕这事让你夫人知道了会不高兴。"

"没事。"

"不是说美国人都很注重自己的隐私权吗？"

"她不是美国人。"

"那她是哪国人？"

"中国人。"

"中国人也不喜欢别人打探自己的隐私吧？"

"没事，裴总都能打探到的东西，能是什么隐私？"

她忍不住笑了起来："你的意思是你把隐私藏得很好？"

"我的意思是我没什么隐私。"

她想想也是，跟谁结婚，感情好不好，也不是谁不知道的事。就算他是同性恋，也不稀奇，美国的同性恋多了去了，一个个争相出柜，搞得那些异性恋都像落了伍一样。

她开玩笑说："你不怕他查出你跟你夫人关系不好？"

"干吗要怕？"

"家丑不可外扬啊。"

"那就当是丢人呗。"

她听他这么说，基本就可以肯定他跟他夫人关系不好了，不由得一阵窃喜，然后又暗骂自己人品不好，骂完了又忍不住问道："既然都到丢人的份上了，怎么还不离婚呢？"

"不是有孩子吗？"

"如果父母之间老吵架，可能对孩子更不好吧？"

"谁说老吵架了？我像吵架的人吗？"

"冷战？"

他没正面回答，只是发了一个冷得打颤的小人儿过来。

她知道这是他的惯用伎俩，凡是他不想正面回答的问题，他就用表情包搪塞。他的表情包特别多，特别应景，感觉他要是不想说话，完全可以用表情包表达一切。很多表情包都是她从来没见过的，说不定是他自己做的。

他关切地说："我觉得你还是尽早离开那个是非之地比较好，可能你也听说了，那里经常有女孩子为了裴总而闹到打架地步的。"

她的确听说过，但因为是裴总说的，所以她不是很相信。现在听他也这么说，不禁好奇地问："你听谁说的？"

"不是听谁说的，是亲眼所见。"

"真的？真的有女生为了裴总打架？"

"是啊，脸都抓伤了呢。"

她想起两个女生打架的情景，忍不住笑了，然后说："那你真不用为我担心，因为我对裴总一点兴趣都没有，更不会为了他跟谁打架。"

"打架这事，不是你说不打就不打的。"

"你的意思是别人会抓着我打？"

他发了一对打架的小人过来。

她笑了一会儿，说："你的意思是让我辞职不干了？"

"是啊。"

"那我不失业了吗？"

"你可以再找别的工作嘛。"

"去哪儿找？"

"祖国这么大。"

"但我不想离开C市。"

"哇，这么舍不得C市吗？"

"不是舍不得C市，而是舍不得C市的人。"

"C 市的父老乡亲要感动哭了。"

"这关 C 市的父老乡亲什么事?"

她知道话说到这份上，他又要装聋作哑，用表情包来对付她了。果然，他什么也没问，什么也没答，只发了一个父老乡亲感激涕零的动态图过来。

她解释说:"这工作是我妈替我找的，她不知道多满意呢，我要是辞职，我爸妈肯定会骂死我。"

"你可以和他们把利害关系讲清楚嘛。"

她想了想，回答说:"我试试看。"

53

凌云回家后，就把辞职的意图跟爸妈提了一下。

果不其然，两人大力反对。

她妈说:"你疯了啊?做得好好的，怎么就想到辞职上去了?"

"我想复习考研。"

"怎么还在想考研的事呢?对你说过多少遍了，只有那些找不到工作的人才会去考研!但那也不过是缓冲几年，等他们读几年研究生出来，就更找不到工作了!你现在又不是没工作，还考个什么研啊?"

"但是这个工作跟我的专业不是那么对口。"

"现在能找到个工作就不错了，你还想对口?"

她爸略带吹嘘地提醒说:"上次跃进来咱家吃饭的时候，我就和他提过这事了，他说先别急，干着再说，以后会在内部进行调整，一定做到人尽其才物尽其用。"

她妈连连附和："是啊，是啊！过几天我们再请你裴伯伯来家里吃饭，催催他。"

她还是坚持着说要考研。

她妈烦了："你怎么这么不知好歹呢？完全不为我着想。你这个工作是我让你裴伯伯给你安排的，你这么拍屁股一走，叫我怎么向他交代？"

她爸也说："跃进这人挺有能力的，路子很广，也懂得用人之道，我觉得你就算读完研究生能找到工作，也不见得能找到比他更好的老板。"

她没办法，只好说出自己的担心："我就怕在那里待久了，会搞得很难看。听说那里为了裴总打架的女生多得很。"

爸妈都不解了："那跟你有什么关系呢？她们打她们的，你不打就行了。"

"打架这事，也不是我不打就不打的，人家要是找我打怎么办？"

"你这说得也太不靠谱了。你跟她们无冤无仇，她们干吗要找你打架？"

她更没办法了，只好实话实说："我是跟她们无冤无仇，但她们认为——她们以为裴总喜欢我，就会把我当仇人。"

老两口都觉得这是天方夜谭，老妈说："你裴伯伯是很喜欢你，但那是因为你是我的女儿，她们要吃醋也只能吃到我头上，你怕什么？"

老爸听不下去了："跃进会是因为你才喜欢咱们小云的？快别自作多情了！咱们小云名校毕业，人又听话，跃进当然喜欢她，那是工作上的一种赏识，跟你不沾边的！"

她借机说："是啊，是工作上的赏识，但她们要以为那是别的什么，我有什么办法？"

凌爸说："那你辞职也不能解决问题啊！不管在哪个单位，你要出类拔萃总是会出类拔萃的，领导要喜欢你，那也是挡不住的，难道你能因为害怕同行嫉妒就不工作了？”

凌妈说：“你别在里面瞎搅和了，我觉得她说的不是工作上的事，而是感情上的事。”

“什么感情上的事？”

“现在有些女生，就是不自重，去了一家公司，不是想着怎么把工作做好，而是成天想着怎么勾引老总，好快速上位。唉，别说是公司了，连咱们学校都有这种人。”

老爸好奇地问：“谁呀？”

“现在没空说这些。”老妈指点女儿说，“你可以跟她们把话说清楚，就说裴总是我妈的同学，我就跟他的干女儿一样，你们犯不上嫉妒我。”

“我是这样说了啊！但她们不这么认为啊！”

“如果你自己行得正，走得端，她们凭什么不相信？”

“我当然行得正，走得端，因为我对裴总完全无感，绝对不会喜欢他。但他对我，的确是有点那个意思。”

她无奈，只好把裴总的一系列艳遇都讲了出来。

这下她妈生气了：“这个人怎么这样呢？见一个爱一个，一点都不专一！”

老爸讽刺说：“我早就和你说了，他根本没把你当回事，你还不信！男人嘛，不管他是十几二十，还是七老八十，都只喜欢二十啷当岁的女生，你都小女生的妈了，还指望人家喜欢你？”

她妈抓住辫子了：“男人都只喜欢二十啷当岁的女生？那你也是男人，你也是这样的啰？”

“我没说我是这样的。”

“但你说男人都是这样的，那难道你不是男人？”

她见那两人忙着内讧，没心思管她的事，只好暂时按下不提。

回到卧室，她就给蔚然发微信，汇报今天跟父母谈打算辞职的经过，然后沮丧地说："我怎么说他们都不相信，就是不同意我辞职，怎么办？"

他安慰说："那就先别辞职吧。"

"但你不是说会打架吗？"

"也许是我想多了。"

接下来的那段日子，过得顺风顺水，白云照旧跟裴总出双入对，裴总照旧背着白云对她挤眉弄眼，而她则照旧装聋作哑。

白云不时会趁裴总进里面办公室忙活的时候，跑过来跟她聊天，主要是讲自己跟裴总的情事，然后打听她跟蔚然的进展。

她也只好编些谎话应付，事后立即报告给蔚然，以便统一口径，以防白云或裴总两边求证。

有一天，白云又来到她办公桌前，但这次不是聊天，而是跟她商量四人派对的事："我们四个今晚出去吃饭唱K吧，让跃进请客。"

"哪四个？"

"我们两对呀！"

"我们两对？"

"是啊，我和跃进，你和蔚然，不是两对吗？"

她心说糟了，这下玩大了，收不住了！

她急忙推托说："呃——这个——今晚就算了吧，蔚然他爸需要人照顾。"

"就一晚上怕什么？他经常在公司值夜班，也没见他爸出什么事嘛。"

"那是先安排好了才——"

"那你叫他今天也先安排好，不就得了？"

"那我跟他商量一下。"

“还需要商量？你也太惯着他了吧？赶快施展你的魅力把他制服，让他像跃进一样听话！”

她只好给蔚然发微信，先赔礼道歉：“对不起，我给你惹的麻烦越来越大了。”

他回复：“别对我说是公安要抓我。”

“那倒不是。”

“那还能有什么麻烦事？”

“就是让你冒充我男朋友的事。”

“没什么麻烦呀，我又不用做什么。”

“但今天白云一定要约我们出去搞四人派对，说裴总请客。”

“你爸妈不让你去？”

“那倒不是，只要我说是裴总请客，他们肯定会让我去。”

“那还有什么麻烦的？”

“你不会去呀！”

“我为什么不会去？”

她惊讶地问：“你会去？”

“白吃白喝，为什么不去？”

“你不用陪你爸吗？”

“一个晚上没事。”

她立即跑去回白云的话：“他说去！”

“哈哈，这还差不多！”

那顿饭吃得无比温馨甜蜜，蔚然演得很入戏，角色扮演很到位。吃饭时精心照顾她，眼神又温柔又专一，搞得她神思恍惚，以为真的在跟他谈恋爱。

连白云都开始羡慕嫉妒恨了，不停地暗示裴总要向蔚然学习。但裴总不知是真不懂，还是装不懂，或者就是“老夫老妻”，亲热劲过了，反正就是不符合白云的要求，总是把殷勤平均撒向在座的两位女士身上，有时甚至会更照顾凌云一些。白云只好把自己化作一坨嚼过的口香糖，紧紧贴在裴总身上，撕扯不开。

席间，裴总起身去上洗手间，他在那里给她发来一条短信：“记住，对老蔚不要操之过急，等我调查清楚再说。”

她没回信。

白云像长了透视眼看到了裴总的短信内容一样，狐疑地盯着她，问：“谁发来的呀？”

“我闺蜜。”

“你闺蜜是谁？”

“罗璇，你不认识。”

“那你怎么不回信？”

“不用回，我们约好了的。”她信口开河地编造说，“主要是我爸妈一般不让我晚上出来，我只好说是去闺蜜那儿。”

没想到一语成谶，晚上回家真的把闺蜜扯出来了。

那天吃了喝了唱了之后，两位男士就送两位女士回家。别看蔚然在席间表现得像个温柔的恋人，一走出那两个人的视线，就不是那么回事了，又变回普通同事或熟人。

他开车把她送到楼下，就告辞离去，留都留不住。

而她一进门，就被爸妈拷问了：“刚才送你回来的是谁呀？”

“裴总啊。”

“怎么不请他上来坐坐？”

“他说太晚了。”

“别撒谎了！我们刚才在窗口都看见了，不是跃进，也不是他的车！”

她见谎言败露，马上绽出一张笑脸：“哈哈，刚才骗你们的！是我闺蜜送我回来的。”

“罗璇？”

“是啊。”

“那我怎么看见是个男的给你开的车门？”

“是她男朋友。”

“她男朋友我又不是没见过，个子矮矮的，像个小孩子一样。今天这个，人高马大的，肯定不是她男朋友。”

她试探地说：“呵呵，真是好眼力，骗你们是骗不过去的。这样吧，告诉你们，是蔚然。”

“哪个蔚然？”

“还有哪个蔚然？就是你们以前彩虹中学的学生，上次来过咱们家的那个。”

她妈都炸了：“你怎么会跟他搞在一起？他多大了？老得都够做你爹了！”

她嬉皮笑脸地说：“爸，你看我妈，这是看上了蔚然的节奏啊！”

她爸不吃这一套，严肃地说：“我们在跟你说正经的，你别嘻嘻哈哈打岔。你是不是在跟这个蔚然谈恋爱？”

“是又怎么样，不是又怎么样？”

“是你就给我赶快停止！”

“为什么？”

“他一把年纪了，又有老婆孩子，你跟他搞在一起干吗？做小三？我们家可丢不起这个人！”

她妈一点风度都没有地说：“你要是敢跟他在一起，我就死给你看！”

她本意只是试探试探，现在见爸妈真生气了，马上一展笑颜：“算了，他是我找来骗白云的，没想到把你们也给骗了。”

“骗白云是什么意思？”

她把个中缘由讲了一下，然后说：“不信你可以亲自去问蔚然。”

“我们才不会去问他呢，这种伪君子，他的话能信？”

她把手机拿出来，让他们看她和蔚然互发的微信，全都是通风报信、定攻守同盟之类的玩意儿，老两口这才相信了。

54

四人派对太温馨了，一次就让凌云上了瘾，成天盼望白云能再发起新的四人派对。

但白云好像故意跟她作对似的，再也没提起过四人派对的事。

她没办法，只好厚起脸皮，自己牵头，再创机会。

她先跟蔚然商量：“上次裴总请我们吃了饭，我们是不是也得回请一下？”

她生怕他拉下脸来训斥她一顿：“你还嫌给我惹的麻烦不够多吗？上次是没办法，为了圆你的谎，我只好舍命陪骗子，现在他们又没提这事，你干吗要无事生非地请他们吃饭？”

但他一点都没训斥她，而是很积极地说：“对对对，是应该回请一下。”

“你也这么认为？”

“对呀，咱不能非礼人家嘛。”

“非礼？”

“古人说了，来而不往非礼也。”

她呵呵笑起来：“对对对，我们不能非礼他们。”

“你看在哪家请比较好？”

“哪家都行，但必须是我付账！”

“你中奖了？”

“没有啊。”

“捡了钱？”

“也没有，就是觉得这事因我而起，应该由我付钱。”

“还是我付吧，造假就要造得像才行。”

“那我先把钱给你，到时候你再付。”

“不用，现在请人吃饭哪有自己掏钱的？”

“那谁掏钱呢？”

“公司掏钱。”

“但你的公司不是快没钱了吗？”

“谁说的？快别这么小看人了，把我惹毛了请你们去法国吃大餐！”

她笑得一塌糊涂。

等白云来了，她就去发出口头邀请。

白云想了想，说：“如果他真心要请，就请我们去 M 山看日出。”

M 山是 C 市周边的一座山，从前只是一座默默无名的小山，跟 C 市周边其他的山没什么两样。但后来被一伙有经济头脑的人看中，花大力气把山顶一座早已废弃的道观修葺一新，又挖掘出几个历史名人“到此一游”的证据，还杜撰了几个潜心苦修得道成仙的民间传说，终于把此山打造成一座仙气缥缈的道家圣地，成为 C 市数一数二的旅游景点。

她很久以前去 M 山玩过，但没在那里看过日出，而且觉得在那么一座小山上看日出挺滑稽的。

但白云已经开始计划：“我们可以星期六出发，把车开到山下，然后上山，在山顶住一晚。第二天起早去看日出，接着去半山腰的‘仙斋楼'吃中饭，然后下山。"

她听说要花两天时间，还要在山顶住一个晚上，就有点慌了："那个——去两天啊？裴总他抽得出时间吗？"

"抽不出时间也得抽！我说去，他敢说半个不字？"

"那我先跟蔚然商量一下。"

白云鄙夷地说："你什么事都做不了主吗？"

"主要是他爸需要人照顾。"

"他爸不是找了个老伴吗？怎么还要他照顾呢？"

"找了个老伴？"

"你不知道？"

她还真不知道，从来没人和她谈起过。她没法把那个残疾老人和"找老伴"几个字联系起来，感觉是白云编出来试探她的，只好支吾说："这个事嘛——"

白云打断她："你到底是真和他在搞对象，还是你自己在花痴他？"

她不知道白云掌握了多少细节，只好模棱两可地说："搞对象又怎么样，花痴他又怎么样？"

"你呀，真是读书读呆了！你要是真的想拿下他，就得抓紧点！他也算个高富帅了，又有美国身份，走到哪都有女生往身上贴的！你不使点狠招出来，他马上就会被人抢跑了！"

"他本来就被人抢跑了嘛。"

"谁？"

"他老婆啊。"

"谁跟你说的那个呀？他老婆又不在跟前，起什么作用？我说的是跟前的！"

"跟前的？谁呀？我没看见谁往他身上贴啊。"

"他会让你看见吗？"

“那你看见过？”

“当然看见过啦，以前他在我们这里的时候，桃花多得很！”

她听得好烦，不由得皱起眉头：“是吗？”

“当然是啦！你知道他为什么会走吗？”

“不是为了创业吗？”

“创什么业啊！他在这里干得好好的，跃进待他就像亲兄弟一样，他干吗要去创业？再说他也没有创业的资金，最后都是跃进掏的钱！”

“是吗？那他为什么要离开这里？”

“还不是因为在这里闹得不可开交了。”

“什么叫不可开交？”

“这么说吧，他再不走就要闹出人命来了！”

“真的？你的意思是怀孕？”

“怀什么孕啊！是真的闹出人命！”

她想起他说过女生为了裴总打架的事，看来并不是为了裴总打架，而是为了他打架。

她问：“那他走了，就闹不出人命了？”

“他一拍屁股走了，就该我们跃进来帮忙擦屁股啰！”

“怎么擦？”

“安慰安慰呗。”

“怎么安慰？”

白云撇撇嘴，没回答。

她根据裴总的一贯作风，猜测说：“是不是以身相许那种安慰？”

白云瞪她一眼：“我会让他那样安慰？”

“那他怎么安慰呢？”

“给他们开个空头支票呗！那些贱人，你以为她们真的是坠入了情网？别美了！她们都是些庸俗脂粉，眼睛里只有钱。”

“裴总用钱把她们摆平了？”

“你甭问那么仔细了，我们刚才是在说你呢！我就是好心告诉你一声，你要想拿下老蔚，就得想些办法。”

“比如说？”

“比如这次去 M 山，我们订两个房间，我和跃进一个房间，你和他一个房间，如果你有本事，能跟他弄出人命来——这次是你说的那个弄出人命哈，不是叫你割自己手腕——这样你的江山就坐稳了！”

“没这么容易吧？难道以前那些女生没用过这些招数？”

“喂，你对自己有点信心也对我有点信心好不好？我看人不会错的，如果我觉得你没戏，我不会下这么大力气帮你。”

“你怎么知道我有戏？”

“因为他挺喜欢你的。”

“是吗？举例来说？”

“我听跃进说的，他说老蔚很欣赏你，说你聪明，有才华有学识，他干什么事都想把你拉进去。像上次你们跟外商谈判，根本就用不着你，但他一定要你也参加。”

她心里美滋滋的，但嘴里反驳说：“他那是想把我培养出来接他的班，他就不用过来当翻译了。”

“过来当翻译怎么了？跃进都是高薪聘请，他又不吃亏。”

“裴总还说什么了？”

“前不久跃进让他给公司的网站搞个英文版本，他又提议说让你主打，他敲边鼓。”

“是吗？我怎么没听说过？”

“跃进没答应。”

“为什么？”

白云轻蔑地说：“你自己不知道自己几斤几两，难道跃进也不知道？”

她听到这里，就决定无论如何也要去M山看日出，当即答应下来：“行，我们这次就去M山看日出！”

她先斩后奏，这才去跟蔚然商量。

这次他没有那么爽快了：“去两天？”

“是啊。”

“在山顶住？”

“是啊，她说要不然赶不上看日出。”

“M山不远，现在天又亮得这么晚，我们早点出发应该能赶上看日出。”

她见他一心要避开同住这个细节，心里就七上八下的。他到底是因为一点都不喜欢我，所以不愿意跟我住在一个房间，还是太喜欢我，怕跟我住一个房间会控制不住？

估计前一种可能性更大，因为现今没有谁还刻意把初夜留到结婚那天的，两人看对眼了，就会寻找机会滚床单。对男人来说，就算没看对眼，都可以先滚了床单再说。如果他喜欢她，那就不会害怕滚床单，只能说他不喜欢她，而且是不喜欢到了肉体反感的地步，所以才会尽量避免同住的尴尬场面。

他解释说：“主要是整个周末都不在家，时间长了点，我爸没人照顾，我怕万一有点什么事——”

“蔚爷爷不是找了个老伴吗？”

“找了个老伴？没有啊，谁说的？”

“白云说的。”

“她可能是听错了。”

“听错了？”

“嗯，因为裴总说要给我爸找个老伴，好解脱我，让我可以回美国去。”

她一听就慌了：“你要回美国去？”

“裴总是这么计划的。他想把公司里那个刘姐介绍给我爸。”

“刘姐？好像比蔚爷爷小不少吧？她会愿意吗？”

“她倒是愿意，主要是她想把女儿送到美国去念书。”

她的脑筋急转弯了一会儿，才琢磨出个中缘由。刘姐肯定是想让蔚然帮忙把女儿弄到国外去读书，因为刘姐是单身妈妈，又在公司工作，没多少钱，如果嫁给了蔚爷爷，女儿就成了蔚然的妹妹，蔚然就有责任帮这个忙了。

真是可怜天下父母心！

而裴总这么积极地撮合刘姐和蔚爷爷，也是别有用心的，他觉得支走了蔚然，就能把她纳入囊中。

她急切地问：“那蔚爷爷他愿意吗？”

“他不愿意。我爸妈感情很好，他心里装不下别的女人。”

“但他会不会为了让你安心回美国，就违心地答应了这门亲事呢？”

“他是有这个想法，但我已经明白告诉他了，就算他再婚，我也不会回美国的。”

她太开心了，但马上又有新愁冒出来：“但是你夫人呢？她会不会不高兴？”

“这有什么不高兴的？”

“她会回国来陪你吗？”

“不会。”

她脱口而出：“是吗？那太好了！”

但她立即意识到自己失态了，马上弥补说：“我的意思是她留在国外对你女儿的教育比较好，听说美国那边没那么多考试，小孩子的课业没那么重。”

“是这样的。”

她绝望地说：“那我和白云解释一下，就说你去不了，因为要照顾你爸。”

55

蔚然阻拦说：“先别慌啊，等我安排一下。”

凌云看到了一线生机：“你能安排？”

“我想想办法。”

她想了想，忍痛说：“还是算了吧。就算你能找到人照顾蔚爷爷，我也不想让你为我做出这么大的牺牲。”

“牺牲？你是计划看日出的时候把我推下山去吗？”

“我舍得吗？”

“呵呵，那还能是什么牺牲？”

“我是怕你夫人知道了会不高兴，毕竟是四人派对，而且要在山上住一晚的。”

“我现在考虑的不是我夫人，而是你。”

她一惊，考虑我？什么意思？难道他是个今日有酒今日醉，路边野花不采白不采的花花公子？

扪心自问，即便他是这样的人，她还是愿意跟他一起去M山，手牵手，爬山山，肩并肩，睡觉觉，多幸福啊！哪怕他禽兽不如，她仍然想跟他住一屋，躺在他身边，嗅着他身上的气息，美美地睡一觉；如果他堪比禽兽，那更好，她光是看着他就醉了，如果能跟他翻云覆雨，肯定会醉到忘记自己姓甚名谁的地步。

一夜情就一夜情，始乱终弃就始乱终弃，我就是愿意，咋啦？

估计那些小三就是这种心理，她们不是没有道德观，也不是不知道自己在玩火，应该也能想到对方没有天长地久的打算，只是玩玩而已。但她们自己的感情太强烈了，强烈到不管不顾的地步。或者她们的智商真的是降到了零，总以为自己可以战胜大奶，成功上位。

她斗胆问："考虑我——是什么意思？"

她希望他能吐露一点心怀，比如"为了跟你在一起，我就不管我夫人高兴不高兴了"之类的话，虽然有点露骨，或者有点虚假，她都会当作甘露，一饮而尽。

但他很严肃地解释说："是这样的，白云肯定是不太相信你我的事，才提出去M山玩。如果我不去，她肯定就会更加怀疑。"

"她怀疑就怀疑，怕什么？"

"也许是我想多了，但我知道她这人醋心很重，可能宫斗戏看多了，争起宠来不择手段。我怕她认为你抢了她的皇上，会想办法铲除你。"

她心里一热，安慰说："人正不怕影子歪，她的皇上在我眼里就是太监一个、狗屎一坨，我根本没兴趣抢！"

"你是没兴趣抢，但她要那样疑神疑鬼，你能有什么办法？"

"那就让事实说话！"

"事实本身是不会说话的，是人在替它说话。但同样的事实，在不一样的人眼里，就有了不一样的意义；在不一样的人嘴里，也有不一样的版本。"

"没什么的，她要吵要骂，我不理她就是了。"

"那你得多委屈啊！"

她心里更热了，喉头都有点哽咽了："没什么，我女汉子一枚，不怕委屈。"

"就怕她不止吵吵骂骂。"

“她还会动手？”

“我不是对你说了吗？那里经常有女生为了裴总打架的。”

“她说她们是为你而打架呢。”

“我值得她们打架吗？”

“当然值得啦，我就愿意为了你打架！”

“呵呵，打架可是一个巴掌拍不响啊，你想为我打架，但你到哪儿去找对手呢？”

“我到美国去找对手！”她见他没听懂，就解释说，“你夫人就是我的对手啊。我现在是因为没有美国签证，不然的话，我追到美国去跟她打架！”

他呵呵笑起来：“呵呵呵呵，说的跟真的一样！”

“本来就是真的嘛！”她说完这话，突然意识到他话里有话，应该是“说得跟真的小三一样”。

是啊，人家都没赐予你小三的封号，你有什么资格为人家打架呢？如果套用宫斗剧的模式，你首先得被选进皇宫才能宫斗啊，现在你只是一个山野小妞，连宫都没进，你跟谁斗？跟野猪斗还差不多！

她赶快转移话题：“白云为了裴总跟人打过架？”

“打过，她把人家的脸都划伤了，留下一道疤痕。”

“那裴总没处罚她？”

“处罚什么呀，还觉得挺光荣的。”

“那被她划伤脸的人没告她？”

“人家没路子，告也没用。”

“后来呢？”

“后来？裴总给了一笔钱，把人家打发走了。”

“可能是嫌人家破相了。”

“肯定是，而白云要的就是这个效果。”

“你是不是因为看不惯这个才离开公司的？”

“是其中一个原因。”

她想了想，觉得挺可怕的。不管她怎么人正不怕影子歪，裴总那张嘴都能给她抹一身的屎。如果白云来找她打架，把她的脸划伤了，破了她的相，那多不合算啊！

她说：“那我还是辞职算了。”

“你不是说你爸妈不同意吗？”

她想到爸妈的态度，不由得叹了口气：“他们也太固执了，我对他们讲了裴总的事，他们根本就不相信。我妈总以为裴总喜欢的是她，我爸现在被裴总洗了脑，也不相信裴总会打我的主意。”

“也不怪他们固执，这么奇葩的人奇葩的事，不亲眼见到真的没法相信。”

“那我就不管他们了，先把职辞了。如果他们骂我，我就搬到外面去住。”

“搞成那样就不好了，你爸妈就你这么一个女儿，你要是跟他们闹翻，他们会很伤心的。”

“那我还能怎么办呢？”

他想了想，说：“你爸妈不同意你辞职，主要是怕你没工作。那这样吧，你到我公司来上班，就不存在没工作的问题了。”

她差点跳了起来：“真的真的？你不骗我？”

“骗你干啥？”

“那太好了！”

“不过先得说清楚了，我公司很穷的，条件比裴总那边差多了。”

“没问题没问题，你公司没钱的话，不用发我工资！”

“工资还是要发的，不发工资你爸妈怎么会相信你有工作？但福利啊奖金啊什么的，就暂时没那么好了。”

“没问题没问题，我不要福利奖金！”过了一会儿，她担心地说：“但是我在你公司里能干什么呢？”

“你能干的太多了，只要你不嫌专业不对口。”

“我不嫌，一点都不嫌，只要是在你的公司工作，让我看大门都行！我还可以帮你们煮咖啡、订午餐什么的，反正什么活我都愿意干！”

“跳舞给我们看行不行？”

“也行！跳脱衣舞都行！”

“呵呵呵呵，真是女汉子一枚！”

“你快跟你们人事部门商量商量吧！”

“我哪有人事部门？”

“那你就是人事部门？”

“人事部门就是我。”

“那太好了！”

“不过我还得跟裴总商量商量，因为公司的股份还有一部分是他的。”

“只有一部分是他的？我怎么听白云说你开公司的钱都是裴总掏的？”

“他当时投资了很大一部分，但这些年已经还了不少了。”

她想起裴总背着白云对她挤的那些眉弄的那些眼，担心地说：“那他会答应吗？”

“我会对他晓以利弊，让他明白你离开他的公司更能掩人耳目，还能安抚住白云，对他绝对有利，他应该会同意的。”

“但是他知道我和你是那种关系，怎么会答应让我到你的公司去上班呢？”

“你放心，我有办法的。”他交代说，“去M山的事，你先别急着回复白云，等我把这些都安排好了再说。”

"好的。"

当天晚上，她正在卧室里等蔚然的回音，突然听到客厅里热闹起来。好像是有客人来了，而且是男的，爸妈都在欢迎客人。

她以为是蔚然亲自上门来给她回答，或者是亲自上门来做父母的思想工作，赶紧对着镜子整理了一番，跑到客厅去迎接他。

但她看到的却是裴总，他正站在那里跟父母说话，见到她就说:"好了，我先跟小云谈点公事。"

老爸讨好地说:"好的，好的，公事第一，公事第一。"

老妈殷勤地说:"去谈吧，去谈吧，我去给你们做点夜宵。"

裴总看着惊呆的她，指指过道那边:"我们去你房间里谈吧。"

她边往卧室走边问:"什么事啊？这么急，明天去公司谈不行？"

"在公司谈不方便。"

"但是你跑这里来，白云知道了就麻烦了。"

"她怎么会知道呢？我手机定位都关闭了的。"

她见他完全是偷情男人的那套手段，生气地说:"你干吗要这么偷偷摸摸跑到这里来？"

裴总就像个被训斥的恋人一样，嬉皮笑脸地说:"我不偷偷摸摸跑到这儿来，哪有机会跟你说话呢？"

"你不是说公事吗？公事不能在公司里说？"

"对你爸妈我不说公事还能说什么？"

她站住了:"有话就在这里说吧。"

裴总往身后客厅方向望了望，说:"去你卧室说吧，在这里怎么说？你爸妈会听见的。"

她越听越烦:"我卧室从来不让任何男人进去的。"

"我也不能进？"

"你更不能进！"

“我是要跟你说老蔚的事，你让我站在这里说？”

她一愣：“说他的事？什么事？”

“进去再说。”

56

凌云无奈，只好把裴总让进自己的卧室。

裴总一点没把自己当外人，一屁股就坐在她的小床上，还颠了两下，评价说：“这床垫太旧了吧？没什么弹性，过两天我让人从外地给你捎个最新潮的记忆床垫来。”

“别别别，床垫的事您不用操心，还是先说说蔚总的事吧！”

裴总把两个手肘撑在床上，上身往后倒，用嘴向门边指了指，小声说：“去把门关上。”

她警惕地问：“关门干什么？”

“你不怕你爸妈听见？”

她想了想，也是，不管裴总调查的结果如何，都不会是她爸妈喜闻乐见的话题。她只好过去把门关上，回来站在椅子边，催促说：“好了，快说吧！”

裴总卖关子地说：“我有一个好消息和一个坏消息，你想先听哪个？”

她有点不耐烦地说：“随便！”

“呵呵，随便就是无所谓，那我们先说点别的吧。”

“我没工夫听别的，你先说好消息吧。”

“好，先说好消息。好消息就是老蔚并没有结婚，他没老婆，也没孩子。”

她差点儿跳了起来：“真的？你听谁说的？”

“当然是听那个帮我调查的人说的。”

“谁帮你调查的？”

裴总指了指自己的脸颊，示意她先亲一个再说。

她装作不懂的样子，继续催问：“快说吧，不说我去客厅了。”

“你不想知道老蔚的底细了？”

“我无所谓，难道是我让你调查吗？”

她做出要去客厅的样子，裴总立即贱贱地说：“还记得上次跟我们一起吃饭的那个小杨吗？”

她跟裴总一起吃饭的次数有限，全部过了一遍也想不起来有过一个什么小杨：“哪个小杨？”

“就是上次外商带来的那个翻译小杨。”

“哦，他呀？他姓杨？”

“你连人家的姓都没搞清楚啊？”

“他怎么知道上哪儿去调查蔚总呢？”

“他不知道我知道啊！”

“你知道？”

“是啊，我不是对你说过吗？老蔚来应聘的时候，交了简历的，上面什么都有。在哪儿出生的，在哪儿念的书，哪年去留学的，在美国哪个学校拿到的博士，毕业之后在哪个公司工作，什么职位，上司是谁，还有推荐人的姓名职称电话号码等，都写得清清楚楚。”

她灵机一动地问：“那他简历上写没写婚姻状况？”

“当然写了。”

“写的什么？”

“未婚。”

她又差点跳了起来："你确定？"

"当然确定。"

"你老早就知道他未婚，怎么不早点告诉我呢？"

"我哪里老早就知道他未婚？"

"你不是说都写在简历上了吗？"

"他写了，不等于我就看了嘛。"

"你招人不看简历的？"

"都是熟人介绍的，还看个什么简历啊？再说一个男员工，就算我看他简历，也不会花工夫看他结婚没结婚。"

"但是如果他根本就没结过婚，干吗要在办公桌上摆个全家福呢？"

"这就要涉及那个坏消息了。"

话都说到这份上了，她已经猜到了几分："难道他是那个什么——"

裴总生怕被人抢了头条似的抢着说："对了，他是屁精！"

她厌恶地说："干吗说这么恶心？"

裴总撇撇嘴："那你就要问他为什么做那么恶心了。"

"你不能用个别的词吗？"

"什么词？"

"比如同志什么的。"

"同志？呵呵，同志可是个好词儿啊，我才舍不得用在屁精身上呢！我们那个年代的人，同志是严肃而光荣的称呼，只有在同一个革命阵营的人才能称同志。像他那样的人，早就划在地富反坏右里接受管制去了，还想当同志？"

"你那都是什么年代的事了？"

"什么什么年代？现在不还是一样吗？我岳父岳母他们那些革命干部，到现在都是互称同志的。"

"你是革命干部？"

“反正我不愿意把同志这个词糟蹋在像他那样的人身上。”

“那你就是说同性恋也可以。”

“呵呵，我是个粗人，实话实说，话糙理不糙。”

她差点吐了出来：“算了算了，别说这些了。你就说说，那个小杨是从哪儿打听到的。”

“我不是说了吗，他读书的学校和工作的单位都写在简历上了。”

“那小杨是到他学校和单位去打听的？”

“你是不是不相信我？你不相信可以直接去问小杨。”

“不是不相信你，就是觉得美国人都不爱打听别人隐私，那个小杨怎么会——”

“谁说美国人不爱打听隐私的？人家那联邦调查局、中央情报局还有那么多私人侦探是干啥吃的？”

“难道小杨是联邦调查局的？”

“我没说他是联邦调查局的，就是举个例子。再说，是我叫他打听的，他敢不打听？”

“为什么你叫他打听他就一定得打听？”

“因为我是他未来的岳父大人！他想娶我女儿，敢不听我的话？”

“他想娶你的女儿？”本来她想说“那他上次怎么还一再对我献殷勤”，但马上意识到这个不重要，犯不上多费口舌。

她狐疑地说：“但是我觉得蔚总他不像同性恋，同性恋的人不是都有点娘娘腔的吗？”

“谁说的？呵呵，别看你是名校毕业，你多也只多在书本知识上，要说社会上的这些东西，还是没我懂得的多。现在想起来还真是惊险，我有几次出差都是跟他住一个房间的，还好没有一起冲过凉，也没在他面前捡过肥皂弯过腰，不然……”

她正开动脑筋寻找蔚然不是同性恋的证据，没心思听裴总瞎扯。

而裴总还沉浸在“男女通吃”的兴奋之中：“难怪他看我的时候总是那么怪怪的呢，我还以为他恨我，嫌我把公司里那些漂亮女孩子都抢跑了，原来他是在打我的主意啊？”

她打断他的意淫：“你没把这事告诉白云吧？”

“怎么了？”

“最好别告诉她。”

裴总很机灵地说：“哦，我明白了，你是怕她知道了就不相信你跟老蔚的事了，就会转过来吃我们俩的醋？嗯，别怕别怕，我不会告诉她的。”

她见裴总一根筋地认定跟她关系不一般，她怎么解释声明都没有用，她感觉必须尽快离开这个是非之地。要不然的话，裴总那张自吹自擂的嘴，迟早会把蔚然是同性恋的事告诉白云，那白云就会来找她大闹，抓破她的脸。

她试探地问：“蔚总他今天有没有找你谈事？”

“他是约我今晚见面，但我不是要上你这儿来吗，所以就推到明天了。你怎么知道他要找我谈事？”

“因为是谈我的事。”

“你的事？什么事呀？”

“我想转到他的公司去上班。”

裴总一惊：“怎么回事？我刚才跟你说半天都白说了？”

“没白说。”

“那你怎么会想去他的公司上班呢？”

“我想换个环境。”

“他公司那么穷，你去那里干吗？你可能还没去他公司看过，你去看了就知道了。那里就租了那么两间办公室，一间还是放他的那些机器，坐人的办公室就一间，已经坐了四五个人了，挤得爆满。剩下的员工都是待在自己家里，远程办公，你去了连坐的地方都没有！”

“我也可以坐在家里远程办公。”

“那他还要给你开工资呢？他开得出来？”

“开不出少开点呗，实在没有不开也可以。”

“那你是何必呢？待在我这里不好吗？”

“好是好，就是怕白云误会了，会找我打架。”

裴总得意地笑起来：“呵呵呵呵，真是没办法，你们这帮小女生啊，就爱吃醋，动不动就要打架。不过你别怕，我不会让她欺负你的。”

“你怎么不让她欺负我？”

裴总想了一会儿，说：“嗯，也是。现在我还没有给白云找到好下家，她脾气又硬，动不动就威胁我，说要去找我老婆告状，我还真怕她闹出什么事来。你先去老蔚那边干着也行，等我把白云摆平了，再接你回来。”

“你怎么把白云摆平？”

“不是说了吗，给她找个好下家。”

“要是她不要下家，就要嫁给你呢？”

裴总轻蔑地一笑：“嫁给我？她脑袋被驴踢了吧？我是有家有室的人，我夫人是正经体面人家的女儿，我怎么会为了一个夜店出身的女人跟我夫人离婚呢？”

“她说你答应过她，会为她离婚的。”

“那不都是逼急了才说的话吗？”

“如果你根本没打算离婚，干吗不直接告诉她呢？”

“她那个脾气你还不知道？我要是那样说，那不是要她的命，就是要我的命！”

“那你还想摆平她？”

裴总自信地说：“我有办法的，你别急，我有办法的，只是眼下时机还不成熟而已。”

她真是替白云不值，但不想在这上面浪费太多时间：“反正我已经打定主意辞职了，正好你来了，我就不用写什么辞职信了，直接告诉你得了。从明天起，我就不去公司上班了。”

“明天就不去了？这个星期总要干过去吧？”

她想了想，说：“那就把这个星期干过去吧，正好我还有些东西在公司里，也得去拿回来。”

57

裴总走后，凌云第一时间就上网搜寻“同性恋男生能被掰直吗？”。

她以为没谁会在网上提这么奇葩的问题，哪知不搜不知道，一搜吓一跳，提这个问题的大有人在！

有像她一样无知无畏地爱上了弯男的，有不明就里嫁给了弯男的，还有明知对方是弯男但就是不管不顾要爱上的，真是多得不要不要的。

答案更是五花八门，有骂提问的人心太险恶的，有说弯男能自行变直但掰不直的，有说趁着弯男失恋之机可以暂时得手的，等等等等，不一而足。但总的来看，大家都认为直男可以被掰弯，但弯男很难被掰直，而不管弯男直男，都不可能被掰成对立面，顶多只能掰成一个双性恋。

只有寥寥无几的几个人说能掰直，前提是“如果你够漂亮的话”。

这话真是说了比不说更糟糕！估计也就是一些看戏不怕台高、唯恐天下不乱的人在瞎起哄，那些弯男本人和他们的同妻都认为不可能被掰直。别说是她这样一介女生了，就是大名鼎鼎的在电视上主持心理咨询节目的大师，都没法将弯男掰直，还越掰越糟糕。几堂心理咨询和心理治疗课下来，更加坚定了弯男的 homo（同性恋）倾向。

她越看越沮丧，越看越难过。唯一的安慰就是发现这世界上不只她一个爱上弯男的女生，心碎的道路都一样：好不容易遇到一个令自己动心的男生，不由自主地栽了进去，结果发现对方是弯的！

她们有的最终嫁给了自己爱上的弯男，做了他们的同妻；有的只能带着一颗破碎的心黯然离去；还有的更不幸，结婚之后才发现自己的丈夫是弯男且在外面乱约炮。

看了一通下来，她的内心真的是崩溃的。

偏偏就在这时候，她的弯男给她发微信来了，喜气洋洋地汇报说："我都安排好了，周末可以去 M 山看日出了。"

她无精打采地回复说："算了吧，我不想去了。"

"怎么了？你生病了吗？"

"没有。"

"那怎么突然就不想去了呢？"

"M 山又不高，跑那儿去看日出不是很搞笑吗？"

"但是不去的话，白云不是会疑神疑鬼吗？"

"她爱怀疑就怀疑吧。"

"我可不想她抓破你的脸。"

"她抓不到我了，因为我辞职了！"

"但我还没对裴总说呢，和他约的明天晚上。"

"不用了，我已经对他说了。"

"是吗？什么时候？"

"就刚才。"

"他刚才约你出去了？难怪他说今晚没时间，有约会。"

"谁跟他约会啊？是他自己连招呼都不打一个就闯到我家来了。"

“他上你家去了？很奇怪啊！你要辞职的事，我一点没对他走漏风声，他干吗跑你家去？”

“他不是听到我辞职的风声才来我家的，他是听到了关于你的风声才来的。”

“关于我的风声？”

她把裴总今晚的突破性新闻全盘抖落给了他。

他沉默了一会儿，回复说：“对不起，我应该早点告诉你的。”

虽然她已经从裴总口中得知他的真面目，但现在听到他亲口承认，还是脑袋一炸，一颗心急速往下掉，有种失重的感觉，头昏脑涨，无法思考。

他连着发了几个问询过来：

“你没事吧？”

“你还好吧？”

“没事吧？”

她深吸了几口气，稳住自己，艰难地问：“你真的是弯的？”

“嗯。”

“怎么会这样？”

“我也不知道。天生的吧。”

“能掰直吗？”

“那不就违背天性了吗？”

她苦笑了一下，说：“你是因为这个才在桌上摆张全家福唬人的？”

“没办法，现在国内对这个还是不够宽容。”

“美国那边呢？”

“那边没事。”

“你在那边出柜了吗？”

“早出了。”

“蔚爷爷知道这事吗？”

“他不知道。”

“你没对他出柜？”

“没有。他年纪大了，身体也不好，经不起这样的打击。”

她想了想，说：“那你还是回美国去吧，你留在这边只能偷偷摸摸，永远得不到世人的理解。回到美国那边，你可以正大光明地跟你所爱的人一起生活，享受人生。如果你担心蔚爷爷没人照顾，我可以帮你照顾。”

“那可不是一天两天的事。”

“没问题，我给他养老送终。”

“感谢你的好意！但我现在也不仅仅是因为我爸才留在国内的。”

她知道他丢不下他的事业，虽然他的公司还在起步阶段，但毕竟是自己当老板，而不是给别人打工，听说很多海归都是因为这个才选择回国留在国内的。

她提议说：“既然你决定留在国内，那就让我做你的形妻吧。”

“形妻？”

“也可能是叫‘同妻’？我没太搞清楚，反正就是你形式上的妻子。听说很多弯男都这样，为了应付父母和七大姑八大姨的催婚，会找个拉拉组成形婚。”

“但你不是拉拉呀！”

“不是拉拉也可以做形妻的，只要是女的，能遮人耳目就行。”

“那你不是太苦了吗？”

“能有多苦？不就是不能滚床单吗？其他的都行，对不对？吃在一起，住在一起，天天形影不离，我只要这个就够了。”

“为什么你愿意这样？”

“你是真傻还是装傻？”

"真傻。"

"当然是因为我爱你嘛！"

"哪怕我是 gay（同性恋）？"

"即便你是 gay！"

他有好一会儿没动静，她生怕他下线了，正要发微信过去查询，他的信息过来了："别为了我而耽误你一生，你还年轻，会遇到一个真正值得你爱的人的。"

"遇到了再说呗。"

"我觉得你已经遇到了。"

"在哪儿？"

"在这儿！"

他发了个链接过来，她一看，是她自己的博客链接，不由得一阵窃喜。看来他是拐着弯告诉她，他就是那个值得她爱的人，因为她的博客只贴过她和他的故事。

她已经很久没去自己的博客了，自从删了那些帖之后就再也没去过。但他还保留着她博客的链接，难道是经常去那里凭吊被她删掉的博文？还是在期待她的新作？

她急忙到自己的博客里去看，发现有好几个留言，都是一个叫"金戈铁马"的人留的。她以为是他的另一个 ID，按捺着狂跳的心点进去一看，才发现不是。那应该是戈亮的 ID，因为跟帖里提到的事，都是她和戈亮之间发生过的事。

戈亮在留言里给了自己博客的链接，说在那里追忆两人之间的点点滴滴，让她有时间了去他的博客里看看。

她没心思看戈亮的博文，把链接存在书签里就返回来跟蔚然聊微信："你怎么会看到他在我博客留言？"

"是公开的嘛，一进去就能看到。"

“但我好久没去博客了，你还去那里？”

“有时候去。”

“去干吗？”

“去看帖呀。”

她心里一热，责备说：“你这人真是！我上帖的时候你不看，不上帖了你反倒跑去看了。”

“谁说你上帖的时候我不看？”

“我让你点赞的那些帖，你看过？”

“当然看过，不看怎么点赞？”

“那你怎么一点反应都没有？”

“现在你应该知道为什么了。”

她无奈地叹了口气：“唉，以前听人说，聪明的男人不帅，帅的男人没钱，又帅又聪明又有钱的男人花心，不花心的男人是gay。呵呵，那时我还不相信，现在终于相信了！”

“戈亮不是gay。”

“我在说你，你扯他干吗？”

“他一直在博客里写你们的故事，你不知道？”

“不知道。”

“现在知道了，去看看吧。”

“没什么好看的，我从来就没爱过他。”

“那是你没有努力。”

“如果要努力才能爱上，那就不是真爱了。”

“那什么是真爱？”

“真爱就是你明知不该爱，但却没法不去爱。”

“说得我心有戚戚焉。”

“是不是你也爱上了一个明知不该爱的人？”

“正是。”

“谁呀？”

“告诉你也没用。”

“谁说没用？我可以帮你！”

“怎么帮？”

“我提把刀逼他跪在你面前说爱你。”

“呵呵，被人逼着说的爱肯定也不是真爱了。”

“嗯嗯，那倒也是。”

她不想继续说这个了，知道说再多也不能把他说直，只好自己结束这个话题：“好了，不说这个了。我已经对裴总说了辞职的事，下星期就去你那里上班了，你可要做好思想准备，我是冲着把你掰直才去的！”

“裴总同意你辞职了？”

“他同意了，因为我对他晓以利弊了嘛。我还要他对白云说是他开除我的，那样白云就不会疑神疑鬼了。”

“如果白云知道我是弯的，恐怕还是会疑神疑鬼。”

她得意地说：“早就想到这一点了，我已经交代裴总别把这事告诉她了。”

“太聪明了！那你明天就过来上班吧！”

“明天我还要去一下F公司，因为我还有东西放在那边没拿回来。”

“什么东西？我可以帮你去拿。你最好别再去那个地方。”

“有这么危险？”

“裴总那张嘴，总是缺个岗哨，我不放心他。”

她想了想，其实也没什么重要的东西，就是一盆“鸿运当头”和几本考研的资料。那盆“鸿运当头”并没给她带来鸿运，反倒给她带来了霉运，就留在那里祸害白云去吧。而她本来就不是很想考研，现在去了蔚然的公司，就更不想考研了：“嗯，算了，也没什么重要东西，拿不拿都行。”

“那我马上给裴总打个招呼，告诉他从明天起，你就不去那边上班了。”

“行。把你公司的地址告诉我，我明天好去上班。”

“你可以先休息几天。”

“我不要休息，我要上班！”

“行，我明天早上来接你去公司。”

“是吗？太好了！”

58

从第二天开始，凌云就到蔚然的公司去上班了。

但她没对父母说，知道他们不会赞成这事，而且怎么解释都没用，所以她只字未提，仿佛仍然是在裴总的公司上班似的。

她也嘱咐裴总先别告诉她爸妈，裴总一如既往地善解人意：“我懂，我懂！如果是我的女儿，我也不会同意她去那种破公司上班！”

“我不是这个意思，主要是怕我爸妈以为我跟蔚总在一起。”

“哦，是这样！那你可以告诉他们老蔚是同性恋啊，他们就不会担心了。”

“恐怕会更担心，他们那个老脑筋——”

“对对对！也不能怪他们老脑筋，是挺恶心的，也不知道他爹妈上辈子作了什么孽，怎么会生出这么个变态的儿子来！不过你别担心，你只是临时去那里避避难，等我把白云解决了，就接你回公司，那时我会给你提职称加工资，好好弥补一下。”

她再三声明不用了，也没法让裴总少意淫半分，只好作罢，反正她已经离开了那个是非之地，随他怎么意淫去吧。

刚去新公司的那段时间，都是蔚然开车接送，每次他都把早餐买好了，说这样节约时间，可以让她早上多睡会儿。

她真的可以多睡会儿，因为不用在家吃早餐，也不用挤公车。

他开车的时候，她就坐在副驾驶的位置上吃他给她买的早餐。晚上下班后他开车送她回家，隔三岔五地去“金翅膀”买两袋卤鸭翅，一袋给她，另一袋留家里给老爸吃。

她因为知道他是 gay（同性恋），就对他完全放开了手脚，想挽着他的胳膊就挽着他的胳膊，想靠在他肩上就靠在他肩上。吃东西的时候，不时地揪一块下来，塞到他嘴里，或者舀一勺子汤喂给他喝，他都很爽快地接受，一点不觉得奇怪。

她感觉自己就算他半个形妻了，除了没扯结婚证之外，其他都算。到了他家，她就像个儿媳妇一样，该吃吃，该坐坐，一点不拿自己当外人，把蔚爷爷高兴得合不拢嘴。

蔚然的公司在一座宏伟的办公楼里，但属于他公司的真的只有两个房间。一间放着伺服器等设备，另一间用作办公室，除他之外还坐了三个人，全都是年轻小伙子，全都戴着眼镜，全都是豆芽菜体形，让她疑心这是他的偏好——因为他自己高大威猛，所以特别喜欢秀气纤弱的男生。

但那几个男生秀气是秀气，却都是见到女生就走不动路的直男，都把她这个公司里唯一的女性当女神看待，殷勤地为她腾座位，搬椅子，端茶倒水，搞得她以为自己成了白雪公主。

她在公司里还真的有活干，主要是帮助客户打开世界之窗，让他们的产品走出国门。她既做企划，又搞网页翻译，有时还不守本分地让那三个小伙子教她做网页啊，编程啊，电脑画图啊等，很充实，很自由。

貌似公司里的人都知道蔚然是gay，所以她搂他抱他，擂他一拳，敲他一记，他们都不吃醋，只是哈哈大笑："别白费劲了，我们联合起来才把他掰弯的，你一个人就想把他掰直？没有可能啊！"

她沉浸在快乐的新生活里，他和公司就是她的整个世界。但蔚然像个媒婆一样，还惦记着她的婚事："你去'金戈铁马'博客看了没有啊？"

"没有。"

"去看看吧，别错过了你的白马王子！"

她只好去戈亮的博客里看看，发现戈亮真的在那里写他们之间的故事，搞得她十分感动，差点就回头去骑驴了。但等她仔细看了一遍之后，不仅大失所望，还看出了一肚子气，愤愤地对蔚然说："你是真没看懂，还是假没看懂？"

"怎么了？"

"你老是叫我到他博客看帖，我还以为他在那里抒情呢，结果一看才发现他完全是在往自己脸上贴金！"

"往自己脸上贴金？没有啊！"

"怎么没有？"

"哪一篇是在贴金？"

"每篇都是！"

她说着就举了个例子："我们是经人撮合才在一起的，但那个撮合的人是他老乡，不是我的老乡，肯定是他求人家撮合，人家才来撮合的。怎么到了他嘴里，就变成我求他老乡给我们撮合了呢？"

"哦，是这样啊？我不知道其中的细节。"

"他就是为你这种不知道细节的人写的！这样写，在你们眼里就成了我追的他了！”

“他也没说你追他，只说是你的室友牵线的。”

“他是没直接说我追他，但你看他那个写法！他说他当时对我一点那个意思都没有，要是有的话早就来找我了。是我室友主动跑去找他，而他不好拂了老乡的面子，才勉强答应跟我接触。”

“但他后面不是就喜欢上你了吗？”

“后面喜欢上有什么用？不还是我追他吗？”

“在爱情的问题上，谁追谁有那么重要吗？”

“在爱情的问题上，谁追谁真的是不重要，比如我就不怕别人说我追你。但我根本就不爱他，事实上也不是我追他，我干吗要背那个黑锅呢？他这么费尽心机地写那些，还几次三番地留言让我去看，不就是因为我在博客里写了我和他之间的事实，他不开心了，想为自己翻案，让大家都认为是我追的他，而不是他追的我吗？”

他无奈地说：“你这也太小孩子气了吧？”

“根本不是小孩子气，而是是非曲直的大问题！像滚床单那一节，他也把责任全都推在我头上。不假，那天晚上是我去他房间的，但他自己在那之前求了我多少次，怎么就不提了呢？如果他不一而再，再而三地求我，我会去找他吗？”

他听得有点尴尬，挥挥手说：“算了，别说了，我明白了。我开始不知道你们这些过节，所以觉得他是在回忆你们的过往，说明他挺珍惜你的。现在听你这么一说，我也觉得他不是个靠谱的人，咱们不谈他了，还是找个靠谱的吧。”

蔚然说找就找，很快就开始撮合她和公司里的小蒲。

小蒲是公司的程序员，远程上班族，因为家里有房，所以不用像那三棵豆芽菜一样，跑到公司里来上班。小蒲的父母都是高知，本人也生得玉树临风，知书达理。

但她就是对他不来电，三个人坐在那里吃饭，她感觉自己像个电灯泡，那两个男人才是天造地设的一对！蔚然长得高大威猛，而小蒲长得文静秀气，她想象他们俩在一起缠绵悱恻的样子，感觉很唯美。

等蔚然来问她对小蒲感觉如何的时候，她就很诚恳地说："我觉得你俩挺合适的，要是你不好意思对他表白，我可以帮你。"

他哭笑不得："人家小蒲是个直男，你乱点什么鸳鸯谱啊？"

"他是直男，你不会把他掰弯？"

"我俩要是有戏，还会等到今天吗？"

"那你喜欢什么样的人？"

他黯然一笑："我不是对你说过吗？我喜欢的是一个我不该喜欢的人。"

她给了他一个大大的拥抱："唉，我们真是同病相怜！"

她的车接车送的好日子没过多久，就被爸妈发现了。那是某天早上，她妈到阳台上去给挂在那里风干的香肠翻身，结果把拴香肠的绳子翻断了。一挂香肠掉下楼去，她妈急忙派老公下楼捡香肠，自己则站在阳台上盯着楼下，免得别人把香肠捡跑了。

刚好在这时，蔚然的车到了，照例停在楼前，自己下车来替她开车门，她照例是搂他抱他一番，然后才坐进了车里。

她妈全看见了，但什么都没说，连续观察了好几天，确定是蔚然之后，才开庭审判："早上开车来接你的是那个姓蔚的吧？"

"谁说的？"

"我说的！我已经观察好几天了！"

"哇，你这么阴险啊？"

"到底是我阴险，还是你不诚实？"

"我有什么不诚实的，你又没问我谁来接我。"

"我哪会知道有人来接你？我一直以为你是自己坐公车上班的。"

“他顺路，我搭个顺风车。”

“搭顺风车？我看每天都是他来给你开车门！”

“老土了吧？那是人家从美国学来的绅士风度。”

“美国的绅士还跟搭顺风车的女生搂搂抱抱？”

她瞒不住了，便反咬一口：“哇，你大清早的站在楼上监督我，也太变态了吧！”

她妈火了：“你还敢说我变态？他那才是变态！”

“他怎么变态了？”

“他——你不用替他遮遮掩掩，我问过跃进，他都告诉我了！”

“他告诉你什么了？”

“你还好意思问？他有脸做，我都没脸说！”

她估计是裴总把蔚然是 gay 的事告诉老爸老妈了，但貌似还没说调动工作的事，她舒了口气，保证说：“好了好了，你们别老土了，同性恋没什么大不了的，也不是什么变态，仅仅是人生的一种选择而已。你们别把我逼急了，不然我也去做同性恋！”

她爸妈被她的厚颜无耻惊呆了，估计若不是怕她真的去做同性恋，他们肯定要动手打她一顿。

从那以后，她就叫蔚然别接送她了，本来她就很心疼他，不愿意让他起早摸黑，跑来跑去地接送他。但他执意要接送，总说那样安全些，她也只好依从他。但是现在被父母发现了，一个个气得心脏病发作的样子，反而就不安全了。

他同意不再接送，但叫她就在家里上班。她也不肯，怕爸妈看出破绽。

她安慰他说：“别杞人忧天了，都这么久了，啥事没有，白云和裴总早就把我忘记了。”

59

凌云又改回坐公车上班，但她家住在C市老城区，而蔚然的公司在新城区，中间没有直达的车，需要倒车。

倒车也不是说倒就能倒的，如果衔接顺利，路上又不塞车，那么只要个把小时就能到公司。但如果衔接不顺利，或者赶上塞车，那时间就没谱了。

蔚然让她打的去上班，说的士费由公司报销。

她不肯："这是我日常上班，又不是出差去外地什么的，怎么好让公司报销呢？如果让那三棵豆芽菜知道，个个要你报销的士费，你开销得起？"

"他们不会的，你没看见他们把你当女神一样供着？"

"反正我不打的。"

他没办法，只好苦笑了之。

但他也没闲着，每次她刚出小区大门，还没走到公车站那里，他的车就神一般地跟了上来，傍着她徐徐地开一会儿，等离小区远一点了，就停在路边等她上车。

她四下张望一下，没看到爸妈，也没看到太熟的人，就三步并作两步跑过去，坐进他的车："你从哪儿冒出来的？"

"从下水道里冒出来的。"

"呵呵，难怪我闻到一股臭味！"她调侃几句之后，感激地问，"你专门等在这里的吗？"

"我说路过你会相信吗？"

“肯定不相信。”

他笑了笑，没说话。

她说：“干吗等在这里啊？我坐公车就行了。”

“还是坐我的车保险些。”

他这么胆小谨慎小题大做，让她想起了《十年忽悠》里的黄颜（他在书里叫“成钢”），艾米收到“宫平”的恐吓信，警告她离开成钢，不然就要她的命。

艾米对此不以为意，认为是某个暗恋成钢的女生在搞恶作剧，目的是把她吓跑，如果真的是要对她“白刀子进红刀子出”，就不声不响地干了，还会提前发恐吓信？没有可能的嘛。

但成钢担心得要命，每天打电话检查艾米是否安然无恙。而艾米这个调皮鬼，为了让成钢紧张她，就故意编些情节出来，说有个可疑的人在跟踪她，把成钢吓得跑到学校去给她当保镖。

事实证明艾米的推测是对的，而成钢的担心是多余的：“宫平”的恐吓只是瞎嚷嚷，实际上什么也没发生。

看来蔚然比成钢还要胆小谨慎小题大做，人家艾米至少还收到了好几封恐吓信，成钢紧张还有个依据。而她什么都没收到，蔚然就搞得这么紧张，那如果她也收到几封恐吓信的话，他不是会吓破了胆，寸步不离地跟着她？

她心说，哼哼，这下知道怎么让你紧张我了！

想到这里，她忍不住笑出声来。

他问：“笑这么开心，是不是我脸上有饭粒？”

她撒谎说：“嗯，真的有饭粒。来，我帮你擦掉！”

说着，就伸过手去摸他的脸。

他没躲避，只是提醒说：“当心，前面有警察！”

“警察怎么了？我又没违反交规。”

“你还没告诉我你刚才在笑什么呢。”

她把《十年忽悠》里艾米吓唬成钢的情节讲给他听，感觉没有前因后果不好理解，就把整个故事情节都简单讲了一下。

他听得很专注，然后问：“是不是你们小女生都这么调皮，总是嫌人家不够紧张你们？”

“喂喂喂，我可没有编造谎言让你紧张我哈，是你自己要紧张的！”

他有点尴尬，声明说：“我们这不一样。”

“有什么不一样？”

“人家那是男女朋友关系，我们只是——”

“我们只是什么？”

“同事，朋友。”

她自由发挥说：“你说，如果白云真的把我脸给抓破了，害我找不到对象了，你会不会为了让我不做‘齐天大剩’就会变直了娶我？”

“我不会让她把你的脸抓破的。”

“噢，原来你这么精心保护我，是怕我被白云抓破了脸会要你娶我？”

“你可真是欲加之罪何患无辞啊！”

“哼，你不让白云抓破我的脸，我可以另想办法。你只能在上下班路上跟着我，但我晚上回家了你不能跟着我，对吧？”

“我不想惹你爸妈不高兴。”

“那么，我就有办法了。我可以自己把自己的脸抓破，然后，没人要我了，你就会变直了来娶我了吧？”

他无奈地说：“你这想法也太奇葩了！”

“不管奇葩不奇葩，你先说你会不会！”

他想了一会儿，说：“不会。”

她擂了他几拳：“哇哇哇！为什么你这么坏啊？我为了你都破相了，

你还不肯变直了娶我？你这是什么心肠啊？”

“不关心肠什么事。”

“那关什么的事呢？”

“首先，弯的是变不直的；其次，我也不喜欢太作的女孩。”

“我作吗？”

“你现在不作。但如果你真自己把自己的脸给抓破，就作了。”

她自己也承认那是太作了点儿，算了，不提了。

他们就这样暗箱操作了几个月，她爸妈居然一点都没发现。

后来，他听说裴总的公司新招了个车模出身的小女生，才感觉心里一块石头落了地：“好了，他有新目标了，白云也有新的假想敌了，应该不会再来找你麻烦了。”

她听说裴总有了新目标，居然有几分失落，倒不是她对裴总有半分钱的兴趣。只是大半年来，不光她自己，还包括蔚然在内，都觉得裴总对她有意思，她也已经习惯有这么一颗卫星绕着自己转了，她以为只要她没让裴总得逞，裴总就会永远围绕着她转。

哪知道突然一下，这颗卫星就挣脱了她的引力，飞向另一个星球，这对她的虚荣心不能不说是一个打击。

说好的死皮赖脸、死打烂缠呢？

好在虚荣心都是虚的，遭到的创伤自然也是虚的。既然蔚然并没因为裴总有新欢就不紧张她，照样还是车接车送，她就没必要为裴总不死打烂缠而难过了。

毕竟，裴总是谁呀？

转眼到了第二年的夏天，有天早上，照例是蔚然的车神一般地跟上来载她去上班，但她破例请求说：“今天可不可以绕点路，到F公司门口去转一圈？”

他没搞懂：“现在去？裴总肯定不会这么早就去公司。”

“我又不是去找他。”

“那你去找谁？”

“找你。”

“找我？我早就不在那个公司上班了。”

“但今天是我遇见你的一周年纪念日。”

“哦，是这样！那是得去看看！”

“你也觉得应该纪念这个日子？”

“今天是我大难不死一周年，当然应该纪念。”

“你大难不死？”

“是啊。”

“什么大难？”

“行刺啊。”

“谁行刺？”

“你啊。”

“我？你是说我那天撞了你？”

“是啊，差点把我撞成残疾！”

“哈哈哈哈，我还以为你忘了呢！”

“九死一生，怎么会忘呢？”

“没事，撞残疾了我养你一辈子。”

“呵呵，你又要养我爸一辈子，又要养我一辈子，你还有爹妈要养，你养得过来吗？”

“养得过来！不信，你可以试试。”

两人说笑着，车已经来到当年她“行刺”他的地方，她开玩笑说：“我们再上演一遍行刺的大戏吧？”

“不敢了，不敢了。时间也不早了，该赶回去上班了。”

去公司的路上，她感慨地说：“我那时候，根本没打算在C市长待，只不过因为考研的事和找工作的事都被耽搁了，只好先在C市待几天，哪知道一待就待得不想走了。”

“还是考研吧，老这样也不是个事。”

她警惕地问：“是不是你公司不需要我了，想把我炒掉？”

“那倒不是。”

“那是为什么？”

“不希望你就这么在C市窝一辈子。”

“那你呢？会不会窝在C市一辈子？”

“我不一样。”

“你有什么不一样？”

“我上有老啊。”

“我说了，我会替你照顾蔚爷爷的，你尽管放心去美国追求你的自由和幸福。”

他转过头，看着她，欲言又止。

她觉得他的眼神有点异样，不知道他心里在转什么念头。她不敢再往下说，怕他为了不耽搁她，强行把她赶走。

国庆节前夕，戈亮给她发了个请柬来，请她去B省参加他的婚礼，还特地附上一句话：“感谢你当年不嫁之恩！”

她气昏了，嚓嚓两下把请柬撕了，约上闺蜜罗璇上街去扫货。

等两人提了大包小包出来，早已经把戈亮忘到了九霄云外。

两人在商场门口说了拜拜，各自去打的。

商场门前打的的人很多，她等了好一会儿，都没打到的。她又穿着高跟鞋，提着大包小包，不方便坐公车，想叫老爸开车来接，又怕把老爸占了大半年的车位给搞没了，只好厚着脸皮打电话给蔚然，看他能不能出趟车。

他二话没说，问了地点，就开车出发来接她。

她往商场的侧面走，去那儿等他。

正走着，就听见有人在背后叫："凌云！凌云！"

她条件反射地站住脚，转过身，看见一男一女向她走过来。女的是白云，男的不认识，看上去跟白云差不多的年纪，还挺般配的。

她自从离开F公司后，就没再见过白云，也没有过任何方面的交往。今天突然见面，白云又这么主动打招呼，她有点吃惊。要不是因为知道裴总已经有了新欢，白云旁边又有个年纪相当的男生，她肯定会以为白云是来找她打架的。

但今天这个架势，就不像是来打架的了，肯定是因为白云新找了个男朋友，碰见她就想向她炫耀一下。

她把几个包都倒换到同一只手里，对来人扬了扬手，打招呼说："叫我吗？"

60

如果把凌云的记忆进行扫描，做成一个一个的画面，那么接下来的画面肯定会显得非常突兀。因为上一个画面还云淡风轻，白云和那个男生在向她走来，她在招手，接下去应该是三个人站在马路边闲聊，然后蔚然的车神一般地出现在眼前。

但下一个印在她记忆里的画面，已经变成了医院的重症病房。

中间是一个断层。

当她在医院里醒来的时候，第一眼看见的是她妈，她嘶哑地叫了声："妈！"

她妈惊喜地说："小云，你醒了？"

“妈，我怎么了？”

她妈声泪俱下：“你被人打了，后脑勺磕在马路牙子上。”

她爸也挤到病床边，伸出右手：“小云，爸爸几根手指？”

“五根呀，怎么了？”

老爸欣喜地对老妈说：“超英，她还能认出咱们，又能数数，说明脑子没摔坏。”

她担心地问：“我没被人泼硫酸吧？”

“没有。”

她松了口气：“那就好。”

“但是人家把你——”

她心一紧：“把我怎么了？”

她妈泣不成声。

“到底怎么了？”

“都传网上了。”

“什么传网上了？”

她妈正要说，被她爸呵斥住了：“现在她这个样子，你对她说这些干什么？”

她无力地说：“你们不告诉我，我更着急。”

她爸妈还是不肯说。

她只好说：“那你们把我手机给我，我自己上网查。”

她爸妈也不肯把手机给她。

她无奈地说：“到底是谁打的我？”

“白云他们，一个是她弟，一个是她堂兄。”

原来有三个人，肯定是那个她没看见的家伙就在近旁，趁她不注意从旁边给了她一拳，把她打倒在地。

“那他们打了我就算了？没人管的吗？”

她爸告慰说：“都抓住了，都抓住了，不会让他们逍遥法外的。跃进已经交代公安了，一定从重从严处理！”

她妈也汇报说：“你住的单人病房，也是跃进替你安排的。他这次可是费了大心费了大钱。”

她不想在爸妈面前黑裴总，但她心里认定他才是幕后的推手。因为公司已经招了新人，白云吃那个人的醋都还来不及，怎么会突然想起找她麻烦?

只能是裴总干的！

往轻里说，裴总可能对白云流露出对她的好感，白云才会找人来打她。往重里说，裴总根本就是故意对白云放的这个风，让白云找人来收拾她，然后借公安之手除掉白云，他好顺顺当当去追那个车模女生。

但她一看爸妈的劲头，就知道他们已经彻底被裴总洗了脑，她现在说什么都是白费劲。

她知道无论是公安还是法庭，都拿裴总这样的人没办法。但裴总也有软肋，那就是他的老婆大人。裴总一直不敢甩掉白云，就是怕白云去他老婆那里告状。

哼，等我的伤养好了再慢慢收拾他！

她问：“都有谁来看我了？”

她妈列举了一大串人名，貌似扯得上扯不上的人都来过了。还惊动了各路媒体，纸媒的、网媒的、官方的、民间的，都曾前来采访过。

但她对这帮家伙都不感兴趣，她见她妈说来说去都没说到她关心的那个名字，只好自己开口发问：“那个蔚然来过没有？”

她妈一下就哑巴了。

她爸勇敢地报告说：“他来过了，但是我们没让他进来！”

她急了：“你们怎么不让他进来呢？”

“像他这种变态的人，让他进来不是脏了你的名誉？那些记者本来就想往你身上泼脏水，说什么小三打小四，如果再加上他一个，那就更说不清了！”

她妈厌恶地说：“他还赖在门外不肯走，真没见过这么没脸没皮的人。”

她满怀希望地问：“他现在还在这儿吗？”

“不知道。”

他爸打开病房门，往外看了一眼，呵斥说：“早就叫你走开的，你怎么还待在这儿呢？”

她听见蔚然卑躬屈膝的声音：“我这就走。”

她生怕他走了，拼尽全力大声说：“爸，你让他进来！”

她爸不解地看着她。

她挣扎着要起床：“你们不让他进来，那我就自己出去。”

她妈按住她，对她爸说：“你让他进来吧，反正现在这里没别人。”

她爸这才皇恩浩荡地冲外面说：“她叫你进来！”

她听见他欣喜的声音：“她醒了？”

然后见他一溜小跑地来到她的病床前，单膝跪下，把自己的脸降得跟她一样高。

她从肿胀的眼睛缝里望出去，见他满脸胡子，满眶泪水，泪水下是红红的血丝，好像很久没有合眼一样。她又感动又傲娇：“你一直守在这里？”

他点了点头。

“那你不上班了？”

“班是什么？”

她欣慰地笑了，抬眼看见爸妈像哼哈二将一样站在两边，虎视眈眈地盯着蔚然，立即支使说：“爸，妈，你们可以先出去一下吗？”

她爸妈互相看了一眼，像两个石狮子一样，纹丝不动。

她作势说："你们不出去，那我们出去吧！"

她爸妈无奈，只好不情愿地离开病房，但都站在窗子外边向里望。

她顾不得那么多，伸出手去摸他的脸："你还长胡子了啊？我从来没见过呢。"

他捧住她的手，忏悔地说："都怪我，都怪我。"

"喂，别这么琼瑶剧行不行？这怎么能都怪你呢？我刚给你打完电话，他们就来了，你就是坐火箭也跑不了那么快呀！"

"我不是指这个。"

她进一步替他开脱："你一向都叮嘱我小心的，是我自己大意了，因为我看到她带了个男生，还以为是她男朋友呢。"

"都怪我。"

"你别替恶人开脱了好不好？明明是他们作恶，你干吗要把责任揽到自己身上呢？"

"我不是替他们开脱，我的意思是，如果我早点跟你结婚，就不会发生这样的事了。"

"早点结婚也没用的，他们迟早会知道我们只是形婚。"

"我不是在说形婚，而是实婚。"

她一惊："实婚？我破相了吗？"

"没有。"

"我不相信！如果我没破相，你怎么会愿意跟我实婚？你拿镜子来，让我看看！"

"真的没破相！"他到处找了找，没找到镜子，只好把手机上的摄像机调出来，送到她面前给她看。

她看见一个头上包着白纱布的丑人儿，左眼肿得像核桃，眉骨上一片青紫，但别的地方还好，应该没有破皮伤，估计过些天等瘀血散开了，青紫就会消去。

她舒了口气："还好，没泼我硫酸，也没把我脸划伤，不能要求更多了。但我妈说有什么东西传到网上了，你知不知道是怎么回事？"

他犹豫了一会儿，说："是他们扯烂了你的衣服，很多人用手机拍了视频，传到网上。不过你别怕，我已经通过公安跟几个大网站都联系过了，让他们删除，如果他们不删的话，我会想办法删掉的。"

"你看过那些视频吗？"

"嗯，因为我需要告诉网站删什么。"

"我在那上面显得胖吗？"

"不胖，身材超正。"

"能看见我的脸吗？"

"能，但都是渣画质，看不太清楚。"

"我在那上面显得丑吗？"

"不丑，颜值爆表。"

她洒脱地说："那就不管它了！这年头，不放几张裸照在网上，都不好意思出来混。"

他轻抚着她的脸："对！别管它！"

她闭上眼，感受着他温暖的抚摸："你刚才说结婚——结实婚，是真的还是假的？"

"真的。"

"但是你一个弯男，拿什么跟我结实婚呢？"

他想了想，从地上站起来，拉开她被单的一角，坐上床来。然后用被单遮住自己腰部以下的部分，他在被单里摸到她的手，拿起来，放在他身上。

她起先还没搞懂，以为只是跟她握着手，表示心连心的意思。但她很快觉出她手心里不是他的手，而是一个异常灼热的突起。

她惊喜地问："我把你掰直了？"

"No（没有）。"

"那你这是几个意思？"

"就一个意思，我本来就是直的。"

"你本来就是直的？那你为什么要说你是弯的？"

他把左手伸到她眼前，让无名指对着她。

她看见那个蓝色的指环："是你那个不该爱的人送给你的定情物吗？"

"不是，是一个标志。"

"什么标志？"

"糖尿病的标志。"

"糖尿病还有标志？"

"是啊，国际糖尿病协会制定的，全世界通用的糖尿病标志，是一个 blue circle（蓝色的圆环）。"

"你有糖尿病？我不相信！你这么年轻，又这么瘦。"

"我是一型糖尿病，也叫青少年糖尿病，一型糖尿病人一般都不胖。"

"那你就为了这个才不要我的？"

"不是不要你，而是怕拖累你。你这么年轻，这么漂亮，这么聪明，这么完美，你可以找到比我好十倍百倍的人，我怎么忍心拖累你呢？"

"你怎么会拖累我呢？"

"你看看我爸爸，他的今天就是我的明天，我妈妈跟着我爸爸，遭了多少罪啊！"

"你爸爸也是一型糖尿病？"

"是啊，他那时正值'文革'，狠批资产阶级的'活命哲学'，结果他的病情没有得到很好的控制，身体很多部位都受到损伤，很早就失去了性功能，后来腿也截肢了，眼睛也失明了，五脏六腑都受到侵害。”

“但现在不是‘文革’了啊！”

“是不是‘文革’了，但是糖尿病人还是比一般人多很大的风险。”

“切，我还以为你有艾滋病什么的呢，搞了半天只是糖尿病！就因为这么点小事，你就不跟我在一起，你这也太小题大做了吧？”

“我错了。”

她指了指自己的脸:“知道错就好。来，mua，亲一个，弥补一下！”

他低下头，轻轻地吻在她的唇上。

图书在版编目（CIP）数据

蓝指环 / 艾米著 . — 南京：江苏凤凰文艺出版社，2019.9
ISBN 978-7-5594-3890-4

Ⅰ . ①蓝… Ⅱ . ①艾… Ⅲ . ①长篇小说 – 中国 – 当代
Ⅳ . ① I247.5

中国版本图书馆 CIP 数据核字 (2019) 第 147930 号

蓝指环

艾米 著

出 版 人　张在健
责任编辑　张 倩　王 青
特约编辑　吴越同
装帧设计　林 丽
出版发行　江苏凤凰文艺出版社
　　　　　南京市中央路 165 号，邮编：210009
网　　址　http://www.jswenyi.com
印　　刷　天津旭丰源印刷有限公司
开　　本　880 毫米 × 1230 毫米 1/32
印　　张　12
字　　数　280 千字
版　　次　2019 年 9 月第 1 版　2019 年 9 月第 1 次印刷
书　　号　ISBN 978-7-5594-3890-4
定　　价　45.00 元